ADOBE® FLASH® CS4 PROFESSIONAL

标准培训教材

Adobe中国教育认证计划及ACAA教育发展计划标准培训教材

ACAA教育

Fl

主编 ACAA专家委员会 DDC 传媒

编著 薛欣

人民邮电出版社

北 京

图书在版编目（CIP）数据

ADOBE FLASH CS4 PROFESSIONAL标准培训教材 / ACAA
专家委员会，DDC传媒主编；薛欣编著.—北京：人民邮
电出版社，2009.7（2010.1重印）
Adobe中国教育认证计划及ACAA教育发展计划标准培训
教材
ISBN 978-7-115-20925-2

Ⅰ．A… Ⅱ．①A…②D…③薛… Ⅲ．动画－设计－图形
软件，FLASH CS4－技术培训－教材 Ⅳ．TP391.41

中国版本图书馆CIP数据核字（2009）第078559号

内 容 提 要

　　本书是"Adobe 中国教育认证计划及 ACAA 教育发展计划标准培训教材"中的一本。为了让读者系统、快速地掌握 Flash CS4 软件，本书全面细致地介绍了 Flash CS4 的各项功能，包括 Flash CS4 中各种绘图工具的使用，重点介绍了 Flash 动画的原理及实现过程，以及 Flash 声音、视频操作、Flash 交互按钮和行为的应用。特地讲解了 Flash CS4 新增补间动画、3D 工具、Deco 工具和骨骼工具的具体应用。最后还针对 Flash 编程做了入门介绍。

　　本书由行业资深人士、Adobe 专家委员会成员以及参与 Adobe 中国数字艺术教育发展计划命题的专业人员编写，使用通俗易懂的语言，由浅入深、循序渐进，并配以大量的图示，特别适合初学者学习，而且对有一定基础的读者也大有裨益。本书对 Adobe 中国认证专家（ACPE）和 Adobe 中国认证设计师（ACCD）考试具有指导意义，同时也可以作为高等学校美术专业计算机辅助设计课程的教材。另外，本书也非常适合其他各类相关培训班及广大自学人员参考阅读。

Adobe 中国教育认证计划及 ACAA 教育发展计划标准培训教材

ADOBE® FLASH® CS4 PROFESSIONAL 标准培训教材

◆　主　编　ACAA 专家委员会　DDC 传媒

　　编　著　薛　欣

　　责任编辑　李　际

◆　人民邮电出版社出版发行　　北京市崇文区夕照寺街 14 号
　　邮编　100061　　电子函件　315@ptpress.com.cn
　　网址　http://www.ptpress.com.cn
　　北京艺辉印刷有限公司印刷

◆　开本：800×1000　1/16
　　印张：21
　　字数：478 千字　　　　　　　2009 年 7 月第 1 版
　　印数：5 001–6 500 册　　　　2010 年 1 月北京第 3 次印刷

ISBN 978-7-115-20925-2/TP

定价：36.00 元

读者服务热线：(010)67132705　印装质量热线：(010)67129223
反盗版热线：(010)67171154

专家指导委员会

王　敏（中央美术学院 设计学院院长，北京2008奥运会 设计总监）

陈　刚（北京大学 新闻与传播学院副院长）

汪　琼（北京大学 现代教育技术中心主任）

詹炳宏（北京服装学院 设计学院院长）

蒋　伟（人民邮电出版社 副社长）

李　昕（Adobe中国公司 市场总监）

林　强（Wacom中国公司 总经理）

罗晓中（中国软件行业协会 副秘书长）

李德庚（荷兰建筑、时尚和设计促进会 委员，《今日交流设计》丛书主编）

主编

张明真、汪　可

编委

艾　藤、陈劲松、程　琳、段　炼、戴彤云、方　兴、范淑兰、
刘　强、李　涛、李庆良、梁景红、毛屹彬、倪　栋、陶珍明、
王　东、王东晟、汪　可、吴祖武、邢长武、薛　欣、闫　晶、
余妹兰、晏赵毅、张　晖、张明真

前　言

秋天，藕菱飘香，稻菽低垂。往往与收获和喜悦联系在一起。

秋天，天高云淡，望断南飞雁。往往与爽朗和未来的展望联系在一起。

秋天，还是一个登高望远、鹰击长空的季节。

心绪从大自然的悠然清爽转回到现实中，在现代科技造就的世界不断同质化的趋势中，创意已经成为 21 世纪最为价值连城的商品。谈到创意，不能不提到两家国际创意技术巨头——Apple 和 Adobe。

1993 年 8 月，Apple 带来了令国人惊讶的 Macintosh 电脑和 Adobe Photoshop 等优秀设计出版软件，带给人们几分秋天高爽清新的气息和斑斓的色彩。在铅与火、光与电的革命之后，一场彩色桌面出版和平面设计革命在中国悄然兴起。1998 年 5 月 4 日，Adobe 在中国设立了代表处。多年来，在 Adobe 的默默耕耘下，Adobe 中国的用户群不断成长，Adobe 的品牌影响逐渐深入到每一位设计师的心田，它在中国幸运地拥有了一片沃土。

我们有幸在那样的启蒙年代融入到中国创意设计和职业培训的涓涓细流之中……

1996 年金秋，奥华创新教育团队从北京一个叫朗秋园的地方一路走来，从秋到春，从冬走到夏。伴随着图形、色彩、像素……我们把一代代最新的图形图像技术和产品通过职业培训和教材的形式不断介绍到国内——从 1995 年国内第一本自主编著出版的《Adobe Illustrator 5.5 实用指南》，国内第一套包括《Mac OS 操作系统》、《Photoshop 图像处理》、《Illustrator 图形处理》、《PageMaker 桌面出版》和《扫描与色彩管理》的全系列的"苹果电脑设计经典"教材；到目前主流的"Adobe 标准培训教材"系列、"Adobe 认证考试指南"系列等。十几年来，我们从稚嫩到成熟，从学习到创新，编辑出版了上百种专业数字艺术设计类教材，影响了整整一代学生和设计师的学习和职业生活，弹指间见证了中国创意产业和职业教育发展的蓬勃与盎然生机。

千禧年元月，我们作为唯一一家"Adobe 中国授权考试管理中心（ACECMC）"与 Adobe 公司正式签署战略合作协议，共同参与策划了"Adobe 中国教育认证计划"。那时，中国的职业培训市场刚刚起步，方兴未艾。从此，Adobe 教育与认证成为我们 21 世纪发展的一个主旋律。

2001 年，奥华创新旗下的 DDC 传媒——一个设计师入行和设计师交流的网络社区诞生了。它是一个以网络互动为核心的综合创意交流平台，涵盖了平面设计交流、CG 创作互动、主题设计赛事等众多领域。同年 11 月，第一套"Adobe 中国教育认证计划标准培训教材"问世，成为市场上最为成功的数字艺术教材系列之一，也标志着奥华创新从此与人民邮电出版社在数字艺术专业教材方向上建立了战略合作关系。在

Adobe 教育计划和图书市场的双重推动下，Adobe 标准培训教材长盛不衰，相关创新教材产品不断涌现，无论是数量还是品质上都更上一层楼。

2005 年，奥华创新联合 Adobe 等国际权威数字技术厂商，与中国顶尖美术艺术院校一起创立了"ACAA 中国数字艺术教育联盟"，旨在共同探索中国数字艺术教育改革发展的道路和方向，共同开发中国数字艺术职业教育和认证市场，共同推动中国创意产业的发展和应用水平的提高。是年，Adobe 公司斥资 34 亿美元收购 Macromedia 公司，一举改变了世界数字创意技术市场的格局，使得网络设计和动态媒体设计领域最主流的产品 Dreamweaver 和 Flash 成为 Adobe 市场战略规划中的重要的棋子，从而进一步奠定了 Adobe 的市场统治地位，也使我们可以为职业技术院校提供更加全面、完整的数字艺术专业培养方案，提供更好的支持和服务。

2008 又是一年秋来到。我们签约 Autodesk 公司，成为 ATC（Authorized Training Center）中国授权管理中心，成功地从平面创意、网络设计，迈入了深邃空灵、莫测神奇的三维世界。奥华创新教育团队以 12 年的历程跨越了从 A (Apple)、到 A (Adobe)、再到 A (Autodesk) 的三座丰碑，在数字创意领域的雄关漫道上也依稀留下了历历足迹。

而今……而今恰是"迈步从头越"的壮怀时刻，从头越……

关于 ACAA 中国教育发展计划

ACAA 数字艺术教育是一个依托国际厂商主流技术资源，并超越厂商和产品技术范畴的，覆盖整个创意文化产业核心需求的职业设计师入行教育与人才培养计划。设有视觉传达 / 平面设计、动态媒体 / 网络设计、商业插画 / 动漫设计、三维动画 / 影视后期等专业培养方向。

ACAA 教育主张 (1) 数字技术与艺术设计相结合；(2) 国际厂商与国内院校相结合；(3) 学历教育与职业培训相结合；(4) 远程网络教育与面授教学相结合的职业教育理念。不断跟踪世界先进的数字技术和设计理念，引入国际、国内优质的教育资源，为社会打造具有创造性思维的、专业实用的复合型设计人才。

借中国创意文化产业和职业教育发展继往开来的时代契机，ACAA 教育厚积而薄发，全面推出了基于 Web 2.0 技术的远程教育平台及数字艺术网络课程内容。e-Learning 成为 ACAA 和 Adobe 职业教育的一个崭新发展方向，活力四射的后网络时代带给我们无限的期待和遐想。

关于 Adobe 中国教育认证计划

Adobe 中国教育认证计划旨在推动 Adobe 国际领先的数字创意技术在中国的广泛普及和深入应用，不断满足国内用户对相关产品培训的迫切需求。Adobe 教育计划第一次在教育培训市场上旗帜鲜明地确立了"授权和认证"相结合的营销模式，包括在全国范围内设立 Adobe 授权教育与培训机构，采用统一的培训教学大纲、专业的标准培训教材，以及规范的 Adobe 认证考试。

随着数字创意市场的兴起，Adobe 中国教育认证计划也不断从广度到深度地蓬勃发展，逐渐跨越数字工具的产品技术培训、创意设计的职业教育和高等教育、中小学艺术素质教育等多个领域，先后推出了"Adobe 中国授权培训中心（ACTC）"、"Adobe 数字艺术中心（ADAC）"和"Adobe 数字艺术基地（ADAB）"等市场细分项目。Adobe 教育计划助力中国数字艺术教育市场，努力搭建一个高水平、专业化，与国际尖端数字技术相接轨且能适应不同层次教学、创作和体验需求的创意教育平台。

Adobe 认证考试和认证证书

Adobe 认证考试和认证证书是 Adobe 中国教育认证计划的核心之一。 在"国际品质、中国定制"的一贯开发理念和原则下，在品质控制和规范管理下，"Adobe 认证产品专家（ACPE）"和"Adobe 中国认证设计师（ACCD）"已经成为中国数字艺术职业教育和培训市场主流的行业认证标准，逐步在社会树立了 Adobe 教育和认证的良好品牌形象。

—Adobe 认证产品专家

—Adobe Certified Product Expert（ACPE）

基于 Adobe 领先创意设计软件产品的单项认证考试科目。

—Adobe 中国认证设计师

—Adobe China Certified Designer（ACCD）

创意设计认证类别：基于 Adobe Creative Suite - Design 创意设计平台的综合认证，包括 Photoshop、Illustrator、 InDesign、 Acrobat 四门单科认证考试。

网络设计认证类别：基于 Adobe Creative Suite - Web 网页设计平台的综合认证，包括 Dreamweaver、Flash、Fireworks、Photoshop 四门单科认证考试。

影视后期认证类别：基于 Adobe Creative Suite -Production 影视编辑平台的综合认证，包括 After Effects、Premiere Pro、Photoshop、Illustrator 四门认证考试科目。

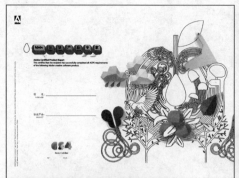

更多详细信息，请关注 Adobe 中国网站：http://www.myadobe.com.cn。

Adobe/ACAA 标准培训教材系列

以严谨务实的态度开发高水平、高品质的专业培训教材是奥华创新教育的宗旨和目标之一，也是我们的核心发展业务之一。在过去的几年中，数字艺术专业教材的策划编著工作拓展迅速，已出版包括标准培训教材、认证考试指南、案例风暴和课堂系列在内的多套教学丛书，成为 Adobe 中国教育认证计划及 ACAA 教育发展计划的重要组成部分。

"Adobe/ACAA 标准培训教材"系列适用于各个层次的学生和设计师学习需求，是掌握 Adobe 相关软件技术最标准规范、实用可靠的教材。"标准培训教材"系列迄今已历经多次重大版本升级，例如 Photoshop 从 6.0C、7.0C 到 CS、CS2、CS3、CS4 等版本。多年来的精雕细刻，使教材内容越发成熟完善。

— 《ADOBE PHOTOSHOP CS4 标准培训教材》

— 《ADOBE ILLUSTRATOR CS4 标准培训教材》

— 《ADOBE INDESIGN CS4 标准培训教材》

— 《ADOBE ACROBAT 9 PROFESSIONAL 标准培训教材》

— 《ADOBE AFTER EFFECTS CS4 标准培训教材》

— 《ADOBE PREMIERE PROFESSIONAL CS4 标准培训教材》

— 《ADOBE AUDITION CS4 标准培训教材》

— 《ADOBE DREAMWEAVER CS4 标准培训教材》

— 《ADOBE FLASH PROFESSIONAL CS4 标准培训教材》

— 《ADOBE FIREWORKS CS4 标准培训教材》

"基础培训教材"系列为了满足广大基础用户（包括数字艺术爱好者）、中等职业教育和各类短训班的需求，在保留原来标准培训教材品质的基础上，对内容进行了优化和精简，使用户可以快速掌握 Adobe 相关软件技术的核心技能。

"认证考试指南"系列将 Adobe 认证产品专家（ACPE）和 Adobe 认证设计师（ACCD）的考试题目和精彩的实战案例以及操作技巧紧密结合起来，使读者在享受学习乐趣，体验成功案例的同时，熟练掌握 Adobe 认证考试的内容和形式，从而顺利获得 Adobe 认证。

关于我们

北京奥华创新教育科技有限公司

地址：北京市朝阳区东四环北路 6 号 2 区 1-3-601

邮编：100016

电话：010-51303090-93

网站：http://www.acaa.cn, http//www.ddc.com.cn

（2009 年 3 月 1 日修订）

目 录

Flash CS4 简介 1

学习要点

- · 了解 Flash 软件的特点
- · 了解 Flash 的发展过程
- · 了解 Flash 的应用范围
- · 掌握 Flash CS4 的新增功能

1.1 Flash 的产生与发展

Flash 是一款有着传奇般历史背景的软件。如果追溯 Flash 的历史，要从 1996 年前开始。Flash 的前身名为 FutureSplash，被著名的多媒体软件公司 Macromedia 收购后，该软件主要被用来完善 Macromedia 的拳头产品 Director。Director 是占据多媒体开发市场的重量级产品，很多耳熟能详的多媒体软件、教学读物或游戏都是用 Director 开发的。但是由于设计 Director 的初衷不是为互联网服务的，所以 Director 最精彩的作品往往占用带宽过多而不能在互联网中播放。另一方面，互联网也需要找到一种比标准的 GIF 和 JPEG 更富表现力的文件格式。Macromedia 公司依靠 FutureSplash 的力量，结合 Director 和 FutureSplash 两者的优势，产生了新一代的产品，并将其命名为 Flash。

在 Macromedia 公司推出 Flash 以前，也许没有人会想到 Flash 对网络产生如此巨大的影响；Flash 成了一个导火索，引燃了网络无穷无尽的创意。不仅仅在网络领域，在具备广阔发展前景的无线通信领域中，它同样展现出无穷的魅力。如今 Flash 已经成为一个跨平台的多媒体标准。处于计算机图形图像领域领导地位的 Adobe 公司，正是看到了 Flash 无限广阔的发展前景，在 2005 年 4 月花费 34 亿美金收购了 Macromedia 公司，在记者采访 Adobe 总裁本次收购的主要动机是什么时，他的回答是：Flash！

在多个领域中，Flash 的"才华"得到了充分的发挥，Flash 片头、Flash 广告、Flash 导航，甚至是整站 Flash，已经成为目前商业网站中不可或缺的成分。

那么 Flash 的特点在哪里，为什么能如此流行呢？

　　首先 Flash 是互联网的产物。在以往互联网带宽不是很高的情况下，文字和图像的表现力不够丰富，如果采用传统的视频或动画等效果由于文件量很大，传输速度跟不上。Flash 采用矢量动画的概念，动画中所有的图形基于矢量的方式，大大缩小了文件量，使得漂亮的动画在网络上也能相对流畅地运行。正是由于满足了众多互联网浏览者的需要，Flash 格式才得以广泛的运用。

　　第二个原因是 Flash 软件本身强大的功能和人性化的创作方式。在 Flash 软件出现以前，除了专业的二维动画软件，几乎找不到一款适用于个人的二维动画创作软件，而 Flash 把这个空白给填补了。它借鉴了 Director 的时间轴和图层的概念，使得动画的创作非常容易理解，垂直方向上是图层的叠加，水平方向上是时间的运动，而且强化补间动画，只需要设置好一个元素的启始状态和结束状态，中间的动画过程由 Flash 自动实现。

　　只要经过短时间的学习，无论是初学 Flash 的新人，还是设计专业领域的高手，都可以轻松地用 Flash 做出漂亮的动画来。当然，具备良好绘画能力的用户更可以发挥想象力，随心所欲地制作专业的动画，实现自己的创意。

　　多方面的优势，包括更多未写于此的优点，决定了 Flash 必将把沉闷的互联网带入一个富有生机的新时代。我们也有足够的信心相信它会有更广阔的前景，更美好的明天。相信它会给所有爱好动画的制作者一个更大的展现机会。

1.2 Flash 的应用领域

　　最初，由于 Flash 开发工具使用门槛较低，满足了众多非专业人员制作动画的需求与好奇心。但是随着 Flash 动画的流行，创作队伍不断扩大，同时 Flash 软件本身的功能也逐渐增强，它的应用领域不断扩展，已经广泛应用于互联网、多媒体出版、电视媒体、手机应用、教学课件等多种平台，Flash 已经成为了跨平台多媒体应用开发的一个重要分支。它目前主要的应用领域如下所述。

1.2.1 网站片头和网站广告

　　在早期的网站中只有一些静态的图像和文字，页面有些呆板。Flash 不但动画效果非常好，而且还可以加载声音和超长的背景音乐。相对于传统的图片和 GIF 动画，Flash 可以创造出更具冲击力的表现效果。Flash 技术已经成为了网络多媒体的既定标准，在互联网中得到广泛的应用与推广。

　　如今不少网站以 Flash 片头作为过渡页面，在片头中播放一段简短精美的动画，就如电视的栏目片头一样，可以在很短的时间内把自己的重要信息传播给访问者。同时，对自己的企业形象或主打产品给予生动的介绍，这样可以给浏览者留下良好的第一印象。图 1-2-1 所示是在法妮亚官网首页播放的 Flash 广告。

图 1-2-1

1.2.2 Flash 导航和整站 Flash

由于 Flash 不仅有极富冲击力的表现效果，还有强大的交互功能，所以许多网站的导航部分开始采用 Flash 制作，给用户带来不同的体验。下面的个人网站，在首页采用了一个非常有趣的 Flash 导航，如图 1-2-2 所示。

图 1-2-2

更有甚者，有的网络把整个网页都采用 Flash 技术搭建，给用户更良好的体验效果。这种情况一般多出现于时尚产品网站、主题活动网站等。

1.2.3 Flash MV 和二维动画

Flash 的出现给人们带来创作激情，尤其是用 Flash 对一些歌曲进行动画创作，让每个人都可以对他喜欢的音乐给予自己的诠释，抒发自己的心情。在网上，几乎可以找到各种流行歌曲的 MV 版，可见 Flash MV 的深入人心。此外，一些唱片公司开始推出使用 Flash 技术制作 MTV，这样使用 Flash 制作 MTV 逐渐商业化了，如图 1-2-3 所示。

图 1-2-3

除了 MV，更多专业的作者开始进行二维动画的创作，自己编写剧情，自己做动画，甚至自己来配音配乐，使用 Flash 一个简单的软件，达到的效果能和迪斯尼大片媲美。目前国内已经出现了许多专业的 Flash 动画工作室，开始制作 Flash 长片和 Flash 连续剧。

1.2.4 电子贺卡

以往逢年过节，大家都会通过邮局邮寄贺卡进行祝福。到了信息时代，通过 E-mail 短信来表示祝福，速度更快捷。但是文字信息毕竟看起来太单调了，电子贺卡就成了许多人喜爱的方式；你只要写上祝福的话语，背景动画由专业贺卡站采用 Flash 制作完成，许多电子贺卡还支持录音功能，这样你的朋友就可以收到一个声情并茂的电子贺卡了，如图 1-2-4 所示。

图 1-2-4

1.2.5 网络游戏

经过多年的发展，Flash 已经具备强大的交互功能，利用 Flash 可以快速开发出精彩的小游戏。有不少知名企业，开始在自己的网站上放置和自己产品相关的小游戏，来增强浏览者对产品的关注，如图 1-2-5 所示。

图 1-2-5

1.2.6 电视广告

由于 Flash 具有强大的二维动画功能，所以许多电视台和广告制作公司开始尝试用 Flash 来制作电视广告。采用 Flash 制作电视广告，具有成本低、周期短、改动方便的特点，受到不少企业的青睐。图 1-2-6 所示为医院的 Flash 广告。

图 1-2-6

1.2.7 教学课件

使用 Flash 制作教学课件能够很好地表达教学内容，提高学生的学习兴趣，越来越多的学校已经把 Flash 教学课件应用到教学中了。

由于 Flash 操作界面简单，功能强大，容易发布到网络上，而且不需要再借助其他软件完成制作，所以受到老师们的青睐，如图 1-2-7 所示。

图 1-2-7

1.2.8 无线应用

Flash 不仅仅在计算机上应用，它已经进入无线移动领域。采用 Flash Lite 开发的 Flash 游戏和 Flash 应用程序，已经可以运用于多种型号的手机上，同样，在 PDA 上，Flash 的应用也非常广泛。这给原来在移动开发领域中处于领先位置的 Java 带来了巨大的压力，毋庸置疑，Flash 已成为了强有力的挑战者，如图 1-2-8 所示。

图 1-2-8

1.2.9 网络应用程序开发

在早期 Flash 版本中的 ActionScript 功能是很有限的，到了目前 Flash CS4 中应用的 ActionScript 3.0 已经发展成为了相当成熟的程序设计语言，它可以完成各种复杂的网络应用程序和各种交互式游戏的开发，同时也支持 XML 动态载入和多种服务技术，如图 1-2-9 所示。

图 1-2-9

1.3　Flash CS4 的新增功能

Adobe Flash CS4 与之前版本相比有极大的改进。对于骨骼工具和 3D 旋转工具，相信大家一定盼望已久了吧。再加上动画形式的彻底改变和更加完善的 ActionScript 3，这些改进使得 Flash 不仅只是网页动画工具了，更趋于一款专业的动画制作软件。下面让我们来一起仔细看看都有哪些革命性的变化。

1.3.1　改进的 UI 界面

1. 统一的 CS4 界面

Adobe 根据应用的行业不同，把不同的软件组合在一起进行套装销售，主要有印刷出版、平面设计、网页设计、影像处理等。所有 CS4 系列的软件都采用相似的用户交互界面，这样，只要熟悉一种软件的操作方式，再学习其他软件，效率会非常高。CS4 界面主要的新特性有以下几点。

工具面板和浮动面板在伸展的时候，显示全部功能；在收缩时，采用单列图标的方式，既节省空间，又不影响使用，如图 1-3-1 所示。

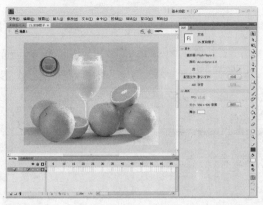

图 1-3-1

　　界面的每个面板卡片式设计更加突出，而且每个激活的面板标题旁都有一个可以方便地关闭这个面板的菜单，CS4 的 UI 操作更加 Web 化。当拖动某个面板覆盖到其他对象上时，上层的面板会自动采用半透明方式，照样可以清楚地观察到下层的元素。

　　预设的"基本功能"工作区域作为默认的状态出现，该布局方式将时间轴窗口放到了下方，并将工具栏和原本下方的属性检查器都放到了右侧。由于动画方式的改变，使得 Flash CS4 还增加了动画编辑和动画预设两个窗口。

　　除此之外在应用程序栏还增加了一个搜索栏，可以很方便地搜索到官网上有关的帮助信息。

2. 经过改进的库面板和属性面板

　　经过改进的库面板提供了搜索功能、排序功能以及一次性设置多个库项目的属性的功能，可让您更轻松地使用各种资源。属性检查器现在垂直显示，可以更好地利用更宽的屏幕来为您提供更多的舞台空间，如图 1-3-2 所示。

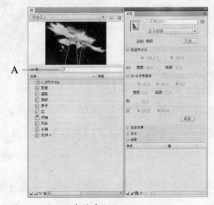

图 1-3-2　A：库搜索栏

1.3.2 绘图与动画方面的增强

1. 基于对象的动画新增功能

使用基于对象的动画对个别运动属性实现全面控制，补间此时将直接应用于对象而不是关键帧。用户可以使用贝塞尔手柄轻松更改运动路径。不仅能简化 Flash 中的设计过程，而且还提供了更大程度的控制。从而精确控制每个单独的动画属性，如图 1-3-3 所示。

图 1-3-3

2. 3D 转换新增功能

基于 ActionScript 的 3D 旋转及移动工具的引入是一项创新的特性，现在我们可以通过 3D 旋转和移动工具为原本 2D 的动画原件添加具有空间感的补间动画：可以沿 x、y、z 轴任意旋转和移动对象从而产生极具透视效果的动画，如图 1-3-4 所示。

图 1-3-4

使用新的 3D 平移和旋转工具在 3D 空间内对 2D 对象进行动画处理。用户还可以在 x、y 和 z 轴上进行动画处理。应用局部或全局旋转可将对象相对于对象本身或舞台旋转。另外，也可以通过属性面板和变形面板来调整 3D 变形的参数。其中值得注意的是消失点和相机范围角度的设置。这两个参数对整个场景内的所有元件，以及嵌套的元件都产生影响。也就是说，一个场景的消失点和相机范围角度是唯一的。消失点的默认位置是舞台的正中间。

3. 使用 Deco 工具和喷涂刷新增功能

用户可以轻松将任何元件作为喷刷的，无论是创建后可使用刷子工具或填充工具应用的图案，还是通过将一个或多个元件与 Deco 对称工具一起使用来创建类似万花筒的效果，Deco 都提供了使用元件进行设计的新方法。下面就用 Deco 的默认形状绘制下蔓藤的效果，如图 1-3-5 所示。

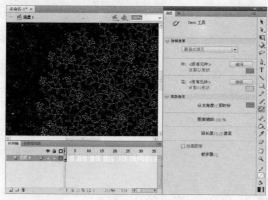

图 1-3-5

4. 反向运动与骨骼工具新增功能

如果说 Flash CS4 的 3D 移动与旋转工具还不令人足够兴奋的话，那么骨骼动画工具的加入对 Flash 系列软件而言绝对是场革命，这将会大大的提高动画制作的效率。骨骼工具不但可以控制元件的联动，更可控制单个形状的扭曲及变化。图 1-3-6 所示的是骨骼工具的使用和骨骼属性。

图 1-3-6

5. 动画编辑器新增功能

动画编辑器可以对动画元件的属性实现全面的控制，即使是细微的调整也能轻而易举地做到。这些参数包括旋转、大小、缩放、位置和滤镜等。使用图形显示以全面控制轻松实现调整。图1-3-7所示的是动画编辑器的面板。

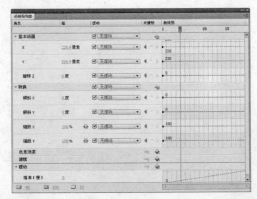

图 1-3-7

6. 动画预设新增功能

借助可应用于任何对象的预设动画启动项目。从大量预设中进行选择，或创建并保存自己的动画。与他人共享预设以节省动画创作时间。

1.3.3 视频的增强

借助 Adobe Media Encoder 编码为 Adobe Flash Player 运行时可以识别的任何格式，其他 Adobe 视频软件也提供这个工具，现在新增了 H.264 支持。使 Flash 能够呈现最高品质的视频，并提供了比以前更多的控制。

1.3.4 编程方面的改进

1. ActionScript 3.0 的支持

Flash CS4 中最重要的功能就是支持 ActionScript 3.0。ActionScript 3.0 提供了一个可靠的编程模型，掌握面向对象编程基本知识的开发人员对该模型会非常熟悉。使用 ActionScript 3.0 可以更容易地创建高度复杂的应用程序，可在应用程序中包含大型数据集和面向对象的可重用代码集。使用 ActionScript 3.0 可以得到 ActionScript 虚拟机（AVM2）带来的性能改进，ActionScript 3.0 代码的执行速度可以比老方式的代码快 10 倍。

2. 增强的代码调试器

使用功能强大的新的 ActionScript 调试器测试内容。该调试器提供极好的灵活性和用户反馈，以及与 Adobe Flex Builder 调试的一致性。

3. Adobe Device Central

Adobe Device Central 现在集成在所有 Adobe CS4 中，使用它可以设计、预览和测试移动内容。创建和测试可供 Flash Lite 浏览的交互式应用程序和界面。

Flash CS4 工作环境

2

学习要点

- · 掌握 Flash CS4 的工作环境
- · 掌握工具面板的相关知识
- · 掌握时间轴的相关知识
- · 掌握舞台的显示方法
- · 掌握属性面板的概念

运行 Flash 程序，当启动画面结束后，首先进入视线的就是开始页。开始页提供了打开和新建文档的捷径，并提供了一些教程和帮助信息。开始页的主体分为左、中、右 3 部分。左栏为"打开最近的项目"栏，中间栏为"新建"栏（该栏也包括一些为高级开发任务准备的项目），右栏为"从模板创建"栏，如图 2-1-1 所示。

图 2-1-1

当然，如果在下次启动程序时，不想再出现开始页，可以在该页面的左下角勾选"不再显示"复选框，这样就设置好了。需要时，还可以通过选择菜单"编辑 > 首选参数 > 常规 > 启动时'欢迎屏幕'"，重新设置为开始时出现"开始页"。

　　首先，我们快速浏览一下 Flash CS4 的工作环境，也就是 Flash CS4 的操作界面。打开 Flash 应用程序，在初始页面"新建"下的"Flash 文件（ActionScript 3.0）"选项上单击，进入 Flash CS4。这时可以看到一个排列有序的界面，它的基本结构如图 2-1-2 所示。

图 2-1-2

　　A　应用程序栏：之前版本中的标题栏，现已成为应用程序栏。该栏中包含了工作区预设和搜索栏。

　　B　时间轴：时间轴控制项目文件中的所有元素，包括图层、帧、播放头和状态栏。默认情况下，时间轴停放在舞台下部，但是用户能取消停放，然后将其移到屏幕上的任意位置。

　　C　工具面板：包含各种选择工具、绘图工具、文本工具、视图工具、填充工具，以及一些相关选项等。

　　D　舞台：主要用来显示动画、图像和其他内容。在用户发布或导出一个已完成项目后，它是用户可见的区域。

　　E　菜单栏：包含所有能用到的菜单命令，通过它可以实现大部分的功能。

　　F　面板：Flash 中有多种面板，用这些面板可以查看或更改 Flash 文档中的相关元素。可以在"窗口"菜单中勾选所要打开的面板或者取消勾选来关闭它们。

　　G　属性面板：在 Flash CS4 中已经转变为常规面板，由以前在界面下方的长条型面板改为界面右侧的常规面板显示。属性面板显示舞台或时间轴上当前选定项的相关属性，同时也把滤镜面板整合到该面板中了。

　　储存和管理界面：用户在操作中会用到不同的面板，经过长时间的操作后，或许界面已经乱作一团，怎样才能让它们各归其位？这时只需在应用程序栏里的"工作区预设"中，单击"重置'基本功能'"选项，如图 2-1-3 所示，这样就可以把杂乱的界面，调整到 Flash CS4 初始的默认界面了。

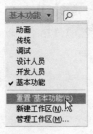

图 2-1-3

人各有所好，所以操作软件的习惯各不相同，如果每次使用 Flash CS4 时都要先调整好自己习惯的操作界面，这样很浪费时间。假如我们把自己习惯的操作界面储存起来，下次快速调用就方便多了。怎样才能把当前自己习惯的操作界面储存起来呢？在应用程序栏里的"工作区预设"中单击"新建工作区"，输入合适的名字，这样就可以把当前的操作界面储存到工作区预设中。

工作区预设菜单中"基本功能"工作区作为默认的状态显示，将时间轴窗口放到了界面下方，还将工具面板和原本在界面下方的属性面板都放置到界面右侧。同时，由于动画方式的改变，Flash CS4 还新增了动画编辑器和动画预设两个窗口。

下面，我们逐一详解以上各部分的具体构成。

2.1 应用程序栏

应用程序栏比较简单，在图 2-1-2 中，原来版本中的标题栏已经变成了如今的应用程序栏了，该栏显示了工作区预设下拉菜单，工作区预设增加到了 6 种（动画、传统、调试、设计人员、开发人员、基本功能），用来适应不同领域专业人员各自的操作特点，默认的预设为基本功能。除此之外，还有一个搜索栏，可以很方便地搜索到官网上有关的帮助信息，该功能也是 CS4 版本独增的特性之一。

2.2 菜单栏

菜单栏包含了所有执行命令的菜单，Flash 的大部分命令都通过它来完成，可以选择不同的菜单来执行不同的操作。在以后的相关章节中会详述相关的操作命令。

2.3 工具面板

Flash CS4 的默认布局是将工具面板放置到界面的右侧，工具面板里包含了绘图、选择、编辑、填色等所有工具。拖动工具面板的边框可以改变工具面板的大小。

把指针放置在工具 🔲 上，停留片刻，可以看到指针的下方显示工具名称为"矩形工具（R）"，快捷键为 R；直接在键盘上按 R 键（大小写都可），即可快速选中这个工具，如图 2-3-1-A 所示。按住鼠标不放，可以在弹出该选项更多的同一类工具中进行选择，如图 2-3-1-B 所示。

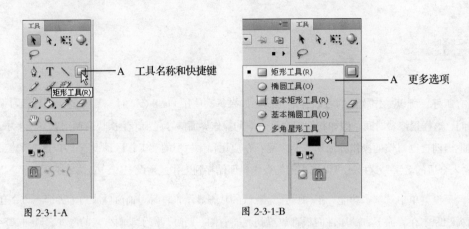

图 2-3-1-A   图 2-3-1-B

同时还可以在图 2-3-1-A 中看到工具面板被分隔线分为 6 个区域，该工具面板由以下 6 部分组成。

第 1 个区域为"选择"部分，主要用来选择工作区中的相关对象；

第 2 个区域为"绘图"部分，包括了一些用来绘制线段、绘制图形、输入文本的相关工具；

第 3 个区域为"填充"部分，主要是填充颜色、擦除填充和吸取颜色等和填充相关的工具；

第 4 个区域为"查看"部分，这个部分只有两个工具，是手型工具和缩放工具；

第 5 个区域为"颜色"部分，这部分主要是用来设置笔触和填充的颜色；

第 6 个区域是"选项"，这个区域也比较特殊，平时是不显示的，只有在选择了相应的工具后，根据所选工具的不同会显示相关的选项。

2.4　时间轴

时间轴大体上由图层、帧、播放头 3 部分组成。包含多个图层，可以用来组织文档中的插图。图层按照其在时间轴中出现的次序堆叠，因此，时间轴底部图层的对象在舞台上也堆叠在底部。用户可以隐藏、显示、锁定或解锁图层。每一图层的帧都是唯一的，但是您却能在同一图层上将其拖动到新位置，或复制或移动到另一图层。下面以如图 2-4-1 所示的文件——小兔眨眼为例说明。

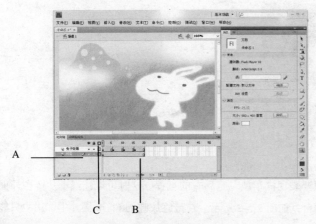

图 2-4-1　A：图层　B：帧　C：播放头

1. 图层

图层就像堆叠在一起的多张幻灯片一样，每个图层都包含一个显示在舞台中的不同图像。可以在当前图层中绘制和编辑对象，而不会影响其他图层上的对象。例如实例"小兔眨眼"中，就有"背景"和"小兔眨眼"两个图层。

2. 帧

帧代表动画中的单位时间。与胶片一样，Flash CS4 将时长分为帧。没有内容的帧以空心圈显示，有内容的帧以实心圈显示。普通帧会延续前面关键帧的内容。帧频决定每个帧占用多长时间。例如实例"小兔眨眼"中，"小兔眨眼"这个图层的帧有小兔睁眼和闭眼的内容，当 Flash 影片从左到右播放这些帧的内容时，就展现了一个小兔眨眼的过程。

3. 播放头

在时间轴面板里有比较细的一条红线，可以拖动该红线上的红方块，来观看红线所停留帧的详细内容，这条红线就是播放头。播放头所指示到的某帧，该帧的内容会展现到舞台上，有助于用户编辑该帧的内容。

关于图层和帧的具体操作，会在后面的章节做详细的介绍。

2.5　舞台

和剧院中的舞台一样，Flash 中的舞台也是播放影片时观众看到的区域，它包含文本、图形及出现在屏幕上的视频。在 Flash Player 或即将播放 Flash 影片的 Web 浏览器中，移动元素进出这一矩形区域，就可以让元素进出舞台。当然了，用户也可以在舞台周围的灰色区域对 Flash 的内容进行相应的操作，不过值得注意的是在 Flash 影片播放时，灰色区域里的内容是不可见的，如图 2-5-1 所示。

图 2-5-1

　　例如在"汽车"例子中，笔者想要表现汽车从左跑到右的过程。这时可以让汽车从舞台外面的灰色区域驶入舞台，然后继续驶出舞台，如图 2-5-2 所示。在最终放映的 Flash 影片中，用户只能看到汽车在舞台上移动的那部分画面，而看不到汽车在灰色区域移动的过程。打开"汽车"文件，在菜单栏选择"控制 > 测试影片"或者直接使用快捷键 Ctrl+Enter 测试影片，这时便可以看到最终效果。

图 2-5-2

　　Flash 默认的舞台大小是 550（宽）×400（高）像素，背景为白色，如图 2-5-3 所示。当然用户也可以根据需要来更改这些默认值。

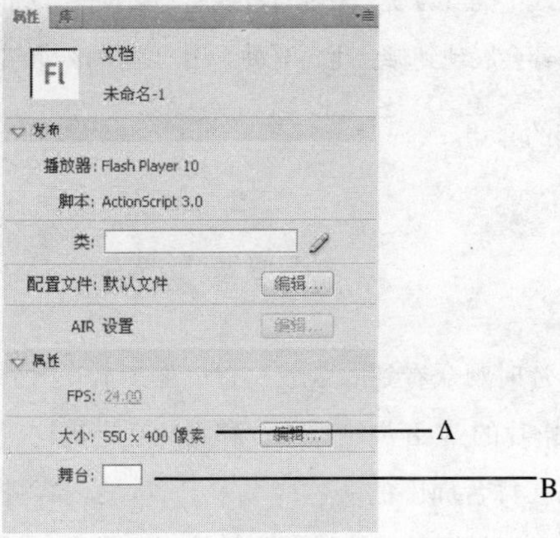

图 2-5-3　A：舞台大小　B：舞台颜色

用户可以在菜单栏选择"视图 > 标尺",这时可以在舞台上显示出标尺,也可以在菜单栏单击"视图 > 网格 > 显示网格",使舞台上展示出网格,或者在菜单栏单击"视图 > 辅助线 > 显示辅助线",然后可以单击标尺的任意一处,在不放开鼠标的情况下可以将辅助线拖到舞台上相应的位置。标尺、网格和辅助线可以帮助用户对舞台上的内容进行精细的定位操作,如图 2-5-4 所示。

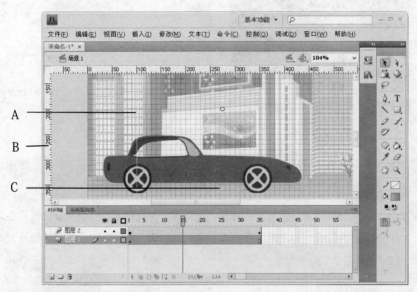

图 2-5-4　A:辅助线　B:标尺　C:网格

提示:网格和辅助线的参数是可以调整的。用户可以在菜单中单击"视图 > 网格 > 编辑网格",在弹出的对话框中可以对网格进行设置;在菜单中单击"视图 > 辅助线 > 编辑辅助线",在弹出的对话框中对辅助线进行设置。

2.5.1　缩放舞台

在制作 Flash 影片的过程中,用户常常需要对舞台进行缩小或者放大,以便更好地对舞台上的内容进行缩小或者放大的相关操作。用户可以在工具面板中单击"缩放"工具后,在相应选项中选择放大或者缩小工具来对舞台进行缩放操作,如图 2-5-5 所示。

图 2-5-5　A：缩放工具　B：放大和缩小选项

　　在选中缩放工具的时，可以将指针移至工作区中，指针显示为一个放大或者缩小模式；例如当前为放大模式；同时按下 Alt 键可以快速切换到为"缩小"模式，反之亦然。

　　假如需要对舞台上内容的特定区域进行放大，首先要选中缩放工具，无论当前是放大模式还是缩小模式，在所要放大的区域按住鼠标左键拖出一个矩形，再松开鼠标左键，指定的区域就被放大并填充至整个窗口，如图 2-5-5 和图 2-5-6 所示。

图 2-5-6　A：放大比率在此显示

　　假如需要将舞台恢复到原来大小，只需双击"缩放"工具即可。同时还可以利用其他方式来缩放舞台。如在菜单中选择"视图"，在下拉菜单中选择"放大"、"缩小"或者"缩放比率"

来进行缩放操作。同时用户还可以在工作区上方的编辑栏，设置舞台的缩放比率，如图 2-5-7 所示。

图 2-5-7　A：调整缩放比率

在"缩放比率"的选项中，可以看到一个"显示全部"选项，使用该选项，可以显示出当前帧的全部内容，如图 2-5-8 所示。

图 2-5-8

当用户需要显示整个舞台时，单击"缩放比率 > 显示帧"，便可以看到完整的舞台，包括舞台下面及右边的拖动条，如图 2-5-9 所示。

图 2-5-9

单击"缩放比率 > 符合窗口大小",可以使舞台充满应用程序窗口,此时舞台周边的拖动条是不可见的,如图 2-5-10 所示。

图 2-5-10

值得注意的是,舞台上的最小缩小比率为 8%,最大放大比率为 2000%,所有的缩放操作都只能在这个范围内进行。

符合窗口大小:在保证可视区域完全显示的前提下,把舞台缩放至充满整个文档窗口的大小,同时水平与垂直滚动条不显示。

显示帧：按照当前帧可视区域的边界来调整舞台视图，这时不包含工作区的内容。

显示全部：按照所有对象可视区域的边界来调整舞台视图，同样也包括工作区中的内容。

2.5.2 移动舞台

当把舞台放大之后或者该对象本来就比较大，此时需要移动舞台来查看舞台上的内容，这时候，就可以用工具面板上的手形工具 来查看各个部分的视图了。选中手形工具后，在舞台上按住鼠标左键不放，便可以根据需要拖动舞台。

2.5.3 粘贴板特性

Flash CS4 的工作区有粘贴板扩展功能，该功能继承了 CS3 中的特性。例如，较多的内容要放置在该区域，将对象拖到工作区边缘时，它会自动扩展其大小来适应对象的摆放。为了更加直观地观看该功能，可以把视图调整为 25% 或更小的显示比例，这样能够很清楚地看到文档的边缘，试着拖动对象到边界来感受一下工作区的自动扩展，如图 2-5-11 所示。

图 2-5-11

2.6 属性

2.6.1 属性面板

属性面板变化较大，由以前在界面下方的长条型面板，移至到如今界面右侧的普通面板显示。该面板为创作动画整合了最基本的选项，让用户可以从一个统一固定的位置访问到大部分的工具选项。属性面板是 Flash 中使用频率最高的一个面板，用户可以通过该面板来设置选取的对象。图 2-6-1-A ～图 2-6-1-D 分别显示不同选定状态下的属性面板。

图 2-6-1-A

图 2-6-1-B

图 2-6-1-C

图 2-6-1-D

2.6.2 滤镜

　　滤镜已成为属性面板的一个子项目了，可以直接利用各种滤镜为文本、按钮和影片剪辑增添有趣的视觉效果。Flash CS4 中也可以利用滤镜效果创建动画。

　　首先选中要应用滤镜的对象，然后单击打开"滤镜"面板，在弹出菜单中选择所要应用的滤镜，如图 2-6-2 所示。

图 2-6-2

当然用户还可以通过滤镜的相关属性更改来调整所应用的滤镜，如图 2-6-3 所示。

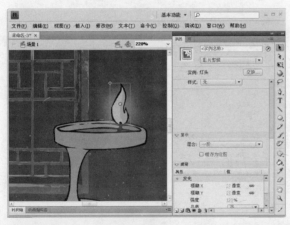

图 2-6-3

一个对象可以同时应用多个滤镜，这时可以看到所有被应用的滤镜的列表。如果要撤销某个滤镜效果，可以在列表中选中该滤镜，再单击滤镜面板下面的 🗑，如图 2-6-4 所示。

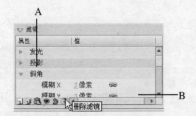

图 2-6-4　A：被添加的滤镜列表　B：滤镜的相关属性

可以单击滤镜面板左下角的"添加滤镜"选项，在弹出的菜单中选择"删除全部"选项；如果选择"禁用全部"选项，可以禁用列表中的全部滤镜；如果选择"启用全部"选项，可以启用列表中的全部滤镜。

提示：应用的滤镜数量越多，质量越高，Flash 要处理的计算量也就相对越大，一定要根据需要，选择合适的滤镜数量和质量级别，以此来保证 Flash 影片的播放性能。

2.7 面板

Flash 程序中有许多面板，每个面板都有一套独特的工具或信息，以查看或修改特定的文件元素。用户通过这些面板可以方便地对选定对象的相关属性进行查看和调整。在 Flash 主菜单中单击"窗口"菜单，可以看到 Flash 程序中所有面板的列表，如图 2-7-1-A 所示。当然有些菜单选项还带有下级菜单；这些选项的右侧有一个三角指示，将鼠标指针在这样的选项上停留片刻，即可弹出相关的下级菜单，如图 2-7-1-B 所示。

图 2-7-1-A　A：包含弹出菜单的选项　　图 2-7-1-B　A：弹出的下级菜单

2.7.1 面板的样式与组合

面板的位置是不固定的，可以随意泊靠或移动、折叠或展开，或多个面板组合在一起。这十分有利于管理和使用众多的面板，如图 2-7-2 所示。

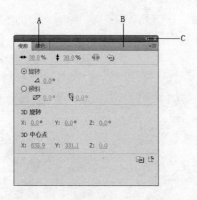

图 2-7-2　A：面板名　B：折叠、展开　C：折叠为图标

　　Flash CS4 这次面板组合方式的升级比较完善。可以随意地将面板拖动到任何一个地方进行组合。用鼠标单击面板上的标签并拖动到用户想要组合的面板上，然后松开鼠标，面板将自动组合到想要组合的面板上，这即称为面板组，如图 2-7-3 所示。例如，通过将一个面板拖移到另一个面板上，当边界出现一个窄蓝色的条时，即可松开鼠标将面板放置到此处。

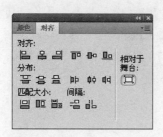

图 2-7-3

　　如果想单独把某个面板从面板组中取出，只需要直接单击你想取出的面板的标签并将其拖出面板组，然后松开鼠标，它就会独立出来了，如图 2-7-4 和图 2-7-5 所示。

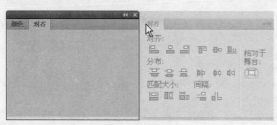

图 2-7-4

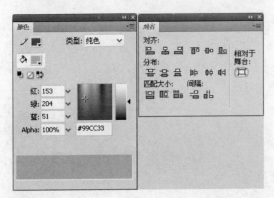

图 2-7-5

2.7.2 图层

图层是大部分设计软件的一个通用概念，它犹如无数的透明纸，你在上面添加的单个对象被叠加在一起，从而产生丰富的视觉效果。

一个 Flash 影片往往会包含许多图层，图层按照其在时间轴中出现的次序堆叠，因此，时间轴底部图层的对象在舞台上也堆叠在底部。假如某两个对象在时间轴上占用同一空间，那么上层中的对象在显示时会挡住下层的对象，当然这并不会影响到对它们进行单独编辑。图层面板设置区，如图 2-7-6 所示。

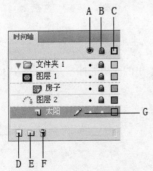

图 2-7-6　A：显示 / 隐藏图层　B：锁定图层　C：图层轮廓
　　　　　　D：新建图层　E：新建文件夹　F：删除图层　G：当前活动层

显示 / 隐藏图层：此切换开关外型为一个小眼睛，用来临时隐藏舞台视图中该层的内容。点眼睛下面的小黑点可显示或隐藏黑点所在图层，如果直接点小眼睛，那么它会隐藏或者显示所有图层内容。注意，这种"隐藏"并非实质上的删除此层，只是在创作过程中起到一个"净化视线"的作用，隐藏后图层中的内容依旧可以在输出的目标文件中显示出来。

锁定图层：在创作过程中，经常会因为误操作移动或删除了已经制作好的内容。因此，使用该切换开关可以禁止或允许对图层的编辑，当锁定后可以保护该层不受任何操作的影响。

图层轮廓：它的全称是"将所有图层显示为轮廓"，如果使用的对象过于复杂，而计算机配置又较低，经常会影响编辑时的显示速度。而这个线框模式可以提高机器运行速度，还能准确地显示对象的位置，这的确是一个完美之策。

新建图层：在当前图层的上方建立一个新图层，双击图层可以修改该图层的名称，上下拖动图层可调整图层的前后顺序。

新建文件夹：图层多到了一定程度，管理起来不太方便。使用图层文件夹，可把图层进行分类归总。方法很简单，只要把图层直接拖入文件夹就可以了。和图层一样，图层文件夹也可执行调整上下顺序、改名等操作。使用其下拉箭头图标，可折叠或展开文件夹。

删除图层：直接单击此按钮可删除当前活动图层，也可以把相应的图层直接拖入到该按钮上进行删除。当只剩一个图层或文件夹时，此按钮将变为灰色不可用状态。

当前活动层：指当前正在编辑的图层，使用铅笔图标表示当前活动图层，并且此层会变为蓝色选中状态。

图层的属性：右键图层会出现一个弹出菜单，在其中单击"属性"选项，会出现"图层属性"对话框，如图 2-7-7 所示。这里以简要的形式列举了关于图层的众多选项。包括改名、选择图层的类型、轮廓颜色等，同时也可以设置图层的显示高度。其中选择类型一项，用于各种图层之间的转换，在以后的动画实例中将经常提到。

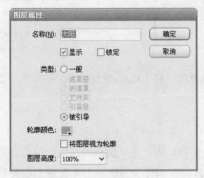

图 2-7-7

2.7.3 定制工具箱

工具箱中的工具并非是一成不变的，当然用户可以根据需要对其进行增删、移位等操作。单击菜单"编辑 > 自定义工具面板"可弹出"自定义工具面板"对话框，如图 2-7-8 所示。

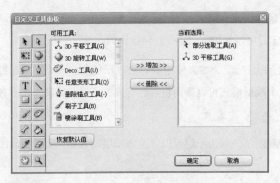

图 2-7-8

1. 增加工具

在打开的"自定义工具面板"对话框左侧工具箱中，单击选中所要添加工具的位置，该位置出现红色方框，表明我们将在这个位置上进行添加工具的操作。然后在"可用工具"列表里选择一个工具，单击"增加"按钮，被选择的工具即出现在"当前选择"一栏里，再单击"确定"按钮，被选择的工具即被添加到刚才选定的位置。当工具面板的某个位置有多个工具时，则该位置的右下角有一个倒三角箭头，长时间在该箭头按鼠标左键不放，可弹出面板，该面板中包括该位置的所有工具。

2. 删除工具

在打开的"自定义工具面板"的左侧工具箱选择所要删除工具的位置，在"当前选择"一栏中选择所要删除的工具，然后单击"删除"按钮后，单击"确定"按钮，则在选定位置删除该工具。

2.7.4 使用快捷菜单和快捷键

除了繁多的菜单和工具外，为了提高操作效率，和其他软件一样，Flash 也提供了一些常用功能的快捷菜单和快捷键。

1. 快捷菜单

快捷菜单不同于主菜单，一般需要进行右键单击才会看到，而且它只会显示与当前单击区域相关的一些功能。比如在 Flash 中，只有在工作区、对象、帧或库面板上右键单击才会看到相关联的快捷菜单。这些快捷菜单在主菜单同样也是可以找到的，不过快捷菜单更加便捷、更有针对性，如图 2-7-9 所示。

图 2-7-9

2. 使用快捷键

用鼠标长期在屏幕中移来移去，有时并非是件很轻松的事。在众多功能中寻找菜单、按钮也是相当浪费时间的。对于大多数熟练的软件使用者来说，记忆一些常用的快捷键是一种非常良好的节省时间的方法。

如之前提到的，工具面板中的快捷键都是单键形式的。而其他的菜单、面板之类的快捷键，都是以键盘上 Ctrl、Alt 和 Shift 这 3 个键其中某些加上字母、数字或符号组合而成的。通常越常用的快捷键越短，例如快捷键 Ctrl + L 调出库面板等。快捷键一般写在菜单命令之后，如图 2-7-10 所示。

图 2-7-10

3. 自定义快捷键

除了一些通用的 Ctrl + C、Ctrl + L 等快捷键以外，并不是所有默认的快捷键都适合每个用户的快速记忆。比如笔者就觉得标尺应该是个经常用到的功能，希望把它的快捷键改得更短一些。

单击菜单"编辑 > 快捷键"就进入了"快捷键"对话框。所谓触类旁通，如果你是 Photoshop、Illustrator 或其他软件的用户，在 Flash 中，也可以使用以前熟悉的软件的快捷键，这样会更快地熟悉现有的操作环境。当然也可以根据需要，设置自己个性化的快捷方式，首先可复制一个副本，在副本上修改，如图 2-7-11 所示。

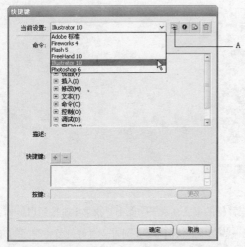

图 2-7-11　A：复制副本

单击复制按钮后，在弹出的副本后，输入一个新的名字。旁边的几个按钮分别用来重命名和删除。

在命令菜单中，选择菜单命令所属的类别。例如在"绘画菜单命令"列表中，单击"视图＞标尺"，然后按下键盘上的 Ctrl ＋ R，单击"更改"按钮，就完成了新快捷键的设置。

例如，产生新快捷键与默认值的键值冲突的情况，可根据自己认为的重要性，来选择保留或替换原有设置，如图 2-7-12 所示。

图 2-7-12　A：新快捷键　B：删除设置　C：新旧冲突

2.7.5 文档的撤消

1. 撤消和重做

在动画的创作过程中，如果操作失误，可以通过撤消来恢复到之前的状态，而重做命令又可以取消刚才的撤消，两者互为逆操作。在"编辑"菜单的最上面，有"撤消"和"重做"两条命令。快捷键分别是 Ctrl + Z 和 Ctrl + Y，这两个快捷键也几乎是通用的，需要熟记。在撤消方面一直是非常值得青睐的，它可以撤消上百步或更多，选择菜单"编辑 > 首选参数"，在第一页中，可以设置 Flash 能够撤消的最多步数，如图 2-7-13 所示。

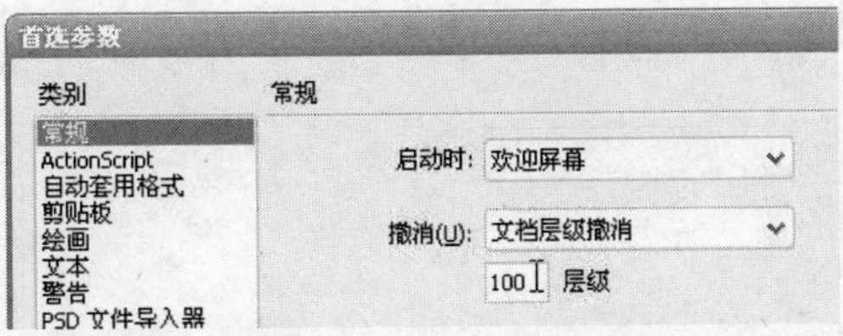

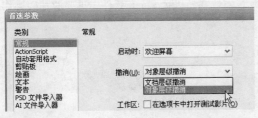

图 2-7-13

2. 文档 / 对象的层级撤消

从 Flash 8 开始就增加了一种撤消模式，被称为"文档 / 对象层级撤消"。当然了，在 CS4 版本中也对此进行了继承，这种撤消模式和以往的顺序撤消不同，它可以跟踪在 Flash 中对各个对象所做的修改。舞台上和库中的每个对象都具有自己的撤销列表。可以撤销目标对象的修改，而不影响其他对象。

这种模式的优势在于如果某个动画制作了数百步，突然想撤消前 20 步中某个元件的修改。如果在早期的版本中，遇到这样的情况也只是束手无策，这正是文档 / 对象层级撤消的强势所在，如图 2-7-14 所示。

图 2-7-14

用户一定切记，最好事先确定需要使用哪种撤消模式，不要等到用时再去切换，因为模式在切换过程中会清空当前的所有历史记录。

2.7.6 场景面板

在创建大型的 Flash 动画项目时，经常会使用场景来组织影片。可以把场景理解为整个演出中的一幕，或者电影中的一个分镜头。每个场景有独立的时间轴，但实际上它只是主时间轴的延续。使用场景会使动画项目在组成上更合乎逻辑且方便管理。

场景面板可以通过主菜单"窗口 > 其他面板"找到。如不通过脚本调用，场景会按照排列的顺序进行播放，这个顺序是可以上下拖动进行改变的，如图 2-7-15 所示。

图 2-7-15　A：添加场景　　B：复制场景　　C：删除场景

不过，随着 Flash 项目越做越大，使用场景来组织动画的设计师反而是越来越少了。原因很简单，在一个文件中使用场景会使其目标文档体积很大。如今使用更多的是把庞大的动画项目进行模块化管理。用单独的 Flash 文档来代替场景，把项目的各组成部分都拆开来，通过脚本进行调用。这样的好处是不怕添加单个文件的体积，又能使团队合作提高效率。

2.8　小结

至此，我们对 Flash CS4 的工作环境已经有了大体的了解。大家是不是已经迫不及待地想要在这个操作环境里一显身手了？好吧，下一章我们就开始讲述 Flash 软件中重要的基础操作——绘图。

$$3$$

Flash CS4 绘图

学习要点：

- · 掌握各种选择工具的使用
- · 掌握各种绘图工具的使用
- · 掌握各种填充工具的使用
- · 掌握本讲中所有工具的实际用途

3.1 Flash CS4 的绘图工具

Flash CS4 提供了极其强大的绘图功能，这在创作过程中是最常用的功能。Flash CS4 绘图，主要借助工具面板上的各种绘图工具来完成。在前面的章节中，已经对 Flash CS4 的工具面板有了初步的讲解。下面对工具面板上的各个工具的具体名称和功能做一介绍。工具面板如图 3-1-1 所示。

图 3-1-1

在上一章已经讲到，Flash CS4 的工具面板大致可以分为 6 个部分，这和以前版本中的工具箱分为 4 部分有很大差异，主要差异是工具面板的排列位置发生了较大的变化。下面来共同了解一下从上到下每个工具的名称与相应的功能。

1. 选择部分

选择工具：选取工具区中的文字或者图像。

部分选取工具：选取图形的节点和路径以改变图像的形状。

3D 平移工具：在 3D 空间中通过 x、y、z 轴移动对象。注意：移动的对象只能为影片剪辑。

任意变形工具：任意变形对象、组合、实例或文本块。使用这个工具可以移动、旋转、缩放和扭曲单个变形，或同时组合几个变形。

渐变变形工具：对渐变颜色进行变形操作。注意：渐变变形工具是和任意变形工具在同一个位置，通过图标右下的三角箭头进行切换。

3D 旋转工具：在全局 3D 空间中旋转影片剪辑对象。

套索工具：手绘一个自由选择部分来创建插图的一个不规则选择。使用套索工具选项来微调并调整用户的选择。

2. 绘图部分

钢笔工具：创建直线或曲线部分，是 Flash CS4 中唯一的让用户创建贝塞尔曲线的绘制工具，能让用户精确控制线段。注意：钢笔工具图标右下有三角箭头，表示还有更多的同系列工具可以选择，按下鼠标可以看到还有另外 3 个工具，分别是添加锚点工具、删除锚点工具和转换锚点工具。

文本工具：用来在舞台上创建文本字段。

线条工具：用来绘制直线。

矩形工具：用来绘制矩形（包括正方形）、椭圆（包括正圆）、多边形等图形，在图标的三角箭头下可以选择同系列工具。

铅笔工具：用其中的一个模式（共 3 种）创建线条：直线化、平滑或墨水。

刷子工具：用来绘制刷子效果的线条或者填充所选对象内部的颜色。

喷涂刷工具：它可以一次将形状图案喷涂到舞台上，同时可以将影片剪辑或图形元件作为该工具的图案使用。

Deco 工具：使用 Deco 绘画工具，可以对舞台上的选定对象应用藤蔓式填充、网格填充和对称刷子填充。

3. 填充部分

骨骼工具：使用骨骼工具，单击要成为骨架的根部或头部的元件，然后拖动到单独的元件，以将其链接到根部。

绑定工具：编辑单个骨骼和形状控制点之间的连接。

墨水瓶工具：用来描绘所选对象的边缘轮廓。

颜料桶工具：用来对封闭区域填充颜色。

滴管工具：用来吸取文字或者图像的颜色。

橡皮擦工具：删除舞台上的任意不想要的图像区域。按下 Shift 键不放，能完美地擦掉水平和垂直线条。

4. 查看部分

手形工具：移动图像显示区。

缩放工具：缩放图像观察比例。

5. 颜色部分

笔触颜色：对绘图部分设置笔触的颜色。

填充颜色：对填充部分设置填充的颜色。

6. 选项部分

选项部分根据选择的工具不同而出现设置这个工具的选项，这里不再一一举例。

下面，笔者将按照从易到难的顺序对各种工具进行讲解。需要说明的是，这个顺序和工具面板的顺序并不相同。

另外特别指出的是，在选择使用某个工具时，需要配合工具面板上的相关选项和属性面板来进行相应的操作。

3.2 选取工具

工具面板上的"选择工具"、"套索工具"、"3D 旋转工具"、"3D 平移工具"和"部分选取工具"都是可以用来选取对象的工具。通过使用选取工具，我们可以实现自由的将图形选中、移动、变形等效果。

3.2.1 选择工具

1. 选取对象

在对象的外围用鼠标拖出一个选取框，在选取框中的内容就是圈选的内容。圈选可以选取全部对象，也可以选取部分对象。快捷键 Ctrl+A 用来全选工作区上的对象，直接在选择对象之外单击，或者按 ESC 键可以取消选择。如图 3-2-1-A 所示，按住鼠标左键拖动一个矩形框将整个对象框选在内，即可选取对象的全部。

当然了，也可以按住鼠标左键将对象的一部分框选在内，则选取该对象的框选住的部分，如图 3-2-1-B 所示。

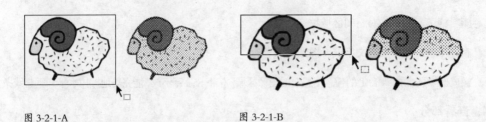

图 3-2-1-A   图 3-2-1-B

移动复制：按住 Alt 键不放，同时在选中的对象上按住鼠标左键拖动，拖动到合适位置松开鼠标，这时该位置就多了一个刚才选中对象的副本，这样就可以轻松地完成对象的复制了，如图 3-2-2 所示。

图 3-2-2

加选减选：按住 Shift 键不放，连续单击多个对象，可以把新的对象添加到当前的选择范围内，称为"加选"。"减选"的方法很类似，这时再次按 Shift 键，单击已经选中的相应对象，可以取消刚单击的那些对象的选取。

注意：双击线条可以同时选取与该线条连接的所有线条，双击面也可以同时选取与该面连接的所有线条。

2. 变形操作

将鼠标指针放在线条上拖曳线条，可以将线条扭曲，从而使对象变形，如图 3-2-3-A 所示，可以将一个蓝色三角形的一个边拖动成实用的曲线。

将鼠标指针放在线条边角处，可以拖曳边角位置使对象变形，如图 3-2-3-B 所示，改变了边角的位置后使整个小船的造型更加逼真。

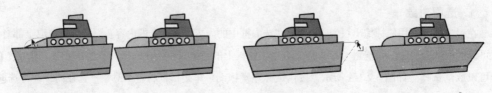

图 3-2-3-A   图 3-2-3-B

3. 修改对象

在使用选择工具选取曲线时，可以看到工具面板上的选项区有"平滑"和"伸直"，它们是用来优化图像的。分别单击它们，选取的曲线就会有被进行"平滑"或者"伸直"的效果。这里用铅笔绘制了一只鸭子，如图 3-2-4 所示。可以明显地看出鼠标绘制的粗糙边缘，通过单击"平滑"选项可以使线条边缘变得光滑。对同一草图单击"伸直"可以看到大部分线条使用直线概括。

图 3-2-4　原图　　　　平滑　　　　伸直

在属性面板上，可以清晰地看到被选取的曲线的坐标位置、颜色、笔触样式等属性，如果在此改变曲线的相关属性，曲线就会进行相关的变化。

4. 对齐对象

在用选择工具选取并移动对象时，我们可以用 Flash CS4 的贴紧功能来使对象之间对齐，或者使对象与网格、辅助线等对齐。

贴紧至对象：在选择了"选择工具"之后，在工具面板的选项区对应有一个"贴紧至对象"选项，选择该选项，便于我们对齐对象。如在图 3-2-5 中，当移动羊接近小鹿时，在移动的过程中对象中心有一个黑色"小圆环"，当对象被移动到与目标对象的对齐距离时，这个"小圆环"会变大，两个对象就会自动对齐。

图 3-2-5

除了直接在工具面板中选择"贴紧至对象"选项外，还可以在菜单栏选择"视图 > 贴紧 > 贴紧至对象"。

在菜单栏的"视图 > 贴紧"下，可以看到几种对齐方式。勾选某个对齐方式，这时该对齐方式就被应用上了；再次单击则可关闭该选项。

同时还可以单击"视图 > 贴紧 > 编辑贴紧方式"选项，打开"编辑贴紧方式"对话框，根据需要设置对齐方式，如图 3-2-6 所示。

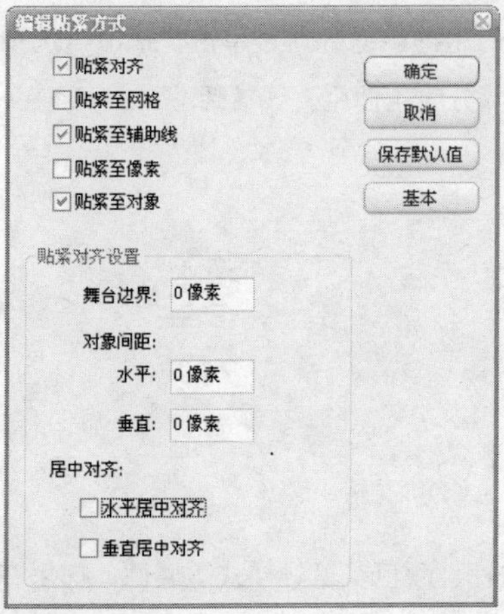

图 3-2-6

贴紧对齐：如果勾选了贴紧对齐方式，可以在图 3-2-6 所示中设置一下贴紧对齐的容差。

默认的对象垂直边缘与舞台边界的容差是 18 像素，当对象垂直边缘与舞台边界相距 18 像素时，会出现一道提示虚线，如图 3-2-7-A 所示。当然也可以设置一下对象之间水平或者垂直的贴紧对齐容差。当两个对象的水平或垂直边缘在设定的容差内对齐时，舞台上会出现提示虚线，如图 3-2-7-B 所示。

图 3-2-7-A   图 3-2-7-B

如果勾选"水平居中对齐"或者"垂直居中对齐"，那么当两个对象水平方向的中心点或者垂直方向的中心点在所设置的一定容差内对齐时，舞台同样也会出现提示虚线。

贴紧至像素：当勾选"贴紧至像素"并移动对象时，对象则会以像素为单位移动。

当把舞台放大到 400% 以上时，再按键盘上的 X 键，这时舞台上出现像素格，我们可以看到对象不论如何放置，始终贴紧像素格，如图 3-2-8-A 所示。

在前面讲述 Flash CS4 的工作环境时，已经对舞台上的网格和辅助线有了相关的认识。所谓的"贴紧至网格"和"贴紧至辅助线"，实质上是指当移动对象到与网格或者辅助线有一定容差距离时，对象便与网格或者辅助线自动贴紧。当辅助线位于网格之间时，贴紧辅助线优先于贴紧至网格，如图 3-2-8-B 所示。

图 3-2-8-A   图 3-2-8-B

3.2.2 套索工具

套索工具  也可以用于对象全部选取或者部分选取。下面用一个已经被打散的像素图片作为例子，来了解一下套索工具的具体使用方法。

1. 自由选区

用套索工具 自由选取全部或者部分对象，只要按住鼠标左键勾画一个全部包含或者部分包含对象的自由选区即可。Flash CS4 会自然用直线来闭合选区。对象在选区内的部分就会选取，如图 3-2-9 所示。

图 3-2-9

这时想取消已选区域，在工作区的任意位置单击鼠标左键即可取消已有的选择区域。

2. 多边形选区

在套索工具对应的选项区，还有魔术棒和多边形模式。用多边形 来选取对象，会勾画出一个直边选区。在起始点单击鼠标左键，然后单击另一点，勾画出一个线段，接着单击另一点，继续勾画相连的线段，双击鼠标左键结束勾画。在选区内的对象即被选取，如图 3-2-10 所示。

图 3-2-10

在多边形模式下，如果要取消选取，只需在工作区的任意位置双击鼠标左键。或者在已选的区域上单击也行。

3. 魔术棒

魔术棒只能应用于被分离为以像素为单位的位图。可以用它来选取对象上颜色相近的区域。这个区域的容差数值可以在"魔术棒设置"中设置，如图 3-2-11 所示。

图 3-2-11

"阈值"的可输入范围为 0 ～ 200。数值越小，可选的颜色越相近，同时也可选的范围也越小。

"平滑"用来定义所选区域的边缘的平滑度。

利用魔术棒在对象上选取某一点，然后再用魔术棒继续在对象上单击鼠标左键，与第一点相近的颜色则会被选取，如图 3-2-12-A 所示。

用魔术棒选取了所需的部分后，这时可以在属性面板里修改被选取部分的属性，例如调整填充色，如图 3-2-12-B 所示，将选区填充为绿色。

图 3-2-12-A   图 3-2-12-B

3.2.3　部分选取工具

利用部分选取工具 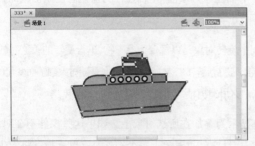 可以显示线段或者对象轮廓上的锚点，通过移动锚点让对象进行变形。在工具面板上选中部分选取工具后，在对象轮廓上单击鼠标左键，即可显示该对象的轮廓上的锚点，如图 3-2-13 所示。

图 3-2-13

1. 调整曲线

在曲线的一个锚点上单击鼠标左键，这时该锚点上会出现一个切线手柄。可以通过拖曳锚点来调整这个点两边的曲线的弧度。通过拖曳切线手柄也可以改变曲线，如果按住 Shift 键曲线会以 45° 的倍数来移动，如果按住 Alt 键，可单独拖动一侧的切线手柄，如图 3-2-14 所示。

图 3-2-14

2. 调整直线

可通过拖动直线上的锚点可以改变直线的长度或者位置，移动锚点时，还可以借助键盘上的方向键↑、↓、←、→来对锚点的位置进行微调，如图 3-2-15 所示。

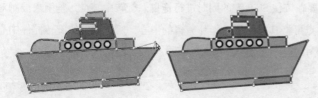

图 3-2-15

提示：想要取消部分选取工具的选择，这时在工作区的任意位置单击鼠标左键，即可取消该选择。如果想删除某个锚点，选中这个锚点，然后按 Delete 键可将其删除。

3.2.4 3D 旋转工具

使用 3D 旋转工具 可以在 3D 空间中，可以将选取的对象进行 x、y、z 轴相应旋转。3D 旋转控件显示在应用选定对象上，这时 x 轴控件为红色、y 轴控件为绿色、z 轴控件为蓝色。使用橙色的自由旋转控件，可同时进行绕 x 和 y 轴旋转。

3D 旋转工具的默认模式为全局。在全局 3D 空间中旋转对象是以舞台为参考物，进行旋转的，（这时的 x、y、z 轴的方向是固定的）。局部空间是指以对象为参考物，进行旋转的（x、y、z 的方向是随对象调整而变化的）。可以通过在"工具"面板的"选项"部分中的"全局"切换按钮 来选择全局或局部模式。

在舞台上选择一个影片剪辑。3D 旋转控件将显示为叠加在所选对象上。如果这些控件不在对象，请双击控件的中心点，以将其移动到选定的对象。指针在经过对象上每个控件时，鼠标指针将发生不同的变化。注意，当鼠标放到在 x、y、z 轴控件时，鼠标右下侧将会出现该控件的名字。最外侧圆环形橙色控件，可以同时调节（x、y 轴）旋转。

拖曳一个轴控件可以使该对象绕该轴旋转，或拖动自由旋转控件（外侧橙色圈）将同时进行绕 x 和 y 轴旋转。如图 3-2-16 所示为分别旋转不同轴所产生的效果。

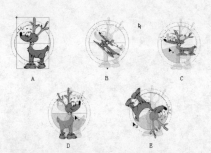

图 3-2-16　A：原图　　　B：表示为拖曳自由旋转控件　C：表示为拖曳 X 控件
　　　　　D：表示拖曳 Y 为控件　　　　　　E：表示为拖曳 Z 轴控件

若要相对于影片剪辑重新定位旋转控件中心点，可以将鼠标放置到该中心点时，拖曳中心点。若要按 45° 增量约束中心点的移动，需要在按住 Shift 键的同时进行拖曳。旋转中心点，是用来控制对象以何处为中心进行旋转的。双击中心点可将其移回所选影片剪辑的中心，所选对象的旋转控件中心点的位置在"变形"面板中显示为"3D 中心点"属性。

3.2.5 3D 平移工具

使用 3D 平移工具 可以在 3D 空间中移动影片剪辑。在使用该工具选择影片剪辑后，x、y 和 z 三个轴将显示在对象上。x 轴为红色，y 轴为绿色，而 z 轴为蓝色。

3D 平移工具的默认模式是全局。该工具中的局部和全局模式的概念、切换等与 3D 旋转工具中是一样的，这里不再赘述。

使用 3D 平移工具选择一个影片剪辑，这时用户能够通过选中 x、y 或 z 轴控件，对该对象进行 x、y、z 轴方向的平移。x 和 y 轴上的箭头分别表示相对应轴的方向。z 轴控件默认为影片剪辑中间的黑点，上下拖动 z 轴控件可在 z 轴上移动对象。注意，z 轴主要是来设置离用户视线远近距离的，z 轴默认方向是在该对象中心方向与舞台平面垂直，箭头指向舞台内侧。若要使用属性移动对象，可以在属性面板的 "3D 定位和视图" 部分中输入 x、y 或 z 的值。如图 3-2-17 所示为分别移动不同轴所产生的效果。

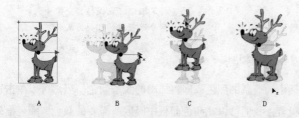

图 3-2-17 A：原图 B：移动 x 轴控件 C：移动 y 轴控件 D：移动 z 轴控件

在 z 轴上移动对象时，对象的外观尺寸将会发生视觉上的变化。外观尺寸在属性面板中显示为属性的 "3D 定位和查看" 部分中的 "宽度" 和 "高度" 值。

3.3 基本绘图工具

我们把线条工具、铅笔工具、矩形工具（包括椭圆、多角星工具等）、刷子工具（包括喷涂刷工具）、Deco 工具、钢笔工具作为一组基本绘图工具。

3.3.1 线条工具

在工具面板上选择线条工具，在舞台上按住鼠标左键拖动，即可绘制出线条。如果在按住鼠标左键的同时按住 Shift 键，就可以绘制出以 45° 角的倍数线条，例如水平或者垂直的线条等。

在工具面板上选择了线条工具之后，在属性面板里我们可以对线条的属性作相应的设置，如图 3-3-1 所示。

图 3-3-1　　A：线条颜色　　　　　　　　　B：线条粗细
　　　　　　C：线条样式　　　　　　　　　D：对相关线条样式设定属性
　　　　　　E：设定路径终点的样式　　　　F：是否将笔触锚记点保持为全像素
　　　　　　G：限制笔触在 Flash 播放器中的缩放　H：定义两个路径段的相接方式

下面可以对属性面板上的各部分内容做具体讲解。

线条颜色：这里显示的为当前被选中的线条的颜色或即将描画的线条颜色。当然可以单击这个颜色框，打开颜色面板，此时指针变为吸管，我们可以在颜色面板中吸取所需要的颜色，颜色框的颜色随之改变。

线条高度：在这里是用来设定线条的粗细，范围在 0.10 ～ 200 点之间。可以在此输入框内直接键入所需的数值，或者在输入框左边的滑杆上拖动滑块，来选择线条粗细的数值。

线条样式：Flash CS4 提供了各种丰富的线条样式，如图 3-3-2 所示。

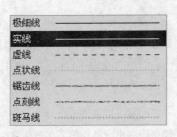

图 3-3-2

当用户选择相应的线条后，可以根据需要对它的相关属性进行相关调整。例如，在选定了线条样式为锯齿状之后，单击线条样式右边的"编辑笔触样式"，在弹出的"笔触样式"对话框里可以对线条进行更精确的设置，如图 3-3-3 所示。同样也可以在这里选择其他的线条样式。

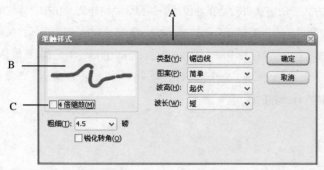

图 3-3-3　A：选择线条样式　B：当前的线条样式　C：勾选此处，即放大四倍查看上图

可想而知，快速利用各种线条样式，就可以绘制出一幅好看的图画来，"线条图画" 就是一幅使用完全不同的线条样式绘制出来的图案（用选择工具 选取线条，可以在属性面板中查看它的属性），如图 3-3-4 所示。

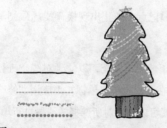

图 3-3-4

当线条样式选定为实线或者极细模式时，图 3-3-1 所示的 E 和 H 都处于可用的状态。

端点：设定路径的样式。通俗来讲也就是对线条端点类型进行设置。在端点样式的倒三角处，单击打开下拉选项，可以看到三个选项："无"、"圆角" 和 "方型"。在对视图放大的情况，对同一段线条应用以上的三个不同选项模式，来查看相关的区别。其中，"无"，即对线段的端点不进行设定。

在图 3-3-5 中可以看到，对端点做了 "方型" 设定的线段比对端点作 "无" 设定的线段两端略长一些，"方型" 线段两端增加的长度分别相当于线段笔触高度数值的一半，也就是说，如果线段的笔触高度为 10 点，则当指定线段两端为 "方型" 时，线段两端各增加 5 点的长度，如图 3-3-5 所示，端点设为 "圆角" 模式与 "方型" 实现原理类似，只不过是端点形状变成圆形的了，这里不再赘述。

A ────　▬▬▬▬

B ────　▬▬▬▬

C ────　▬▬▬▬

图 3-3-5　A：端点设定为 "无"　B：端点设定为 "圆角"　C：端点设定为 "方型"

接合：定义两个路径段的相接方式。通俗来讲就是在两段线条的接合处的样式。在接合样式的倒三角符号处单击鼠标左键，打开下拉菜单。可以看到有三个选项：尖角、圆角、斜角。例如选择"尖角"，左边的"尖角"输入框即处于激活状态，这时可以在其中键入尖角的数值，范围在 1 ～ 60 之间，数值越大，尖角越加的突出。下面用线条绘制一个"Z"，图 3-3-6 所示为对于同一个"Z"的三段路径，查看一下在选择不同的路径相接方式下，具体有什么样的区别。

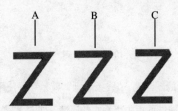

图 3-3-6　A："尖角"接合　　B："圆角"接合　　C："斜角"接合

笔触提示复选框：勾选笔触提示，可在全像素下调整线段锚记点，防止出现模糊线。限制笔触在 Flash 播放器中的缩放。

在 Flash CS4 中，线条不仅具有笔触颜色，当然还可以把线条转换为填充，以便于对线条进行位图填充或者渐变填充。首先在舞台上选中要进行转换的线段，然后在菜单栏单击鼠标左键应用"修改 > 形状 > 将线条转换为填充"命令，这时颜料桶工具便被激活，这时就可以用它对所选择的线段进行填充了。

将一个美丽的鲜花的素材导入 Flash CS4 库中，这时使用颜料桶并用位图方式填充图 3-3-7 所示左起第二个"Z"。对于左起第三个"Z"，我们进行渐变填充。对于左起第一个"Z"，我们保持原样，不进行转换，得到如图 3-3-7 所示的效果。

图 3-3-7

提示：将线段转换为填充后，线段就转变成为图形，便失去了线段的属性。

接下来，在工具面板上选择了线条工具之后，这时可以看到在工具面板上的选项区出现的相应选项，如图 3-3-8 所示。

图 3-3-8　A：对象绘制　　B：贴紧至对象

对象绘制：形状和线条叠加时经常会出现互相切割的情况，在移动时，很容易产生误操作。之前转换成组是一个比较好的方式，但用户往往没有选择性，有时并不需要粘连和切割的时候，这些特性往往显得多余、误事。

因此，在 Flash CS4 版本中，提供了用户事先对绘制模式的选择。除了传统的方式以外，还可以在铅笔、刷子、椭圆、矩形等工具的选项中找到"对象绘制"这种模式。可以把它理解成绘制后的对象直接成组的特性，这种模式下，同色对象不会自动粘连、异色对象也不会自动切割，如图 3-3-9-A 所示。

在这种模式下，和组合方式一样，对象周围会有个蓝色外框。这时可以发现当叠放在一起的对象移开时，仍然保持各自的独立和完整，如图 3-3-9-B 所示。

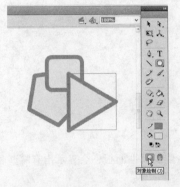
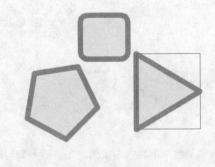

图 3-3-9-A "对象绘制"模式　　　　　图 3-3-9-B 保持独立的对象

紧贴至对象前面的章节已经详细讲解，这里我们就不再讲解了。

3.3.2　铅笔工具

使用铅笔工具绘图，能体验到类似于用真实铅笔绘图的感觉。在工具面板上选择铅笔工具 ，按住鼠标左键在舞台上拖动，便可以进行铅笔绘图。与线条工具一样，在用铅笔工具绘图时，同时按住 Shift 键，可以绘制水平或者垂直的线条，但是不能绘制 45° 角或者其倍数的线条。

下面来对选中铅笔工具后，工具面板上出现的选项做一了解。

"对象绘制"选项，我们在学习线条工具的时候就已经了解了，在此不再赘述。

铅笔模式选项有一个隐藏的下拉菜单，单击该选项打开下拉菜单。这时便可以看到三个选项："伸直"、"平滑"和"墨水"，如图 3-3-10 所示。这三个选项是铅笔工具的三种不同的绘图模式。如果选择"伸直"，绘制出来的线条会被自动拉直。如果选择"平滑"，则绘制出来的线条会被进行平滑处理。如果选择"墨水"，所绘制的线条就保持原样，不会被加工处理。

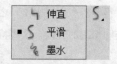

图 3-3-10

提示：在伸直模式下，如果铅笔工具所绘制的图形接近于三角形、矩形（包括正方形）等，就会被自动拉伸为这些几何形状。

如果我们要用铅笔工具绘制一个小船的形状，下面可以利用三种不同的绘图模式来绘制同一样的对象,会有什么区别呢？如图 3-3-11 所示。从左到右三个图形分别使用的是"伸直"、"平滑"和"墨水"模式。

图 3-3-11

接下来，我们再来了解一下在选中了铅笔工具后，舞台右侧的属性面板，会显示出有哪些相关内容。

这时的属性面板与我们之前看到的选择线条工具时对应的属性面板十分类似，不同的是多了一个"平滑"对话框。在选择了"平滑"绘图模式时，这个对话框被激活，在这里对平滑度进行精确的控制，数值在 0 ～ 100 之间，如图 3-3-12 所示。

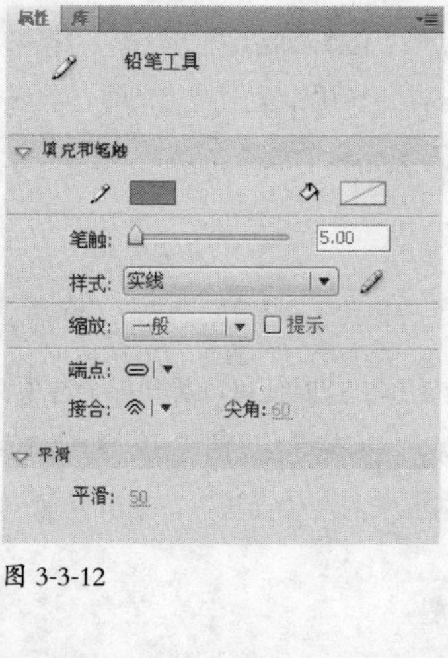

图 3-3-12

3.3.3 椭圆工具与基本椭圆工具

1. 椭圆工具

在矩形工具上，长按鼠标左键，在弹出的工具面板中选择椭圆工具，这时该矩形工具位置图标会便为椭圆图标 ，然后按住鼠标左键在舞台上拖动，便可以绘制椭圆。配合按住 Shift 键的同时使用椭圆工具拖动，可以绘制一个正圆。在按住 Alt 键的同时，以鼠标拖动点为中心绘制出一个椭圆。

可以运用精确定位的画法，当选择了椭圆工具后，按住 Alt 键，在舞台上需要绘制椭圆的地方，单击鼠标左键，即会弹出一个"椭圆设置"对话框，在该对话框中设置椭圆的高度和宽度以及选择上"从中心绘制"复选框，单击"确定"按钮之后，则以所选位置为中心完成一个椭圆，如图 3-3-13 所示。

图 3-3-13

当然同时也可以配合工具面板上颜色选区的笔触颜色或者填充色，来绘制带有轮廓和填充的椭圆，或者只具有轮廓的椭圆以及只具有填充的椭圆，如图 3-3-14-A 所示。

如图 3-3-14-B 所示，在颜色选区选择填充色，然后鼠标左键单击"没有颜色"选项，则绘制的椭圆没有填充。同样设置笔触颜色为"没有颜色"选项，但是一定得设置相应的填充颜色，则绘制的椭圆就只有刚才设置的填充颜色，而没有轮廓的椭圆。如果既设置笔触颜色也设置填充色，则绘制的椭圆既有轮廓颜色又有填充颜色。

图 3-3-14-A   图 3-3-14-B

在选择了椭圆工具后，查看工具面板上的选项和舞台右侧的属性面板，我们发现它们与线条工具所对应的内容是一样的。它们的具体用法与前面所讲也一样，在此不再赘述。特别提醒一下，是否选择"对象绘制"模式，直接决定在舞台相交的图形是否会相互影响，这个概念我们在学习线条工具时已经做了相关解释。

2. 基本椭圆工具

基本椭圆工具是 Flash CS4 中继承 CS3 的特性，基本功能和椭圆工具相同，主要的特点是：所画的椭圆是作为对象绘制的；绘制后的椭圆可以继续在属性面板中进行图的原属性的调节。在工具面板中选择基本椭圆工具 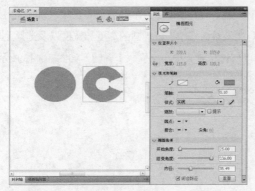 可以绘制出基本椭圆。同样，如果它没有出现在工具面板中，单击长按"矩形工具"按钮，在弹出的菜单中选择"基本椭圆工具"选项。

在如下例子中，就是使用基本椭圆工具绘制了两个椭圆，其中在属性面板中对第二个椭圆的起始和结束角度以及内径进行了相应的调整，如图 3-3-15 所示。

图 3-3-15

3.3.4 矩形工具和基本矩形工具

1. 矩形工具

选中工具面板上的矩形工具 后，按住鼠标左键在舞台上拖动，可以绘制一个矩形，如果同时按住 Shift 键，再绘制矩形，则可以绘制一个正方形。在 Flash CS4 里，我们还可以轻松地绘制圆角矩形。

在选择了矩形工具的后，可以发现工具面板上对应的选项和舞台右侧的属性面板，可以看到，与椭圆工具相比，工具的选项内容一样，如图 3-3-16-A 所示。而在属性面板上则多了矩形边角半径的设置选项，如图 3-3-16-B 所示。

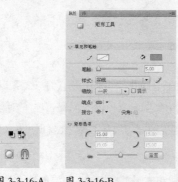

图 3-3-16-A   图 3-3-16-B

在该属性面板的"矩形选项"项中，可以设置圆角矩形的边角半径，可键入的范围为－100至100，数值越大，矩形的边角钝化程度越高，也就是边角显得越圆。如果键入负数，则边角是向内凹的曲线。图3-3-17所示是边角设置为50和－50的圆角矩形。当然在Flash CS4中也可以对每个边角分别进行不同的设置，只要把中间的锁定按钮开启。

图 3-3-17

值得注意的是，在选中了矩形工具后，按住Alt键，在舞台空白处单击鼠标左键，弹出一个"矩形设置"对话框，在该对话框中可以设置矩形的宽度、高度、是否从中心开始绘制，以及边角半径的数值。和前面讲到弹出的"椭圆设置"对话框的很类似。

当然还可以更直观地调整矩形边角的钝化程度。在选择了矩形工具后，按住鼠标左键在舞台上拖曳出一个矩形，在不松开鼠标的情况下，可以使用键盘上的↑、↓方向键，可以可视化调整矩形的边角半径，如图3-3-18所示。

图 3-3-18

2. 基本矩形工具

同基本椭圆工具一样，基本矩形工具也可以绘制一个矩形，而且绘制后的矩形保持原图属性，可以在属性面板中继续对它再进行的圆角方面的调整，如图3-3-19所示。

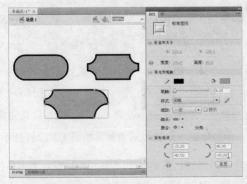

图 3-3-19

3.3.5 多角星形工具

多角星形工具也是在矩形工具的位置，打开该位置的下拉菜单，在该菜单中选择"多角星形工具"选项，如图 3-3-20 所示。

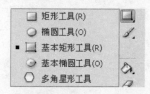

图 3-3-20

与矩形工具相比，多角星形工具对应的舞台右侧的属性面板上，多了一个"工具设置"栏下的"选项"。单击"选项"按钮，会弹出一个对话框，如图 3-3-21 所示。

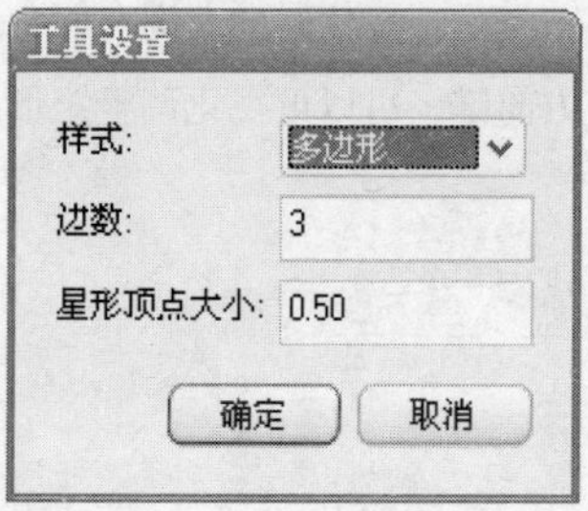

图 3-3-21

我们可以在"工具设置"对话框中对所要绘制的多边形或星形参数进行相应的调整。

样式：根据需要可以使用选择"多边形"或"星形"。

边数：设置多边形的边数或者星形的顶点数，数值范围为 3 ～ 32。

星形顶点大小：输入数值范围为 0 ～ 1 的数字，以确定星形的锐化程度，数值越小，锐化程度越深。注意该设置对多边形不产生影响。

下面来利用多角星形工具来绘制一个等边三角形。具体步骤如下，在工具面板上选择"多角星形工具"工具，单击属性面板的"选项"按钮，在弹出的"工具设置"对话框中设置，样式选择多边形，边数为 3，"星形顶点大小"虽然处于可用状态，但是这个设置对多边形绘制不产生影响，设置完成单击"确定"按钮，然后在舞台上按住鼠标左键拖曳，便能得到一个等边三角形，如图 3-3-22-A 所示。

下面来学习一下五角星形的绘制。在"选项"对话框中设置样式是星形，边数是 5，星形顶点大小是 0.5，单击"确定"按钮。然后在舞台上按住鼠标左键拖曳，便得到一个五角星，如图 3-3-22-B 所示。

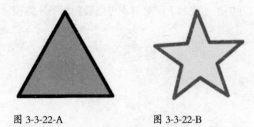

图 3-3-22-A   图 3-3-22-B

3.3.6　刷子工具

刷子工具可以用来绘制出十分类似于毛笔作画的效果，也可以用它来填充所选对象的内部颜色。

在工具面板中选中刷子工具 ，这时可以在属性面板上看到，只有填充色选项而没有笔触选项，如图 3-3-23 所示。另外，这时也可以在此对线条的平滑度进行调整。

图 3-3-23

刷子工具对应的工具面板上的"选项"有对象绘制，刷子模式，刷子大小，刷子形状，锁定填充等选项，如图 3-3-24 所示。

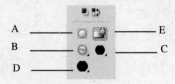

图 3-3-24　　　A：对象绘制　　　B：刷子模式
　　　　　　　C：刷子大小　　　D：刷子形状　　　　E：锁定填充

关于 A 对象绘制，我们已经在前面讲到过了，值得注意的是，这个选项只使用于在 B 处刷子模式为"标准绘画"时，才是起效状态的，在其他刷子模式下，对象绘制是不起作用的。

B 刷子模式：单击刷子模式的按钮，即可打开刷子模式的下拉菜单，可以看到以下不同模式的选项，如图 3-3-25 所示。

图 3-3-25

标准绘画：直接可以涂抹的内容包括线条或者填充。

颜料填充：只可以覆盖已有图形的填充区域，边线不受影响。

后面绘画：只涂抹空白区域，填充区域和边线不受影响。

颜料选择：只能涂抹到已经选择住的区域，其他区域不受影响。

内部绘画：只涂抹开始使用刷子工具时所在的填充区域或者空白区域，边线不受影响。

C 刷子大小：在该工具的下拉列表中，可以选择刷子大小。

D 刷子形状：在工具的下拉列表中，选择刷子形状。

E 锁定填充：选择了这个选项之后，当在使用渐变色或位图填充时，这一填充会扩展到整个舞台。

例如，我们选择了刷子工具后，打开工具面板上颜色区"填充色"的颜色面板，可以选择一个系统自带的线性渐变色（注意：工具面板上颜色区的"笔触颜色"对刷子工具是不起作用），如图 3-3-26-A 所示。

同时选择选项区"锁定填充"选项，选择"刷子模式"为"标准绘画"，然后选择合适的刷子大小和刷子形状，如图 3-3-26-B 所示。

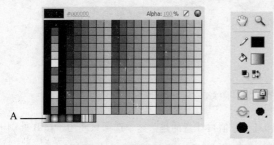

图 3-3-26-A   A：选择一个线性渐变色   图 3-3-26-B

接着，我们将背景色改成蓝色，在舞台上从左到右涂抹一条横线，在这条横线下方再从左到右分段涂抹三段横线。我们可以看到，如图 3-3-27-A 所示，三段横线共同使用一个渐变填充。

在没有应用"锁定填充"选项时，同样的操作会有什么不同之处。观察可以发现，在不选择"渐变锁定"时，分三段涂抹的线条各自分别应用了渐变色，如图 3-3-27-B 所示。

图 3-3-27-A

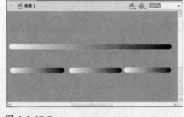
图 3-3-27-B

3.3.7 喷涂刷工具

喷涂刷是一种类似于粒子喷射器效果的工具，使用它可以一次将形状图案喷涂到舞台上。在喷涂刷工具的属性面板中，勾选默认形状后，在其右边的颜色选择器上更改填充的颜色。也可以单击"编辑"选项从库中选择自定义元件作为"粒子"使用。

选择喷涂刷工具，使用默认形状，缩放设置成 68%，勾选"随机缩放"，画笔宽度为 90，高度为 90，画笔角度设置成 17 顺时针。拖动鼠标在舞台上绘制出雪的效果，如图 3-3-28 所示。

图 3-3-28

编辑：打开"选择元件"对话框，可以选择该库中相应的影片剪辑或图形元件作为喷涂刷粒子。

颜色选取：显示默认粒子喷涂的填充颜色，单击该工具可以更改颜色。注意，当使用库中的元件作为喷涂粒子时，颜色选取器是禁用的。

缩放宽度：控制缩放喷涂粒子的元件的宽度。

缩放高度：控制缩放喷涂粒子的元件的高度。

随机缩放：按照随机缩放比例把使用元件的喷涂粒子喷涂在舞台上，而且每个粒子的大小也有改变。使用默认喷涂点时，此选项是禁用状态的。

旋转元件：围绕中心点旋转使用元件的喷涂粒子。

随机旋转：指定按随机旋转角度将每个使用元件的喷涂粒子放置在舞台上。使用默认喷涂点时，会禁用此选项。

3.3.8　Deco 工具

Deco 绘画工具，可以将舞台上的选定的对象应用效果。在选择 Deco 绘画工具后，可以在右侧的属性面板中选择各种绘制效果。

1. 藤蔓式填充

用户可以利用藤蔓式图案效果，填充舞台、元件或封闭区域。也可以从库中选择自定义的元件，替换默认图案进行填充。

在工具面板中选择 Deco 工具，这时在右侧的属性面板的"绘制效果"栏中，选择"藤蔓式填充"右侧的小三角，这时可以发现弹出的菜单中，分别有藤蔓式填充、网格填充、对称刷子三种填充效果，如图 3-3-29 所示。

图 3-3-29

在属性面板中，不仅可以使用默认的花朵和叶子形状的填充。还可以通过单击"叶"或"花"栏内的"编辑"按钮，在弹出的对话框中，选择合适的元件替换默认花朵或者叶子。在舞台上绘制出替换元件后效果，如图 3-3-30 所示。

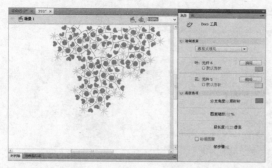

图 3-3-30

可以通过右侧的属性面板中的相应参数，来设置填充形状的水平间距、垂直间距和缩放比例。应用藤蔓式填充效果后，将无法通过更改属性面板中的高级选项，更改已填充的图案。

分支角度：分支图案的旋转角度。

分支颜色：用于指定分支的颜色。

图案缩放：缩放操作会使对象同时沿水平方向和垂直方向放大或缩小。

段长度：叶子节点和花朵节点之间段的长度。

动画图案：设置效果的每次迭代都绘制到时间轴中的新帧。在绘制花朵图案时，此选项将创建花朵图案的逐帧动画序列。

帧步骤：设置绘制效果时每秒要横跨的帧数。

2. 网格填充效果

网格填充可以填充舞台、元件或封闭区域。将网格填充绘制到舞台后，如果移动填充元件或调整其大小，则网格填充将随之移动或调整大小。填充应用的默认元件是 25 像素 ×25 像素、无笔触的黑色矩形形状。当然我们也可以通过选择自定义的元件来进行填充。

在工具面板选择 Deco 工具，在属性面板中的“绘制效果”栏中，选择“网格填充”效果，如图 3-3-31 所示。

在 Deco 绘画工具的属性面板中，选择“绘制效果”栏内的颜色选择器，可以改变填充图案的颜色。单击“编辑”可以从库中选择自定义元件，作为填充图案，但是此时颜色选择器就会变成禁用状态了。我们还可以设置填充形状的水平间距、垂直间距和缩放比例选项。这时在舞台上填充，如图 3-3-31-B 所示，就是替换了元件后绘制的效果。

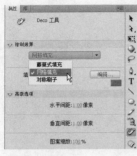 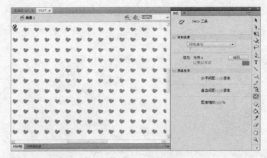

图 3-3-31-A   图 3-3-31-B

水平间距：设置网格填充中所用形状之间的水平距离。

垂直间距：设置网格填充中所用形状之间的垂直距离。

图案缩放：可以同时将对象同时沿水平方向和垂直方向放大或缩小。

3. 对称刷子

对称刷子，可以绘制出围绕中心点对称的图案效果。在舞台上绘制元件时，可以通过手柄将对称效果进行相应的调整。用户能够通过使用对称刷子来创建圆形用户界面元素和旋涡图案。图案的默认元件是 25 像素 × 25 像素、无笔触的黑色矩形形状。

选择 Deco 绘画工具，然后在属性面板中从"绘制效果"菜单中选择"对称刷子"。在 Deco 工具的属性面板中，可以更改默认矩形形状的填充颜色，设置方法和网格效果是一样的。也可以单击"编辑"从库中选择自定义元件。

绕点旋转：创建围绕在舞台上指定的固定点旋转对称中的形状。默认参考点是对称的中心点。此时可以通过较长的手柄来选择整个图案，也可以通过较大手柄，来减少或添加相应的元件数目。选择 Deco 工具，在属性面板中从绘制效果菜单中选择"对称刷子"，然后在编辑中选择一个树叶图形元件，接着在高级选项中选择"绕点旋转"，分别调整两个手柄绘制出满意的图案，如图 3-3-32-A 所示。

跨线反射：创建一组跨用户指定的不可见线条等距离翻转形状。首先使用制作绕点旋转的方法调整好属性内的选项，在高级选项中选择"跨线反射"，调整手柄绘制出满意的图案，如图 3-3-32-B 所示。

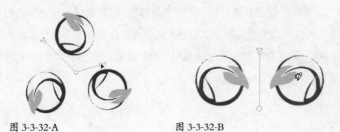

图 3-3-32-A   图 3-3-32-B

跨点反射：创建一组围绕用户指定的固定点等距离放置两个形状。还是用同样的方法设置好属性内的选项，在高级选项中选择"跨点反射"，在舞台上绘制图案，如图 3-3-32-C 所示。

网格平移：可以创建平铺的网格图案。每次在舞台上单击 Deco 工具都会创建形状网格。可以使用手柄定义的 x 和 y 坐标调整这些形状的高度和宽度。也可以通过两个较短的小手柄，调节 x、y 轴的方向。选择 Deco 工具，在属性面板中将绘制效果选择成对称刷子，单击编辑，选择一个图形元件进行绘制，在高级选项中选择"网格平移"。在舞台上绘制排列整齐的网格图案，如图 3-3-32-D 所示。

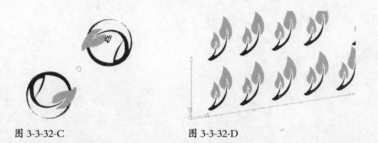

图 3-3-32-C   图 3-3-32-D

测试冲突：如何用户将对称效果内的实例增加到过多时，可防止绘制的对称效果中的形状相互叠加。取消选择此选项后，会将对称效果中的形状重叠。

3.3.9 钢笔工具

钢笔工具可以用来绘制直线和曲线，特别是绘制精确的曲线。

1. 钢笔工具绘制直线

在工具面板上选择钢笔工具，在舞台右侧的属性面板可以调节相应的笔触颜色、笔触高度等相关属性。接着在舞台上单击鼠标左键，确定直线的起始点，然后在另一位置单击鼠标左键，确定直线的另一点，这样一条直线便绘制出来了。再次在另一位置单击鼠标左键建立新的点，这一点与前一点又连成一条直线，经过多次的单击后，如图 3-3-33 所示。

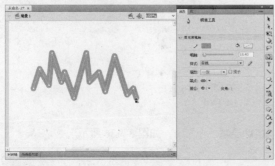

图 3-3-33

2. 钢笔工具绘制曲线

在舞台上单击鼠标左键确定一个起始点，然后在另一位置单击第二点时按住鼠标左键拖曳，在出现一个切线手柄。可以通过调节伸缩切线手柄的长度或者移动切线手柄的位置，可以调节曲线的高度和倾斜度，如图 3-3-34 所示。同时配合按住 Shift 键，曲线的倾斜度会以 45° 的倍数变化。

图 3-3-34

如果要停止钢笔工具的操作，在按住 Ctrl 键的同时，用鼠标左键单击工作区的其他位置，或者直接按 Esc 键。

3. 用钢笔工具精确绘图

在上一章讲述 Flash 的工作环境时，我们已经对舞台上的标尺、网格和辅助线有了初步了解。在用钢笔绘图时，借助于这些视图工具，可以进行精确绘图。

在菜单栏单击"视图 > 标尺"，在舞台上便显示标尺。单击"视图 > 网格 > 显示网格"，在舞台上显示网格。单击"视图 > 辅助线 > 显示辅助线"，如图 3-3-35-A 所示。接下来按照绘图的需要在舞台上设置辅助线，如图 3-3-35-B 所示。

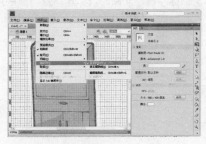

图 3-3-35-A

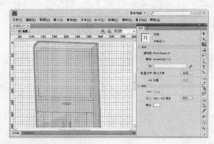

图 3-3-35-B

借助于设置好的辅助线，用钢笔工具可以精确绘制一个瓶子，如图 3-3-36 所示。

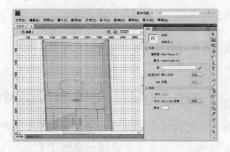

图 3-3-36

4. 用钢笔工具增加曲线的锚点

用钢笔工具可以增加曲线上的锚点。选择钢笔工具，将鼠标指针移动至曲线上，当钢笔指针边出现一个 + 号时，单击鼠标即可在曲线上增加一个锚点，如图 3-3-37 所示。

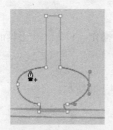

图 3-3-37

5. 设置钢笔工具的首选参数

在菜单栏选择"编辑 > 首选参数"，在弹出面板的左栏选项中选择"绘画"选项，可以设置钢笔工具的参数，如图 3-3-38 所示。

图 3-3-38

如果勾选上"显示钢笔预览"选项，可以在单击线段终点前，显示线段预览效果。

如果勾选上"显示实心点"选项，用部分选取工具选择对象，显示对象的锚点时，所有锚点为实心点，此时再用部分选取工具选定某个锚点，该锚点则会显示为空心点。

如果勾选上"显示精确光标"选项，鼠标指针则会以十字准线的形式出现，可以提高定位的精确度。

提示：按 Caps Lock 键可以在鼠标指针和钢笔指针之间切换，有时候用户使用钢笔绘制时一直处于指针情况下，先检查一下大写键是否处于选中状态，然后再看首选项的参数设置。

3.4 任意变形工具

任意变形工具 ，可以将工作区上的对象进行移动、旋转、倾斜、缩放、扭曲、封套等变形操作。任意变形工具的扭曲和封套功能只适用于形状对象，当对象为元件、文本、位图、渐变时，则这两种变形操作选项处于不可用状态。

在舞台上绘制一匹马为形状对象，下面可以用任意变形工具来进行变形操作。首先，在工具面板上选择"任意变形工具"，然后将对象选中，如图 3-4-1-A 所示。

此时在工具面板的选项栏中，所有选项都处于可以应用的状态，如图 3-4-1-B 所示。

图 3-4-1-A

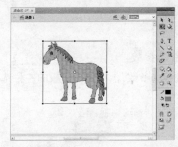

图 3-4-1-B

1. 贴紧至对象

在移动对象时，可选择这一选项来对齐对象。详见"选择工具"中的相关讲解，这里不再赘述。

2. 旋转与倾斜

选中"旋转与倾斜"选项，对象周边便出现 8 个控制点。将鼠标指针放在对象边角上，使指针变为一个旋转符号，此时拖曳对象便可将对象旋转，如图 3-4-2-A 所示。

旋转是围绕对象的中心点进行的，也可以把中心点位置移动到更合适的位置，旋转便可以围绕新的中心点位置进行，如图 3-4-2-B 所示。

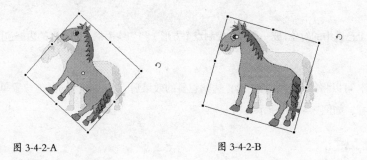

图 3-4-2-A   图 3-4-2-B

把鼠标指针放在边中心的控制点上，使指针变为倾斜符号，此时拖曳对象，可使对象进行倾斜操作，如图 3-4-3-A 所示。

3. 缩放

选中"缩放"选项，然后将鼠标指针放在对象的任意控制点上，当鼠标指针变为缩放符号时，拖曳对象，可将对象缩放，如图 3-4-3-B 所示。

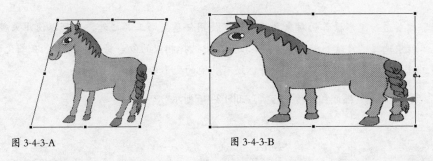

图 3-4-3-A   图 3-4-3-B

提示：按住 Alt 键，同时使用缩放功能，则以对象的中心点为中心，对称缩放对象。按住 shift 键可以对对象进行等比例缩放。

4. 扭曲

选中"扭曲"选项，把鼠标指针放在对象的控制点上，当鼠标指针变为扭曲符号时，拖曳对象，可使对象进行具有透视效果的变形，如图 3-4-4 所示。

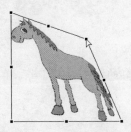

图 3-4-4

5. 封套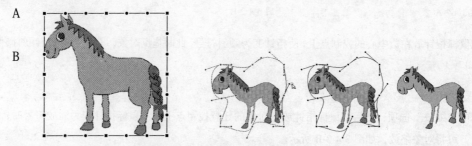

选中"封套"选项,舞台上已选中的对象,被一个包含控制点（方形）与切线手柄（圆点）的边框包围,如图 3-4-5-A 所示。

拖曳控制点或切线手柄,可以将对象自由的变形,达到想要的效果后,在工作区的其他位置单击鼠标左键,即可取消封套选择,如图 3-4-5-B 所示。

图 3-4-5-A   A：控制点   B：切线手柄   图 3-4-5-B

提示：选取需要进行变形操作的对象之后,除了使用任意变形工具之外,还可以使用菜单命令进行,在菜单栏中选择"修改 > 变形",在下拉菜单中选择相应的命令将对象变形。在"变形"菜单中了有与工具栏中相同的几个变形功能外,还有其他的变形命令。

在"变形"菜单中单击"缩放和旋转"选项,如图 3-4-6 所示。

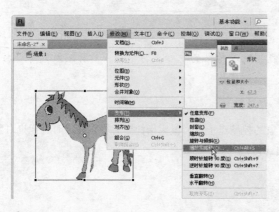

图 3-4-6

可以在弹出的"缩放和扭曲"的对话框中,精确设置缩放的倍数和旋转的角度,设置完毕后,单击"确定"按钮完成这一变形操作,如图 3-4-7 所示。

图 3-4-7

在"变形"菜单中，我们还可以将对象执行"顺时针旋转"、"逆时针旋转"、"垂直翻转"、"水平翻转"的命令，使对象变形。

3.5 墨水瓶工具

墨水瓶工具用来给对象添加轮廓，或者改变对象的线条的颜色、笔触高度等属性。在工具栏中选择墨水瓶工具，在舞台右侧的属性面板中出现相应选项，如图 3-5-1-A 所示。

对颜色，笔触进行了设置后，在对象边缘附近单击鼠标左键，对象就被添加了轮廓，如图 3-5-1-B 所示。

图 3-5-1-A   图 3-5-1-B

我们还可以用墨水瓶工具改变对象上线条的属性。例如我们在属性面板里将笔触样式改为"点状线"，然后用墨水瓶工具单击所要改变的线条，新的线条属性就被应用到对象的轮廓上了，如图 3-5-2 所示。

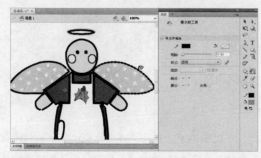

图 3-5-2

同样的方法，我们还可以用墨水瓶工具改变线条的颜色、笔触高度等属性。

3.6 颜料桶工具

在工具栏中选择"颜料桶工具" ，可以给对象填充颜色。

单击"颜料桶"工具，在弹出的颜色面板中选取颜色，然后在对象上需要填充的区域单击鼠标左键，颜色即被填充到对象的指定区域，如图 3-6-1-A 和图 3-6-1-B 所示。

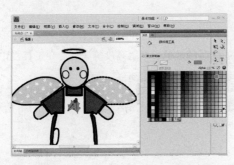

图 3-6-1-A

图 3-6-1-B

在工具栏的选项区与颜料桶工具相对应的选项有"空隙大小"和"锁定填充"，如图 3-6-2 所示。

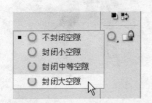

图 3-6-2

选择一定的"空隙大小"，颜色填充便可以在相应的封闭区域进行。

不封闭空隙：只在完全封闭的区域进行颜色填充。

封闭小空隙：可以在空隙比较小的区域进行颜色填充。

封闭中等空隙：可以在空隙比较大的区域进行颜色填充。

封闭大空隙：可以在空隙很大的区域进行颜色填充。

提示：如果在使用颜料桶工具进行颜色填充时，发现填充不上颜色，可以检查以下区域封闭状况，选择相应的"空隙大小"，然后再进行填充。或者手动封闭空隙之后，选择"不封闭空隙"，然后进行填充。

在上面的天使例子中，我们可以尝试选择不同的"空隙大小"来对虚线内的区域进行填充。当选择"封闭大空隙"时，在虚线内区域单击鼠标左键，可以单独对虚线内的区域进行填充，如图 3-6-3 所示。

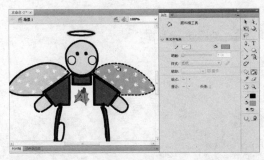

图 3-6-3

"锁定填充"选项是在填充渐变色时候所用的选项，在前面讲述刷子工具的时候已经讲解过"锁定填充"的概念，这里就不再赘述。

3.7 渐变色与填充变形工具

在 Flash CS4 中可以对所选对象进行渐变填充，以此可以创造出更富有变化的填充效果。

在菜单栏的"窗口"菜单下勾选"颜色"，在工作区的右上方会弹出一个"颜色"面板，把为了把所有的项目显示出来，可以在"颜色"面板中的填充颜色设置成线性渐变，如图 3-7-1 所示。

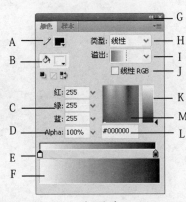

图 3-7-1　A：笔触颜色　　　　　B：填充颜色　　　C：RGB 模式　　　D：透明度
　　　　　　E：渐变定义栏及色标　F：颜色预览　　　G：选项菜单　　　H：填充类型
　　　　　　I：溢出模式　　　　　J：创建 SVG 兼容的渐变　　　　　　　K：亮度调节
　　　　　　M：颜色选区　　　　　L：十六进制值输入框

E 渐变定义栏及色标，单击色标，色标的三角形呈黑色时，该被色标被选中，此时面板上即会出现它对应的颜色相关信息，渐变定义栏上最多可以有 15 个色标。

提示："颜色"面板在以前的版本中叫"混色器"，如果在其他书籍上看到混色器面板，相当于 Flash CS4 中的"颜色"面板。

在"选项菜单"上单击打开的菜单中有以下内容，如图 3-7-2 所示。

图 3-7-2

RGB：用红（R）、绿（G）、蓝（B）三原色来设定颜色，每种颜色的可以键入数值范围为 0 ～ 255。

HSB：用色相（Hue）、饱和度（Saturation）、亮度（Brightness）来设定颜色，可以键入的值为 0 ～ 100。

添加样本：将"颜色"面板上制作出来的颜色，可以添加到"样本"面板中，如图 3-7-3-A 所示。

"颜色"面板上的 H"填充类型"用来设置笔触或者填充区域的填充类型，有这样几种类型，如图 3-7-3-B 所示。

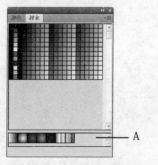

图 3-7-3-A　A：添加的颜色样本

图 3-7-3-B

无：设置为没有颜色。

纯色：设置为单一种颜色。

线性：几种颜色之间颜色的过渡，可以沿着垂直或者水平方向进行过渡。

放射状：几种颜色之间颜色的过渡，可以从中心向边缘顺着同心圆分布。

位图：把位图作为填充内容。

"颜色" 面板上的 I "溢出模式" 设定渐变之外的填充区域如何填充颜色，有以下几种模式，如图 3-7-4 所示。

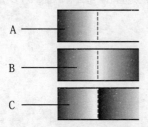

图 3-7-4　A：扩展　B：镜像　C：重复

当我们使用填充变形工具，限制了渐变填充区域时会用到溢出模式，我们会在后面的章节中详细讲解。

3.7.1　应用线性和放射状渐变

渐变指的是用多种颜色进行填充，沿一定方向渐进分布的色带。通常，它把两种或者两种以上的颜色混合起来，即从一种颜色逐渐过渡为另一种颜色的方式。渐变分为两种，一种是线性渐变，另一种是放射状渐。通过这两种渐变方式，可以变化出各式各样的填充效果，甚至立体效果。

1. 线性渐变

可以在 "颜色" 的类型下拉列表中选择 "线性" 来进入线性渐变的设置面板，如图 3-7-5 所示。

图 3-7-5

在线性渐变的设置里，可以看出一些选项和纯色设置大体一致，主要是下部的改变，出现了一个调整渐变的色带。而最下边是渐变预览，默认情况下系统会提供一个从白到黑的渐变色带。

当我们选中色标时，就可以通过前面所学过的知识调整 RGB 值或调整色相、饱和度来改变其颜色。

可以通过移动色标，来改变颜色所在的位置和显示的长度。如果想添加一个色标，或者说添加一

种新的颜色，可以直接在色带之下单击。而要删除一个色标，用鼠标直接拖出色带范围就可以了。在
Flash CS4 中可以在色带上添加多达 15 种颜色。

设置好渐变之后，使用形状工具或者刷子等工具进行创作的时候，渐变会直接体现出来，如图 3-7-6 所示。

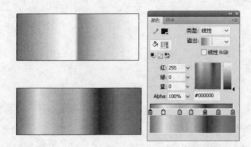

图 3-7-6

已经填充好的渐变图像，可以通过工具面板中的"填充变形工具"进行相应的变形及位移方面的
操作。选择此工具后，单击渐变对象，会出现一些可调节的控制手柄。所有渐变的控制手柄在 Flash
CS4 中都重新进行了改进，新的图标指示明显比从前更加地直观、易用。

渐变中间的白色圆点是填充中心，可以把鼠标放置到中心点上，当鼠标图标变为十字形式时拖动
鼠标，可以把渐变移动到一个新的位置，如图 3-7-7-A 所示。

右侧中间的箭头手柄，可自由缩放线性渐变的宽度或者高度，如缩放高度，需要把渐变旋转 90°，
如图 3-7-7-B 所示。

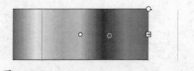

图 3-7-7-A

图 3-7-7-B

右上角的手柄为旋转手柄，拖动它可以改变线性渐变的角度，对其进行顺时针和逆时针的旋转操
作，如图 3-7-8 所示。

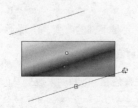

图 3-7-8 旋转渐变

线性渐变支持透明，可以为渐变色设置不同的透明度，透明色在预览中用网格来表现。这里，在船舵的上一层中绘制渐变填充，并把一部分颜色设置为透明。这时可以看到船舵在渐变色的覆盖下忽隐忽现，如图 3-7-9 所示。

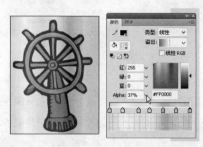

图 3-7-9

在 Flash 中，不但填充可以支持渐变，普通的线条也能够使用渐变了。这就极大地方便了创作，比如可以用铅笔绘制五颜六色的线条和轮廓，再比如在黑夜中，绘制这些星星的光芒。以前需要把线条转换成填充才可以制作光线，现在不必了。平均加入三个色标，设置位于渐变色带中间的色标为纯白色，两边为透明，就可直接绘制出这样的光线了，如图 3-7-10 所示。

图 3-7-10 支持渐变的线条

2. 放射状渐变

在"类型"下拉菜单下选择放射状，就进入了放射状渐变的设置面板，样式几乎和线性渐变是一样。不过在使用"填充变形工具"选择对象后，会有所不同，这里出现了更多的控制手柄。

中间重叠的有两个：中心点控制手柄和焦点控制手柄。右侧紧挨着的三个，从上至下分别是用来调整渐变宽度、大小以及旋转角度的手柄，如图 3-7-11-A 所示。

中心点控制手柄用来调整放射状渐变中心的位置。渐变中间的白色圆点就为填充中心。当鼠标放在中心点上时，鼠标指针为十字箭头形状，表示可向任何方向移动，这时进行拖动，就能够改变渐变中心点到任意位置，如图 3-7-11-B 所示。

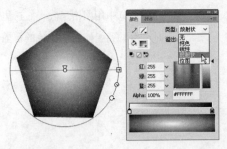 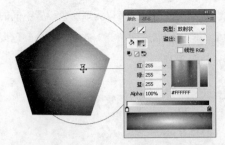

图 3-7-11-A   图 3-7-11-B

　　和中心点重叠在一起的倒置三角形控制点称为焦点控制手柄，如图 3-7-12-A 所示。它只能在选择了 "放射状" 渐变后才能看到，这个手柄用来控制放射渐变的焦点位置。可以左右移动三角来查看颜色聚焦的位置，它可以让渐变拥有方向感。

　　右侧第一个手柄为渐变宽度的控制，可以单独调节渐变的宽度，而不改变其高度。如希望改变高度，可先对渐变进行 90° 的旋转，如图 3-7-12-B 所示。

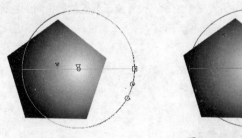

图 3-7-12-A   图 3-7-12-B

　　第二个手柄形状类似一个圆环，用来改变渐变的大小，和上面改变宽度所不同的是，它是进行等比例缩放渐变的长和宽，如图 3-7-12-C 所示。

　　第三个手柄是旋转，通过它能调节渐变的方向和角度，如图 3-7-12-D 所示。以上所讲的这些手柄既可以单独使用，也可以根据实际情况结合使用。如果能够综合运用这些手柄的各自特长，将会发挥更强大的功能。

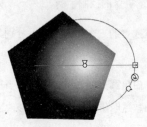 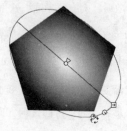

图 3-7-12-C   图 3-7-12-D

放射状的渐变同样也可以使用透明，做一个小例子——用渐变模拟羽化效果来测试一下。设置舞台背景为绿色，然后导入小鹿素材放在下层，建立名为"椭圆"的层放于"小鹿"层之上，在"椭圆"层绘制椭圆填充形状一个，如图 3-7-13-A 所示。

选中椭圆，选择放射状渐变，编辑渐变色带。左边为白色透明，也就是 Alpha 值为"0%"，右边设为和背景相同的绿色。把绿色标记往左拖至中间，这样可以产生更多的实心绿色，用来覆盖小鹿的边缘，如图 3-7-13-B 所示。

 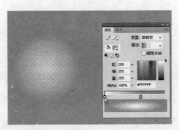

图 3-7-13-A   图 3-7-13-B

最后，把设好透明渐变的椭圆放置于小鹿之上，可以看到，小鹿只显示中间的部分，周边渐渐消失，这样便可以产生了通常所见的羽化效果了，如图 3-7-14 所示。

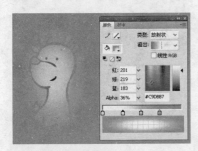

图 3-7-14 羽化效果

3.7.2 使用位图填充

在 Flash 中，填充物除了渐变以外，还有更高级的是位图。在"颜色"面板的"类型"列表中选择位图，然后当图片导入后，可以看到它被放置在"颜色"面板的下部。

当然也可以导入多个图片，都会在面板下部以缩略图的形式罗列出来，填充时可跟需要选择使用，如图 3-7-15-A 所示。

当选择过图片后，可以使用任意填充工具绘画时，此位图就自动填充了这个形状。这时选择"填充变形工具"，单击已经填充的对象，图片的周围出现了一个蓝框，蓝框周围的多个控制手柄可用，如图 3-7-15-B 所示。

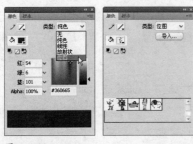

图 3-7-15-A   图 3-7-15-B

左下角为等比例缩放位图的控制手柄，位于蓝色图片框左边的是控制位图宽度的手柄，通过它们的调整可改变图片在填充内的大小，如图 3-7-16-A 所示。

这些控制手柄的操作完全可以借鉴，前面"任意变形工具"的用法，区别仅在于该变换的是填充物，却不是整个对象。倾斜手柄共有两个，用来控制填充位图的水平或者垂直的倾斜。而旋转手柄用来改变位图填充的显示角度，如图 3-7-16-B 所示。

图 3-7-16-A   图 3-7-16-B

通过以上的学习了解到，渐变和位图可以应用线条、填充和形状。这样会提供更大的设计空间，合理使用这些特性，可以完成丰富多彩的填充对象。

3.7.3 渐变溢出设置

渐变的溢出设置，可供选择的有三种溢出样式分别是："扩展"、"镜像"和"重复"。只会在"线性"和"放射状"的情况下，溢出设置的下拉列表才会出现。图标表现为三种不同样式的黑白渐变色带，如图 3-7-17 所示。通过图标，用户不太容易理解"溢出"的具体用法。

图 3-7-17 简便溢出设置

1. 三种溢出设置

在渐变之外颜色如何的应用，有溢出的模式来决定。溢出方式是指当使用的颜色，超出了渐变的范围，会以何种方式填充空余的区域。更通俗来讲，就是在渐变后未填满的某个形状区域如何处理。

第一种溢出模式是"扩展"，也为默认的模式，以前 Flash 版本中的渐变都是建立在此模式下的。正常情况下，溢出效果不容易较直观地表现出来，因此为了更好地理解各种溢出方式的效果，当绘制了一个基本的渐变后，首先利用"填充变形工具"缩小该渐变的宽度。

可以观察到，当渐变缩小到相应的大小后，渐变的起始色（黄）和结束色（绿）以纯色方式向两边蔓延开来，填充了空余的对象区域，如图 3-7-18 所示。

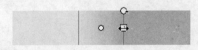

图 3-7-18

第二个溢出模式是"镜像"，为了更好地观察效果，首先把渐变的宽度缩放到一定的程度。它是把现有这一段渐变进行对称翻转，合并后再重复地延续下去，这时便作为图案平辅在空余的形状区域里。假如对象被拉大，那么此图案也会随它的范围大小伸展重复下去，如图 3-7-19-A 所示。

第三种模式为"重复"溢出模式，它和"镜像"模式十分类似。两者的差异表现在"重复"模式缺了一个对称翻转的步骤。它直接把这一段渐变当成图案平铺，整个填充对象的所有区域，其他的特性和"镜像"溢出是完全一样的。下面来通过三种模式放在一起比较可以发现，"镜像"模式下，渐变的过渡会比"重复"更加地流畅，不存在断裂切面的情况，如图 3-7-19-B 所示。

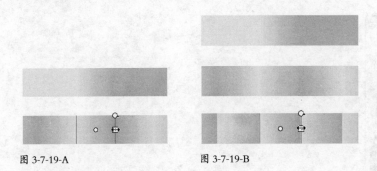

图 3-7-19-A   图 3-7-19-B

2. 渐变溢出的动画效果

溢出设置可以在"线性"渐变上应用，也可以在"放射状"渐变上使用。接下来利用溢出模式对渐变无限重复的特性来制作一个动画。在"颜色"中，创建一个红白相间的"放射状"渐变，选择溢出模式为"镜像"，使用矩形工具绘制出一个形状，如图 3-7-20 所示。

在时间轴第 12 帧和第 24 帧插入关键帧，右键单击 12 帧到 24 帧其中一帧，然后在弹出的菜单中选择"创建传统补间"。

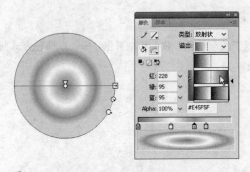

图 3-7-20

为了使动画动起来，将鼠标移至 12 帧处，使用"填充变形工具"往内部拖动缩放手柄，把此渐变缩小。因为已设置了"镜像"溢出模式，这时看到此渐变对称翻转后，头尾相接被铺满了整个形状，而且出现的白色光环是连绵不断的。这时产生的动画效果是，渐变收缩产生连贯的光环，然后再扩展恢复到原貌，如图 3-7-21-A 所示。

当然也可以扩展一下思维的空间，例如变更一下渐变的位置和焦点来产生更丰富的效果。这里，只随便地调整了一些手柄，可以看到渐变光环产生了类似时光隧道的感觉，如图 3-7-21-B 所示。

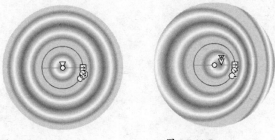

图 3-7-21-A   图 3-7-21-B

通过以上的小例子，可以更深入地了解溢出选项的概念，重要的是能够更准确灵活地去应用它们了。

3.8 滴管工具

滴管工具 是用来获取对象的颜色等相关属性的。

3.8.1 滴管工具与笔触

滴管工具拾取笔触的颜色等相关属性时，将鼠标指针移动到目标线条上，鼠标指针为滴管和铅笔，如图 3-8-1-A 所示。

单击线条这时就拾取了笔触的颜色、粗细、样式等相关属性（见属性面板），同时鼠标指针变为墨水瓶。工具面板上显示应用墨水瓶工具，如图 3-8-1-B 所示。

图 3-8-1-A   图 3-8-1-B

单击右侧的雨点的轮廓线，这时所拾取的笔触属性便被复制应用了，如图 3-8-2 所示。

图 3-8-2

3.8.2　滴管工具与填充

用滴管工具拾取填充区域的颜色时，把鼠标指针移动到目标区域上，鼠标指针变为滴管和刷子，如图 3-8-3-A 所示。

单击目标区，便可拾取目标区域的颜色（见属性面板），此时鼠标指针变为颜料桶。工具面板上显示选择应用颜料桶工具，如图 3-8-3-B 所示。注意，此时的颜料桶是处于锁定填充状态的。

图 3-8-3-A　　　　　　　　　　　　　　图 3-8-3-B

在颜料桶工具为锁定填充状态下，在左侧的雨点轮廓内部单击，我们所拾取的渐变色的中间色部分被作为纯色填充，如图 3-8-4-A 所示。

如果在选择了渐变色之后，在工具面板的颜料桶相关选项里取消"锁定填充"状态，然后进行填充，则所拾取的渐变色被完整复制填充，如图 3-8-4-B 所示。

图 3-8-4-A　　　　　　　　　　　　　　图 3-8-4-B

3.9 橡皮擦工具

橡皮擦工具是用来擦除可删除的笔触颜色或者填充颜色的。在工具面板选择橡皮擦工具 ✎ ，在选项栏可以看到这个工具的相关选项，如图 3-9-1 所示。

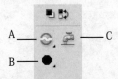

图 3-9-1 A：橡皮擦模式   B：橡皮擦形状   C；水龙头

3.9.1 橡皮擦形状

打开"橡皮擦形状"下拉选项，我们看到分别有五种尺寸大小的圆形和方形的橡皮擦形状，如图 3-9-2 所示。可以根据需要选择一个合适的橡皮擦形状和大小，便于进行擦除操作。

图 3-9-2

3.9.2 橡皮擦模式

"橡皮擦模式"是用来设定橡皮擦工具的擦除模式的。打开该下拉选项，可以看到 5 种擦除模式，如图 3-9-3 所示。

图 3-9-3

标准擦除：擦除工作区上的任意笔触和填充区域的内容。

擦除填色：只擦除填充区域，对笔触无影响。

擦除线条：只擦除笔触，对填充无影响。

擦除所选填充：只擦除被选中的填充，对笔触及未被选取的填充部分无影响。

内部擦除：从填充区域内部开始擦除填充，如果试图从填充区域外部开始拖动橡皮擦来擦除，则不会擦除任何内容，对笔触不影响。

下面我们来观察一下不同擦除模式的效果，如图 3-9-4 所示。

图 3-9-4　标准擦除、擦除填色、擦除线条、擦除所选填充、内部擦除

3.9.3　水龙头

选中橡皮擦工具时，选项区的"水龙头"选项是用来快速擦除所选笔触或者填充的。选择"水龙头"选项，单击所要擦除的笔触或者填充，即可完成区域性擦除，如图 3-9-5-A 和图 3-9-5-B 所示。

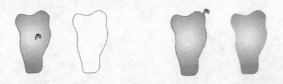

图 3-9-5-A　水龙头擦除填充　　图 3-9-5-B　水龙头擦除笔触

提示：在工具面板上双击"橡皮擦工具"，可快速删除工作区上的所有对象。

3.10　Kuler 面板

可以在使用"窗口 > 扩展 >Kuler"命令，调出"Kuler"面板，如图 3-10-1-A 所示。

用户可以在 Kuler 面板中的"浏览"一栏内查看各种颜色主题，在"选择要显示主题"自定义中，通过输入标签字、主题标题或创建者姓名可以创建或编辑 4 个搜索。选择自己满意的颜色主题后，单击选中主题右边的三角按钮，弹出菜单中显示了：编辑此主题、添加到"色板"面板、在 Kuler

中在线查看，如图 3-10-1-B 所示。选择编辑此主题，这时 Kuler 面板自动转到"创建"一栏，进行刚才选中颜色主题的编辑。

　　Kuler 作分享为专业的配色创建和评论工具是基于 Kuler 网站的，用户所得到的配色方案是完全免费的，该功能早就出现在 Illustrator 中了，而如今 Flash CS4 也包含该工具。这样设计师，特别是网页设计师，可以不必费神得获得更多专业的配色方案。

图 3-10-1-A

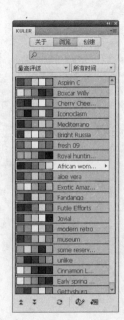

图 3-10-1-B

文本编辑 4

学习要点

- · 掌握文本的特性和应用
- · 掌握"字符"调板和"段落"调板的应用
- · 掌握制作环绕文字
- · 掌握引用外部文本
- · 掌握制作滚动文字

4.1 文本工具

文本工具是用来在舞台上键入文字的工具。在工具面板上选择"文本工具"，在舞台的右侧属性面板中，会出现对应的属性选项，如图 4-1-1 所示。

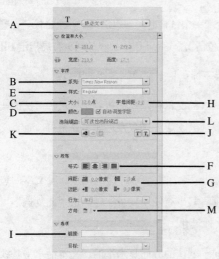

图 4-1-1　A：文本类型　　　　B：字体系列　　　　C：大小　　　　　　D：文本颜色

　　　　　　E：字体样式　　　　F：文本对齐方式　　G：字符间距和边距　　H：字母间距

　　　　　　I：URL 链接　　　　J：切换上下标　　　K：使文本可选　　　L：字体呈现方法

　　　　　　M：改变文本方向

文本类型：在此下拉菜单中用户可以设定文本为静态、动态或者输入文本。每种文本类型都有与它相关的选项，首先进行此设置，才能激活属性面板中的其他相关设置。

设置字体系列：显示当前字体的名称。这个菜单列出了所有可用的字体。当用户滚动鼠标浏览字体列表时，Flash CS4 会显示出每种字体外观的预览。

大小：显示当前位置的字体大小。可以通过拖曳"字体"旁边的热区文字来调整（字体高度）字体的大小。

文本颜色：让用户改变字体的颜色。注意：对于文本块来说，您只能使用纯色，不能使用渐变。如果您想使用渐变，必须分离文本，这样会把它转换为一个形状。

样式：粗体，以粗体来显示选择的字体；斜体，以斜体来显示选择的字体；粗斜体，文字同时具有粗体和斜体的属性；正常，显示为正常的效果。

文件对齐方式：控制如何对齐选择的文本包括左对齐、居中、右对齐或两端对齐。

字符间距和边距：用来设置文本的间距与样式。

URL 链接：创建附到被选文本上的超链接。事实上，这个选项会创建一个按钮，它将链接到一个内部或外部 HTML 文件，而不需要创建按钮元件。Flash 会自动在 FLA 文件中链接文本下方添加一条虚线。但是，要注意使用这一特性创建的超链接不会在 SWF 文件中携带任何可视化的反馈（如下划线），虽然在浏览器中预览时，用户将光标移到链接文本时会出现手形图标。

目标：与 URL 链接特性结合使用。当对选中的文本分配一个链接时，您也能指定一个目标。选择一个目标，让您指定要加载到新窗口中的 URL（统一资源定位器），或对使用框架集的网页布局指定 URL。

字符位置：切换上标，将字符改到基线的上方；切换下标；将字符改到基线的下方。

可选：单击这个开关按钮可以使选定的文本或随后输入的文本在用户的机器上显示为可选的或不可选的。如果是可选的，用户就可以复制文本然后粘进其他的文字处理程序或浏览器窗口。垂直文本框中的文字都是不可选的。

字体呈现方法：在 Flash CS4 中，默认的文本是可读性消除锯齿文本，这也就意味着文本的边缘是平滑的。在这个弹出菜单中有 5 个可用的字体呈现选项。其中有使用设备字体，选中此复选框可以更好的控制字体显示，同时利用设备字体的优点来减小文件尺寸。

改变文本方向：利用此弹出菜单可以选择文字的方向。默认的方向是水平的，文本沿水平基线从左到右排成一行。垂直文本选项包括垂直，从左向右和垂直从右向左，这两个选项会自动把文字按垂直方向从左向右或者从右向左排列。

在"文本类型"的下拉菜单中,有"静态文本"、"动态文本"和"输入文本"这三种类型,如图 4-1-2 所示。

图 4-1-2

静态文本:静态文本框用于显示在创作时创建的类型和文本内容(在 .fla 文件中),在运行时(在 SWF 文件中)不会改变。如:艺术字、标签按钮、表单或导航组件。

动态文本:显示从外部文本文件或数据库自动生成的最新信息。当您想自动显示频繁得到更新的信息时,可使用动态文本。

输入文本:顾名思义,输入文本区域用于在运行时由用户输入文本,如用户名和密码、表单和问卷调查。

4.1.1 编辑静态文本

虽然静态文本这个名词听起来局限性很大,但实际上这种文本框类型可以满足创作时的大部分需求。对静态文本框可以进行缩放、旋转、移动或者扭曲,可以在保持单个可编辑字符不变的情况下为他们指定不同的颜色和 alpha 效果。和 Flash 中的其他图形元素一样,也可以对静态文本进行动画或者分层。

在工具面板上选中"文本工具"之后,在舞台上单击即出现一个输入框,在此键入文字,如图 4-1-3 所示。

图 4-1-3

在舞台上选取该段文字，然后在"属性面板"调整该段文字的字体、大小、颜色、粗细、斜体等属性，方法很简单，在此一一举例。我们也可以在输入的文本框内，选中所要调整属性的文字，然后在"属性面板"里调整所选文字的属性，如图 4-1-4 所示。

图 4-1-4

在文本排列方式中有"左对齐"、"居中对齐"、"右对齐"和"两端对齐"。在属性面板中的段落选项里，也可以设置文本间距和边距，具体参数，如图 4-1-5 所示。

图 4-1-5

在"改变文本方向"选项  中，我们可以将文本设置为以下几种方式，如图 4-1-6 所示。

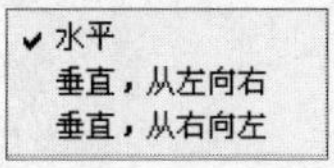

> ✓ 水平
> **垂直，从左向右**
> **垂直，从右向左**

图 4-1-6

例如我们选择"垂直，从右向左"的方式后，文本的排列如图 4-1-7-A 所示。我们也可以在"字母间距"处，直接键入数值或者拉动滑杆调整文字间距，具体效果如图 4-1-7-B 所示。

图 4-1-7-A

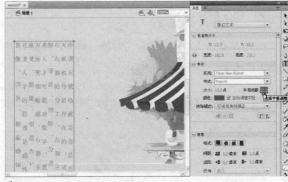
图 4-1-7-B

许多字体有内置的字距微调信息，如果想用内置字距微调信息来调整字符间距，可以勾选"自动调整字距"复选框。

在属性面板中，我们可以看到切换上下标按钮都没有被选中，如图 4-1-8 所示。这时字符位于标准基线位置。当文本方向为水平时，选择"切换上标"，则字符处于基线之上，选择"切换下标"，则字符处于基线之下。当文本方向为垂直时，选择"上标"则字符处于基线右边，选择"下标"，则字符处于基线左边。

图 4-1-8

例如，我们要输入圆面积公式，当所有字符都处于标准基线位置时，如图 4-1-9-A 所示。此时，我们在工具面板上选择"文本工具"，在文本输入框内拖动选中"2"，将其字符位置设置为"上标"，便将其设置在基线之上，成为平方的表达方式，如图 4-1-9-B 所示。

图 4-1-9-A

图 4-1-9-B

4.1.2　消除文本锯齿

Flash 具备对文本的消除锯齿功能。在属性面板的"字体呈现方法"下拉菜单中可为所选文本选择消除锯齿选项，如图 4-1-10 所示。

图 4-1-10

使用设备字体：指定 SWF 文件使用本地计算机上安装的字体来显示字体。如果回放内容的计算机上没有该字体，则无法正常显示文本。所以，如果选择这个选项，在文本制作时应最好选择计算机上通常安装的字体系列。此选项对 SWF 文件的大小影响极小。

位图文本 [无消除锯齿]：产生未消除锯齿的尖锐边缘的文本，导致更大的 SWF 文件，因为字体轮廓必须包括进 SWF 文件中。

动画消除锯齿：可以来创建较平滑的动画，但是由于 Flash 忽略对齐方式和字距微调信息，所以该选项并不适合所有的文本。选择该选项时，如果字体太小会不清晰，所以要选择 10 点以上的字体大小效果较好。此选项会使 SWF 文件较大。

可读性消除锯齿：使用高级的消除锯齿引擎，它提供最高品质、最易辨识的文本。这个选项会产生最大的 SWF 文件大小，因为它包括字体轮廓和特殊的消除锯齿信息。

自定义消除锯齿：此选项仅限于 Flash 专业版。单击选择该选项，在弹出"自定义消除锯齿"的对话框中修改属性，如图 4-1-11 所示，这一选项会使 SWF 文件较大。

图 4-1-11

粗细：设定字体消除锯齿转变显示的粗细。

清晰度：设定文本边缘与背景过渡的平滑度。

4.1.3　设置静态水平文本发布时可被用户选择

在制作静态水平文本时，在属性面板选择上"可选" 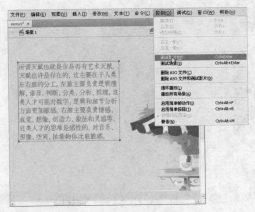 选项，如图 4-1-12 所示，文本在发布后，用户可以选取文本并进行复制。

图 4-1-12

在菜单栏的单击"控制"菜单，在弹出的下拉菜单中单击"测试影片"选项，可以观察影片发布后的效果，如图 4-1-13 所示。

图 4-1-13

在导出的 SWF 文件上，我们可以自由的对文本进行选取和复制，如图 4-1-14 所示。

图 4-1-14

4.1.4　为文本添加超链接

　　首先选取要添加超链接的文本，右侧属性面板的选项栏中"链接"的输入框中，键入超链接地址，并在"目标"选项右侧下拉菜单中，选择超链接打开浏览器页面的方式（_blank/_parent/ _self/ _top），如图 4-1-15 所示。

图 4-1-15

　　然后在菜单栏的"控制"下拉菜单中选择"测试影片"或者使用快捷键 Ctrl+Enter，在导出的 SWF 文件上，将鼠标放置到添加了 URL 链接的文本上，光标会变为手形的状态，如图 4-1-16 所示，单击后就可以进入刚才输入的 URL 链接地址。

图 4-1-16

4.2　引用外部文字

使用外部文本文件加载数据的好处是便于修改与管理，当需要变化文字是，只需打开 txt 文件进行修改即可，不需重打开 Flash 源文件。

1. 运行 Flash CS4，新建一个 Flash 文档，保存文件到相应的文件夹中，并命名为"引入文字"，然后在该文件夹内新建一个"txt"文件，命名为"软件•感觉 .txt"。该文本以"text="开头，其中 text 使用来和 Flash 交换数据的变量，在等号后面输入需要加载的文字段落，如图 4-2-1 所示。

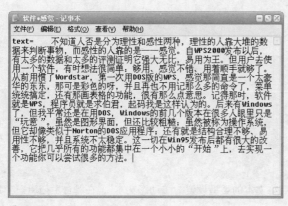

图 4-2-1

2. 需要特别注意的是，在存储文本文件时，在对话框的最下边的编码列表中应选为 UTF-8 编码格式，如图 4-2-2 所示。该格式的设置也是决定了引入文件是否能正确的显示。文件必须与 Flash 源文件放置到一个文件夹中。

图 4-2-2

3. 在此用户切忌一定要选择脚本语言为 ActionScript2.0，在图层上单击第一帧，按下 F9 打开动作面板，在此输入 "loadVariablesNum(" 软件·感觉 .txt", 0)，如图 4-2-3 所示。ActionScript 3.0 中不支持文本字段变量名称。

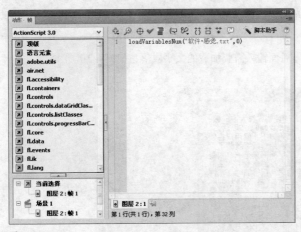

图 4-2-3

4. 在工具箱上选择"文本工具"，然后将文本的类型设置为"动态文本"，在舞台上拖出一个合适的大小的文本框。选择该动态文本框后，在属性面板中设置变量名为"text"，实例名称为 mytext，行为设置成"多行"，如图 4-2-4 所示来动态的加载 txt 文件中的内容。

图 4-2-4

5. 可以测试一下完成的作品，执行"控制 > 测试影片"命令，这时刚才的外部文本已经被显示到舞台上了，如图 4-2-5 所示。最后别忘了再次的单击"文件 > 保存"。

图 4-2-5

处理图形对象

5

学习要点

- 掌握对象的种类
- 掌握对象的排列和对齐操作
- 掌握文本对象到图形对象的转换
- 掌握位图对象的处理

5.1 对象的种类介绍

在前面的章节中，我们对 Flash 绘图工具的使用做了介绍，我们把绘图工具绘制出来的图形称为图形对象。在 Flash 里所有用到的素材，也都可以被称为对象，总体概括来分，Flash 对象可分为 5 个类型：文本、图形、组合、位图、元件。

这里所说的对象与 Flash 中的 ActionScript 编程中的对象是两个不同的概念，这里的对象是指所看得到的图形或文本，而 ActionScript 对象是 ActionScript 编程语言的一部分。

5.1.1 图形

图形是 Flash 中最经常用到的一种对象，一般所说的矢量图就是指图形对象。通过绘图工具绘制出的图都叫图形，图形一般分为轮廓和填充两部分，能够根据需要简单的对每部分属性做出的修改和调整。

例如在下面两个南瓜中，对于第二个南瓜的图形对象，可以对南瓜的轮廓进行曲线调整，如图 5-1-1 所示。

图 5-1-1

在工作区中，如果选中一个图形对象，那么在属性面板中，可以看到它的属性是形状。用户能够方便的通过属性面板，对该图形的轮廓和填充做一调整，例如修改轮廓的线条粗细，修改填充颜色等，如图 5-1-2 所示，修改了对象的填充颜色。

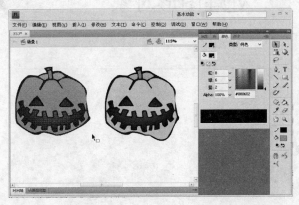

图 5-1-2

5.1.2 组合

图形对象可以方便的修改它的轮廓和填充属性。如果制作修改好某个图形后，不需要再对它的细节进行修改，而只是对它的大小和位置进行调整。就可以将其图形对象的轮廓和填充属性组合成一个整体的，也可以把多个图形对象组合成一个整体，对组合的操作就是对这个整体的统一操作。

例如在南瓜的例子中，我们通过选择工具选中左边的整个南瓜，然后执行"修改"菜单的"组合"命令，再次选择时左边的南瓜就作为一个整体对象了。此时，可以随便选中该南瓜的任意部分，让它整体自由地进行移动。

提示：在选中要组合的图形对象后，可以使用快捷键 Ctrl+G 来实现组合。把图形对象组合后，还可以"修改"菜单下的"分离"命令来恢复到原来的图形对象，其快捷键为 Ctrl+B。

当一个对象变为组合对象后，选中该对象，在属性面板中就会出现它的属性。对象旁边名称显示的是组，如图 5-1-3 所示。

图 5-1-3

5.1.3 文本

文本对象在前面一章已经介绍过，可以通过文本工具在舞台上进行文字的输入。在输入完成后，还可以对文字内容进行修改，在文本属性面板中，可以对文字的大小、颜色、字体等属性进行相应的调整。

在使用文本工具输入文本后，还可以把它转换为图形对象，然后对这个文本图形进行各种特效应用，可以制作出各种效果的文字，在以后相应的章节中我们再详细介绍具体做法。

5.1.4 位图

Flash 中不仅仅能使用矢量图，还能使用位图，所谓位图就是由像素组合而成的图像，例如我们拍的照片就是位图的典型例子。由于位图获取容易，例如通过相机拍摄或通过扫描仪输入的图像，所以在 Flash 创作中，许多时候也会使用位图素材。

注意，位图在缩放后会失真的，所以在使用位图时，尽量根据最终作品的发布尺寸来决定导入位图的大小，最好导入位图后，不对它进行缩放。图 5-1-4 所示为选中位图对象后，在属性面板便可以显示位图的属性。

图 5-1-4

也可以对位图进行组合，使位图对象转换为组合对象，而且，还可以把位图转换为矢量图，关于位图对象的转变，在本书相关章节进行详细介绍。

5.1.5 元件

元件是 Flash 中一个重要的概念，它是制作 Flash 动画和进行 Flash 编程经常用到的元素。用户可以把 Flash 元件认为是一个主对象或特征。用户只需创建元件一次，该元件可以是简单的形状或其他复杂的内容，然后在影片中使用多次。每一次使用项目文件中的一个元件时，就称它为实例（即元件的一个副本）。

Flash CS4 提供 3 种类型的元件：图形元件、按钮元件和影片剪辑元件。关于元件的概念我们将在以后相关章节进行专门的讲解。

5.2 对象的排列与对齐

在 Flash 的创作中，总是需要使用多个对象，一般来说，如果几个对象重叠在一起的时候，先绘制的对象在底层，后绘制的对象在顶层。有的时候，我们需要修改它们的排列顺序。在创作的时候，还会碰到这样的情况，需要把多个对象进行合理的排列对齐，如果靠手工调节，效率是很低的，而且浪费精力的。在 Flash 中提供了丰富的对象排列和对齐的功能，下面分别进行介绍。

5.2.1 对象的排列

例如我们先后在 Flash 中导入 3 个熨斗，第一个是蓝色熨斗，第二个是的绿色熨斗，第三个是桔红色熨斗，希望他们重叠后，每个熨斗都保持独立，所以把每个熨斗都进行组合，这样互相重叠后不会产生互相的切割。把它们排列在一起后，按照我们前面说的，蓝色在最底层，绿色在中间，桔黄色在最上，如图 5-2-1 所示。用户可以通过"修改 > 排列"命令下面的子命令来修改对象排列的顺序。

图 5-2-1

1. 移至顶层

选中蓝色熨斗，然后执行"修改 > 排列 > 移至顶层"命令，就可以把这个蓝色熨斗移动到最顶层，如图 5-2-2 所示。

图 5-2-2

2. 上移一层

可以按 Ctrl+Z 键恢复原始状态。选中蓝色熨斗，执行"修改 > 排列 > 上移一层"，蓝色熨斗会移动到盖住绿色熨斗，而在桔红色熨斗之下，如图 5-2-3 所示。

图 5-2-3

3. 下移一层

按 Ctrl+Z 键恢复原始状态。选中桔红色熨斗，执行"修改 > 排列 > 下移一层"，桔红色熨斗会移到绿色熨斗之下，而在蓝色熨斗之上，如图 5-2-4 所示。

图 5-2-4

4. 移至底层

按 Ctrl+Z 快捷键恢复原始状态。选中桔红色熨斗，执行"修改 > 排列 > 移至底层"，桔红色熨斗会被移到，其余两色熨斗的下面，如图 5-2-5 所示。

图 5-2-5

5. 锁定

选中工作区上的一个对象，然后执行"修改 > 排列 > 锁定"，可锁定此对象。锁定对象后，不仅仅该对象不能参加排列，也无法通过选择工具选取该对象，这时该对象将处于不可编辑状态。

6. 解除全部锁定

由于对象锁定后，无法再选择此对象，所以如果想解除此对象时，没办法只选择这一锁定对象。只有使用"解除所有锁定"命令或者直接使用快捷键 Shift+Ctrl+Alt+L 执行后，所有锁定的对象都被解除。

5.2.2 对象的对齐

在 Flash 制作中，会用到对象进行对齐的操作，在 Flash 里提供了专门用于对齐的面板，打开"窗口 > 对齐"命令，即可调出对齐面板。通过运用对齐命令，不仅能完成对象的对齐，还可以将对象的间隔进行平均分布。

1. 对象的对齐

对齐是很容易理解的操作，是指按照某种既定方式（例如居左）来排列对齐对象。例如在舞台上绘制 3 只船，我们可以查看各种对齐的效果。3 只船的排列如图 5-2-6 所示。

图 5-2-6

使用"选择工具"全部选中 3 只船，单击对齐面板的左对齐图标，如图 5-2-7 所示。

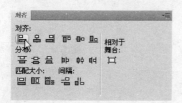

图 5-2-7

可以看到 3 只船会按照左侧对齐的方式排列起来，而且以最左侧的船为参照物，如图 5-2-8 所示。

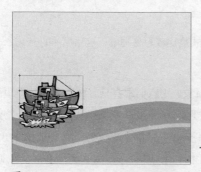

图 5-2-8

按 Ctrl+Z 快捷键一直恢复到原始状态，然后选择"水平中齐"按钮，3 只船会中间对齐，而且对齐到 3 只船的中间位置，如图 5-2-9 所示。

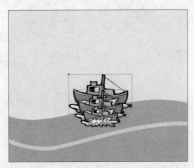

图 5-2-9

按 Ctrl+Z 快捷键一直恢复到原始状态，然后选择"右对齐"按钮，3 只船会向右对齐，而且以最右边的船为参照物，如图 5-2-10 所示。

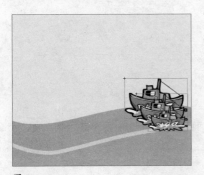

图 5-2-10

理解了刚才 3 个水平对齐方式后，对垂直对齐的 3 种方式也比较容易理解，这里就不再赘述。

2. 对象的分布

分布是指几个对象按等距离平均分布，如果只有两个对象，则它们本身只有两者之间一个距离，所以两个对象不存在分布问题。如果使用分布功能，则一定要 3 个对象以上。如果 A、B、C 3 个物体，按照顶部分布平均分布，则可以这样理解，A 的顶部水平线到 B 的顶部水平线的距离 AB；B 的顶部水平线到 C 的顶部水平线有一个距离 BC；假设 AB>BC，如果使用顶部分布，则 B 会往上移，移动到 AB=BC 的时候，顶部分布就完成了。

为了能对分布有更直观的认识，我们打开上次的例子，为了清晰地显示它们之间的距离，我们勾选上"视图 > 网格 > 显示网格"，则 3 只船在网格中的位置就可以显示出来，如图 5-2-11 所示。

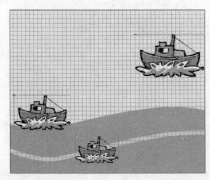

图 5-2-11

可以看到，垂直方向上，第一只船的顶部和第二只船顶部相差 14 个空格的距离，而第二只船顶部和第三只船顶部相差 10 个空格的距离，如果三者采用顶部分布的话，3 只船顶部的总距离保持不变，是 24 个空格，第一只船和第二只船顶部相差 12 个空格，第二只船和第三只船也相差 12 个空格。我们选中 3 只船，然后选择"顶部分布"按钮，这时效果如图 5-2-12 所示。

图 5-2-12

可以看到，第二只船向上移动，刚好它的顶部距另外两只船的顶部都是 12 个空格。如果是垂直居中分布，则是按照每个对象的中间位置进行等距离分布。如果是底部分布，则是按每个对象底部的位置进行等距离分布。

同样，分布也是有 6 种情况，另外水平的 3 种情况和垂直很类似，所不同的只是由顶部、垂直居中和底部改为左侧、水平居中和右侧。这里不再赘述。

3. 对象的匹配大小

对象匹配大小指将两个或多个对象变为和其中最大的相等，分为 3 种情况相等，宽度相等、高度相等或者宽度和高度都相等。下面是有两个小船对象如图 5-2-13 所示。

图 5-2-13

选中这两只小船对象，分别执行匹配宽度、匹配高度、匹配宽和高，可以看到 3 种匹配的情况，如图 5-2-14-A、图 5-2-14-B 和图 5-2-14-C 所示。

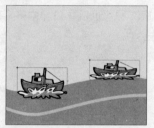

图 5-2-14-A

图 5-2-14-B

图 5-2-14-C

4. 对象的间隔

对象间隔和对象的分布有些类似，所不同的是，分布的间距标准是多个对象的同一侧，而间隔则是相临两对象的间距。垂直平均间距是指将几个对象垂直方向上的间距平均分布，水平间距是将几个对象水平方向上的间距平均分布。

对象间隔同样至少也需要有 3 个对象以上才有效，例如 3 只小船的例子，我们应用对象间隔后，可以看到平均间隔前后分布的情况，如图 5-2-15-A 和图 5-2-15-B 所示。

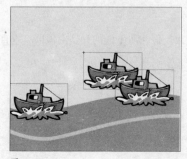

图 5-2-15-A

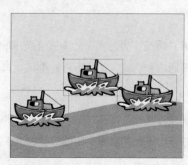

图 5-2-15-B

5. 相对于舞台

在以上例子中，都是直接执行对齐命令，其中对齐面板右侧的"相对于舞台"是处于非选择状态，如果选择"相对于舞台"，所有的对齐则会以舞台作为参照物。我们首先把对齐面板的"相对于舞台"按钮按下，如图 5-2-16 所示。

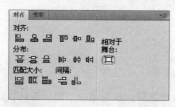

图 5-2-16

在前面 3 只小船的例子中，如果再选择"左对齐"，会发现 3 只小船左对齐后，是对齐到舞台的左侧，如图 5-2-17 所示。

图 5-2-17

当然，选择相对于舞台后，对齐面板里的其他的命令效果也都发生了变化，它们的参照物都改为了舞台。

5.2.3 对象的变形

在 Flash 制作中，有时需要把对象进行旋转、倾斜的变形，Flash 里提供了专门用于变形的面板，使对象可以任意地进行旋转和倾斜变形。

可以通过变形面板来操作变形的命令，勾选"窗口 > 变形"命令，即可调出变形面板。或用快捷键 Ctrl + T 调出变形面板。

在图 5-2-18 中所示最上面的两个蓝色的数值是对象缩放的宽度和高度的百分比，用鼠标拖动蓝色数值可以使数值增大减小，也可以单击出现输入框，在该框键入数值。旁边的约束按钮用来约束对象的长宽等比例缩放的，约束按钮右边的是重置按钮。

图 5-2-18

旋转后面的角度数值改变方法和对象缩放一样，当我们键入正值时，该对象以顺时针旋转，键入负值时以逆时针旋转，如图 5-2-19 所示。

图 5-2-19

倾斜和上面讲的功能相似，左边的数值控制水平倾斜，右边的控制垂直倾斜，这里就不再详述。通过倾斜这个功能进行标准的垂直、水平翻转。

3D 旋转与 3D 中心点：选中要旋转的影片剪辑分别调试 x 轴、y 轴和 z 轴的数值，让影片剪辑围绕 3D 中心点旋转。3D 中心点一项 x 轴、y 轴和 z 轴数值都是零的时候，坐标的位置在舞台的左上角，对象将会以此点进行 3D 旋转。

5.2.4　设置标尺、网格、辅助线

在 Flash 制作中，网格和辅助线等功能用来辅助对象对齐的，可以使用主菜单中选择"视图 > 网格 > 显示网格"或按快捷键 Ctrl+' 来显示网格。也可以通过选择"视图 > 网格 > 编辑网格"，在弹出的"网格"对话框中设置网格的颜色、是否显示、是否在对象上显示、对象是否会自动吸附到网格上、网格的宽度高度和对象的精确度。其中"对象的精确度"通常指对象可以被吸附的有效距离，如图 5-2-20 所示。

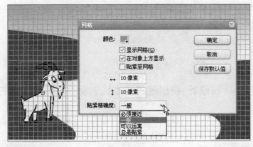

图 5-2-20

　　使用辅助线时，需先调出标尺，标尺能最精确地度量对象的尺寸，当绘制对象的过程中，鼠标在舞台上移动的同时，标尺上会有一条很小的线段随着鼠标的位置移动，方便对齐标尺上的精确刻度。当鼠标在标尺上按下不松手拖动鼠标到舞台上就可以出现辅助线。辅助线可以拖出很多条，可以用来确定对象绘制的中心或绘制的精确范围。同时也可以应用"选择工具"，移动与删除选中的辅助线，如图 5-2-21-A 所示。

　　如果需要设置辅助线，可以通过"视图 > 辅助线 > 编辑辅助线"，打开"辅助线"对话框。在该对话框中，可以分别对辅助线的颜色、是否显示辅助线，以及让对象是否让对象自动吸附辅助线。其中"锁定辅助线"是可以防止绘图误操作移动辅助线。"对齐精确度"里面的选项是设置辅助线吸附贴近对象的范围，如图 5-2-21-B 所示。

图 5-2-21-A

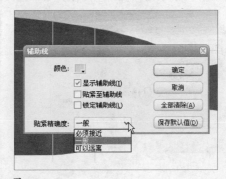

图 5-2-21-B

5.3　将文本对象转换为图形对象

　　前面已经介绍，对象有 5 种类型，其中有文本对象。Flash 可以方便地输入文本以及对它进行修改。有时候，把文本经过两次分离后，才可以做更多的特效或者对文本进行任意变形等。另外还需要注意的是，一旦被分离后，该对象就是图形对象，没办法再把它恢复成文本对象了。

我们先通过一个小例子来看一下如何将文本对象转变为图形对象。

1. 打开 Flash CS4，在"新建"项目下选择新建 Flash 文件。从外部导入一个海浪素材到图层一，并转换为一个图形元件作为背景。

2. 选择工具面板上的"文本工具"，单击舞台上合适的位置，在出现的文本输入框内输入"Sea"文字。

3. 将"Sea"这几个文本的字体设置为"Arial Black"，字体大小设置为"80"，如图 5-3-1 所示。

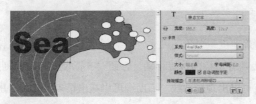

图 5-3-1

4. 用选择工具选中"Sea"这个文字，然后执行"修改 > 分离"，即可将文本分离。

5. 经过第一步分离文本后，相当于把一个组合的文字分离成，单个字母为单位的状态，这时每个字母还是处于文本状态。

6. 保持这几个字母的选中状态，再次执行"修改 > 分离"，可以将文本属性完全转变为图形属性。可以看到，这几个对象已经变为填充状态的麻点显示，属性面板里，属性也显示为形状了，如图 5-3-2 所示。

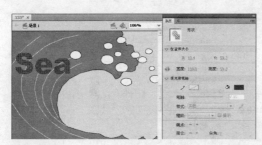

图 5-3-2

提示："分离"的快捷键是 Ctrl+B。在其他翻译中，经常把分离称为打散，所以在看到把某文字打散的时候，要知道执行的是分离命令。

将文字对象转变为图形对象后，该对象就具备了有轮廓和填充等属性，可以对它们进行效果处理，例如我们想把这几个文字处理成绚丽的效果，可以接下来继续制作。

7. 将文字转换为图形对象后，是一个只有填充没有边框的状态，当然可以给它增加一个黄色的边框。选择工具面板的墨水瓶工具，然后单击笔触颜色，选择黄色。

8. 单击各文字边缘，将黄色的轮廓应用到每个文字的周围，注意字母 e 和数字 a，在里面也需要通过墨水瓶工具添加轮廓，如图 5-3-3 所示。

图 5-3-3

9. 为了突出显示轮廓，分别选择每个对象的蓝色填充，然后按键盘上的 Delete 键，将蓝色填充删除。

10. 下面选中文字的轮廓，执行"修改 > 形状 > 将线条转换为填充"命令。

提示：将线条转换为填充后，使线条具备了填充的属性，这样可以对线条进行图像效果的处理。因为接下来我们打算柔化图形的轮廓，把轮廓转变为填充后，效果会更加自然。

11. 逐个选中每个文字图形，执行"修改 > 形状 > 柔化填充边缘"，系统弹出"柔化填充边缘面板"，设置距离为 8px，步骤数为 10，方向为扩展，如图 5-3-4 所示。

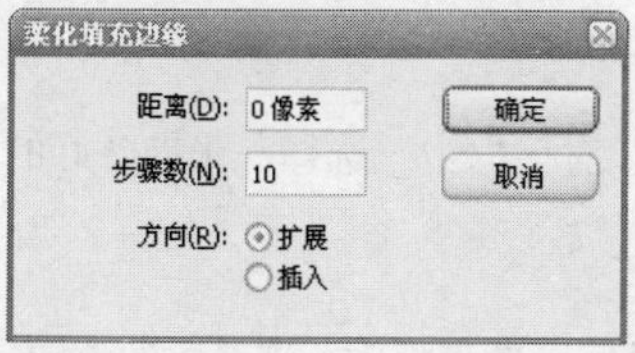

图 5-3-4

提示：柔化填充边缘设置时，距离是指柔化范围，数字越大，范围越大，步骤是指柔化的渐进步数，通常数字越大，效果越好，同时也越消耗系统资源，方向是指向外柔化还是向内柔化。

12. 单击"确定"按钮后，这时整个文字效果，在舞台上就可以看到了，如图 5-3-5 所示。

图 5-3-5

5.4　位图的处理

对于位图和矢量图已经多次提到过，下面对这两个概念做以解释。位图图像（也称为光栅图形）以一系列的像素值存储在计算机中，每个像素占用固定的存储空间。因为每个像素都是单独定义的，所以这种格式对于含复杂细节的照片图像是很棒的。但是，在您极大地增加或减少其大小时，位图也会失去它们的图像保真度。

矢量图则使用一系列的线段、色块和其他造型来描述一幅图像，例如直线、圆、弧线和矩形等造型，以及它们中使用的颜色、渐变色等格式。矢量图的文件格式不像位图的文件那样，记载的是每个像素的亮度和色彩，而是记录了一组指令，也可以说是记录了图形具体的绘制过程。矢量图的文件可以包含用 ASCII 码表示的命令和数据，可以用普通的字体处理器进行编辑。矢量图适合于线形图的表示。

位图对象可以通过两种方式转换为矢量图，一个是采用转换位图为矢量图的方式，另一种方法是采取分离的方式。

5.4.1　通过分离命令将位图对象转变为图形对象

首先通过一个例子来看一下通过分离命令将位图转换为矢量图。

1. 打开 Flash CS4，选择新建项目下的 Flash 文档，新建一个文件。

2. 使用"文件 > 导入 > 导入到舞台"命令，在弹出的"导入"对话框中，选择一张准备好的位图文件。然后单击"打开"按钮。

3. 在舞台上可以看到导入的位图对象，单击位图对象，可以看到属性面板中，该对象的位图属性，如图 5-4-1 所示。

图 5-4-1

4. 使用"修改 > 分离"命令，或者按 Ctrl+B 快捷键，将位图分离，使它具备矢量图的属性，如图 5-4-2 所示。

图 5-4-2

5. 可以在属性面板中看到，此时对象已经是形状对象，也就是矢量图对象了。还可以在属性面板中看到，它的轮廓是无，填充颜色是一个自定义的图案，这个图案也就是刚才的位图图案。

提示：虽然此时位图已经变为矢量属性，实际上它只是把填充的属性由颜色改为图案，而图案还是位图属性。所以对此对象进行放大处理，仍旧会出现锯齿现象。也可以说，通过这种方式转换为矢量图，仅仅是一种组合方式上的转换，本质上并没有发生很大的变化。

6. 这个填充图案不仅仅是应用在已有图形上，还可以应用到新图形上，例如，选择滴管工具，在图形上单击一下，此时系统自动将这个填充图案附加到颜料桶工具上，也就是说，在接下来的绘图中，填充属性不再是颜色，而是使用此图案进行填充。

7. 在工具面板中，选择"多角星形工具"，在属性面板的属性中，设置笔触颜色为无，设置选项中的样式为星形，边数为 5。在图片的下方拖一个五角星，该对象的填充是采用刚才导入的位图图案，如图 5-4-3 所示。

图 5-4-3

8. 当然也可以把该填充效果应用的文字上，我们在五角星的旁边，用文本工具输入英文 Flower，设置文字大小为 85，输入文字后，按两次 Ctrl+B 组合键，把文字转换为图形对象，如图 5-4-4-A 所示。

9. 在工具面板中选择滴管工具，在五角星里的花上单击一下，会发现 Flower 文字里，所有字母全部是该导入位图的图案进行填充的，如图 5-4-4-B 所示。

图 5-4-4-A

图 5-4-4-B

5.4.2　真正的位图转矢量图

在上个例子中讲到，使用分离命令可以将位图转换为矢量图，但是并不是真正地转换，而采用另外一种方式：转换位图为矢量图，则是真正的将位图转换为矢量图。

1. 打开 Flash CS4，选择"新建"项目下的 Flash 文档，新建一个文件。

2. 利用"文件 > 导入 > 导入到舞台"命令，在弹出的"导入"对话框中，选择一张准备好的位图文件。然后单击"打开"按钮，把图片导入到 Flash 中。

3. 在舞台上单击导入的位图，然后选择"修改 > 位图 > 转换位图为矢量图"命令，系统会弹出"转换位图为矢量图"的对话框，如图 5-4-5 所示。

图 5-4-5

面板中每个选项的含义如下。

颜色阈值：设置转换时图形的颜色容差度，值越小色彩过渡越柔和。

最小区域：设置最小转换区域，小于该尺寸的色彩区域将被忽略，值越小，转换后的图形越精细，数值越大，像素区域越大，颜色会更单纯。

曲线拟合：色块形状敏感度，选择非常平滑的话，可以减少线条拟合数，轮廓线变得更单调。

角阈值：色块边部的平滑程度。以上的设置如果图像品质越高，则转换速度越慢，减少角数，图像会变得单调。

4. 转换后的对象已经完全是矢量化的，可以对任何轮廓和填充进行调节，进行缩放也不会出现锯齿现象，如图 5-4-6 所示。

图 5-4-6

5.4.3　位图属性设置

位图在图像质量和真实度上有它的优势。所以并不一定都要把位图转换为矢量图，许多时候，我们也会在 Flash 中使用位图。在使用位图的时候，可以对它的属性进行一些调整，使它更适应影片的需要。

1. 打开 Flash CS4，选择"新建"项目下的 Flash 文档，新建一个文件。

2. 使用"文件 > 导入 > 导入到舞台"命令，在弹出的"导入"对话框中，选择一张事先准备的位图文件，然后单击"打开"按钮，把图片导入到 Flash 中。

3. 当然了此位图也已经导入到 Flash 的库中，可以查看库面板。如果库面板没有出现，勾选"窗口 > 库"即可，如图 5-4-7 所示，显示的是导入到库中的位图。

图 5-4-7

4. 在库中的双击该位图图标，可以弹出位图属性面板，如图 5-4-8 所示。

图 5-4-8

位图属性面板选项的含义如下。

允许平滑： 选择该选项时将平滑或抖动图像。如果撤消选择这个框，图像出现锯齿状或缺口。

压缩：对图形的压缩方式。压缩方式有两种。照片（JPEG），可以设置压缩比，在输入框中可以键入压缩值，压缩结果对图像质量有损。无损（PNG/GIF），无损压缩，图像质量有保证，但不可调整压缩比。

如果采用照片，下面会出现使用文档默认品质选项。若选择位图使用默认的压缩比，如不选择代表自定义压缩的结果。百分比的数值表示图像的质量，数值越高质量越好，文件容量也越大。80% 以上的压缩比已经可以很好地保证图像的品质了。

导入位图的注意事项

1. 当位图文件的名称以数字结尾，并且在同一位置有多个数字相连的位图文件时，在导入过程中

Flash 会询问是否把这一串图像作为一个动画序列导入。

如果选择"是"，则这些文件会从当前帧开始被依次插入到连续的几帧中，Flash 会根据文件数量自动增加相应的帧数，选择"否"则只导入选中的文件。

2. 对于有透明通道的 GIF 格式文件的导入。以 GIF 格式保存的位图有些特别的属性。首先 GIF 格式的文件有一个透明通道，这就使图形的背景或某一个颜色的区域可以为透明，在网页制作中对透明图像的使用很普遍，GIF 文件如果带有透明区域，那么在导入到 Flash 后其透明区域仍会被保留，并且无论是在转换为矢量图或是打碎后透明区域都不会丢失。

除了可以有透明区域外，GIF 文件还可以是动画文件，动画格式的 GIF 文件实际上就是一系列连续动画图形的组合，也即是包含了一组连续的图像。在导入后会自动增加相应的帧数，每帧对应 GIF 动画中一幅图像。图像被导入后在库面板中同样会增加相应数目的位图。

5.4.4 导入 Photoshop PSD 文件

Flash 与 Photoshop 的完美结合可以创作出有视觉冲击力的，用于 Web 的应用程序、动画或交互式信息元素。虽然从 Flash 8 开始增加了滤镜和混合模式这两个图片处理功能。然而 Photoshop 是专业的图像处理软件，我们可以结合各软件最优势的方面，例如一些漂亮的位图场景制作，就可以用 Photoshop 处理后使用到 Flash 中。

运行 Photoshop，合成多张照片，制作成一个书籍封面效果图，注意保留其分层状态。如图 5-4-9 所示。

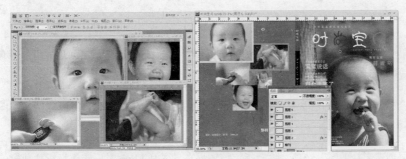

图 5-4-9　拼合图片

然后，在 Photoshop 中的菜单栏，执行"文件 > 存储"命令，将图片命名"时尚宝贝 .PSD"，保存为 PSD 格式。

运行 Flash CS4，新建一个 Flash 文档。执行"文件 > 导入 > 导入到库"命令，选择之前保存的"时尚宝贝 .PSD"文件，单击"打开"后会弹出一个导入设置对话框，如图 5-4-10 所示。

图 5-4-10 导入设置对话框

从左边的查看栏中可以看到，在 Photoshop 中的所有图层都在这里可以清晰的显示出来了，在该栏中可以任意选择需要导入的图层。当我们选择其中一个图层时，右边的导入选项栏中就会出现该层的导入设置，如图 5-4-11 所示。

图 5-4-11 图层导入选项

在选项中，如果选择"具有可编辑图层样式的位图图像"，则 Flash 将会把该层创建为内部带有被剪裁的位图的影片剪辑。选择该选项后会保持受支持的混合模式和不透明度。

如果选择"拼合的位图图像"，将会把所选的图层栅格化并拼合为位图图像，可以保持文本图层在 Photoshop 中的外观。

选择"为此图层创建影片剪辑"选项，将会指定该图层在导入到 Flash 时，转换为影片剪辑。如果不希望将所有的图层都转换为影片剪辑，可以逐个选中图层对它们分别进行设置。

当选中文字图层时，文字图层的导入设置与其他图层不太一样，专门为文字提供了导入前的准备设置，如图 5-4-12 所示。

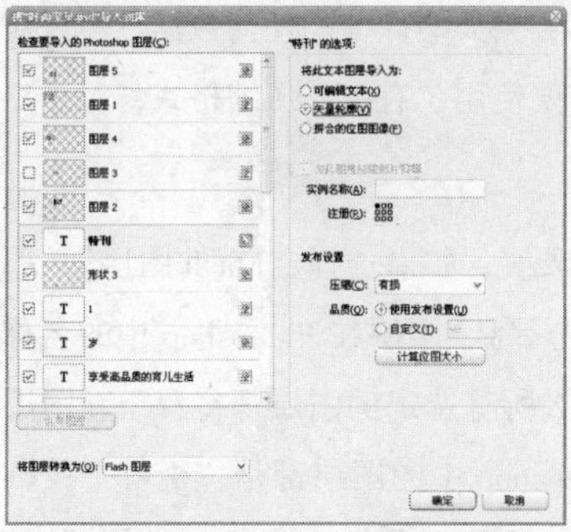

图 5-4-12　文字图层的导入设置

选择"可编辑文本"选项，可以将 Photoshop 中的文本图层创建为可以编辑的文本对象。但是选择该项后，Flash 为了保持文本的可编辑性，文本的外观将会受到影响，导入的文本将不再是 Photoshop 中原来的样子，且选择该项后就必须将此对象转换为影片剪辑。

选择"矢量轮廓"选项，Flash 将把文本转换为路径，文本的外观可能会发生改变，但是视觉属性会得到保留。在此我们为文字图层选择"矢量轮廓"。

选择"拼合的位图图像"，和其他的图层一样，选择该项后会把所选的图层栅格化并拼合为位图图像，但是可以很好的保持 Photoshop 中的原本的视觉效果。

在"发布设置"选项中进行设置，可以指定将 Flash 文档发布为 SWF 文件时应用的图像的压缩程度和文档品质。这些设置只有将文档发布为 SWF 格式时才能有效，该设置对图像导入到舞台或库时不会对图像有任何影响。

压缩的选项有"无损"和"有损"这两个选项。选择"有损"选项后将以 JPEG 格式对图像进行压缩。如果使用默认的图像导入压缩品质，可以选择"使用发布设置"项。当然还可以为图像指定新的品质压缩设置，只需选择"自定义"选项，并在"品质"后面的文本输入框内输入 1 ～ 100 之间的数值，输入的数值越大保留的图像效果就越真，同时最终产生的文件也就越大，可以根据自己的需要适当的输入数值，如图 5-4-13 所示。

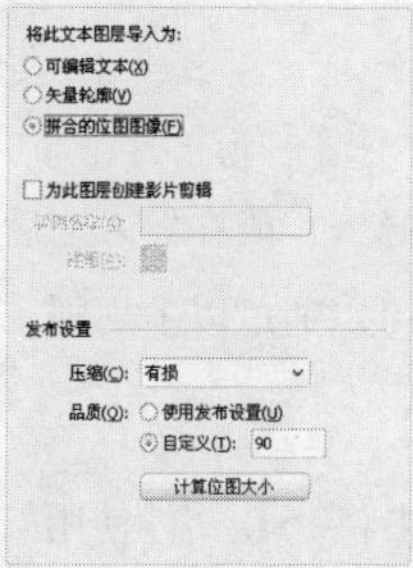

图 5-4-13　自定义发布品质

选择"无损"压缩后，将使用无损压缩格式压缩图像，不会丢失图像中的任何数据。不过对于具有复杂颜色或色调变化的图像，例如有渐变填充的图像，就需要使用"有损"压缩格式，对于一些具有简单形状和相对较少颜色的图像可以使用"无损"压缩。

在该对话框左边的查看栏的下面有一个"将图层转换"选项，如果选择"Flash 图层"，那么在列表中所选定的图层将置于其各自的图层上。导入到 Flash 中后每个图层在 Photoshop 中的名称将会依然保持到 Flash 中。如果选择"将图层转换为关键帧"，那么所有选定的图层都将置于新图层的各个关键帧上，并对 Photoshop 文件中的新图层进行命名。Photoshop 中的图层都是位于每个关键帧上的对象，在库中，这些对象也具有在 Photopshop 中的图层名称。在这里我们选择"Flash 图层"即可，如图 5-4-14 所示。

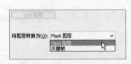

图 5-4-14

单击"确定"按钮，这时该 PSD 文件就被导入到了 Flash 中。导入到库面板的 PSD 文件将会以字母的顺序对导入的 PSD 文件内容进行排序。还将创建一个包含 PSD 文件中已导入到时间轴中所有内容的影片剪辑，并且几乎所有的影片剪辑都有一个位图或其他资源与其相关。这些资源会被保存在该影片剪辑所在的一个文件夹中，如图 5-4-15 所示。

图 5-4-15   导入到库中 PSD 文件资源

Photoshop 与 Flash 的兼容性：导入 PSD 文件时有些可视属性不能全部的导入，或在导入之后，无法在 Flash 创作环境中进一步编辑。因此，在 Photoshop 中进行图像编辑时，可以通过以下规则，改善到 Flash 中的 PSD 文件的外观效果。

Flash 只支持 RGB 颜色模式，而不支持用于印刷的 CMYK 颜色模式。如果将 PSD 文件使用 CMYK 模式导入，那么 Flash 可以将 CMYK 图像转换为 RGB。毕竟转换后的颜色效果会有一定的差异，所以最好在 Photoshop 中将颜色转换为 RGB，能更好地保留原始颜色。

Flash 可以导入下列 Photoshop 混合模式并保持其可编辑性："正片叠底"、"变暗"、"变亮"、"滤色"、"强光"、"差值"和"叠加"。如果在 Photoshop 中使用 Flash 不支持的混合模式，为了保持原图的视觉效果，可以将该图层删格化以保持其效果，也可以从图层中删除该层的混合模式。

在 Photoshop 中的智能对象 Flash 无法作为可编辑对象导入。为了保留智能对象的可视属性，我们可以将这些对象将进行栅格化并作为位图导入到 Flash 中。

导入包含透明区域的对象并作为平面化的位图时，假如同时也导入包含透明区域的对象之后的对象，那么导入后对象的透明部分在后面图层上所有的对象都通过透明区域可见。如果不愿这种情况再出现，可以只将透明对象选中，将它作为平面化位图导入到 Flash 中。如果需要保持透明度导入多个图层，同时使透明区域后面图层上的对象都不可见，我们可以使用"具有可编辑图层样式的位图图像"方法，导入 PSD 文件。这样，导入的对象封装为影片剪辑，而且使用影片剪辑的透明度。这种方法很适合需要在 Flash 中为不同层做动画的情况。

5.4.5　导入 Illustrator 文件

在 Flash CS4 版本中，绘图方面有了很大的改进，体现在钢笔工具和基本图形的绘制工具的完善，使 Flash 在绘图方面得到优化。但毕竟 Flash 不是最专业的矢量绘图软件，和 Illustrator 软件结合后，很大一方面弥补了 Flash 在绘制矢量图方面的不足，很多漂亮的矢量图可以事先在 Illustrator 中进行绘制，然后再将它们导入到 Flash 中使用。

发展到 CS4 时代以后，Illustrator 与 Flash 的协同工作已经简单到只需"复制"、"粘贴"，就可以将它们原模原样的在 Flash 中使用或进行编辑。Illustrator 就像是 Flash 的一个专业绘图的操作环境，对于广大 Flash 用户来说，可以减轻了许多绘图方面的麻烦。

在 Illustrator 中新建一个文档，绘制一个矢量图形。并将其保存为 .AI 格式。运行 Flash CS4，执行"文件 > 导入 > 导入到库"命令，选中刚才保存的 .AI 文件，单击"打开"按钮。

单击打开后，就会出现和导入 Photoshop 中的 PSD 文件时很类似的对话框，如图 5-4-16 所示。

图 5-4-16   导入设置对话框

在该对话框中可以看到，文件里所有的图层和路径都显示出来了。从图中也可以看到一些错误提示。单击"不兼容性报告"按钮，在弹出的对话框中可以了解到那些地方不兼容，如图 5-4-17 所示。

图 5-4-17

虽然在 CS4 版本中，Flash 已经和 Illustrator 有了更好的结合，导入的 .AI 文件可以在 Flash 中保持其原本的颜色效果，保留在 Illustrator 中渐变填充的保真度和可编辑性，以及贝赛尔曲线的节点位置和数目等一些兼容特性。但是尽量避开 Flash 与 Illustrator 之间无法兼容的地方，这样可以更好的使用 Illustrator 图像。

和导入 Photoshop 文件一样，Flash 仅支持 RGB 颜色模式，对于 CMYK 模式，Flash 当然也可以自动将文件转为 RGB 模式，但是会使颜色无法正确的显示。

为了将投影、内发光、外发光和高斯模糊 AI 特效保留为可编辑的 Flash 滤镜，Flash 将应用这些特效的对象导入为 Flash 影片剪辑。如果想尝试将具有这些属性的对象导入为非影片剪辑对象，Flash 会显示不兼容性警告，并建议将该对象导入为影片剪辑。

因为在 Illustrator 中有些路径使用了虚线，在 Flash 中无法兼容，这些原因可以在不兼容信息报告中了解到。选择有提示符号的路径，在导入选项中选择为"位图"，如图 5-4-18 所示。

图 5-4-18

将所有有提示符号的路径设置为"位图"后，不兼容信息报告按钮就自动消失了，这样就证明，在路径方面已经没有问题了。

在.AI 文件的导入设置选项中，这些选项所代表的含义与导入 Photoshop 文件很类似。只是多了"组"的导入设置选项。

组是 Illustrator 中的图形对象组合。在导入到 Flash 中时被视为单个的对象，单击组旁边的三角形可以显示或隐藏组的内容，还可以对组中的对象再进行导入设置。当组中没有其他项目内容时，它的旁边就不会出现三角形。

在组的导入设置选项中，选择"导入为位图"选项，Flash 会将该组中的所有内容栅格化为位图以保留对象在 Illustrator 中原有的确切效果。转换为位图的组将无法选择或重命名其中的对象。选择"创建影片剪辑"后，组中所有的内容将会被封装到一个影片剪辑中，如图 5-4-19 所示。

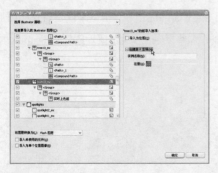

图 5-4-19

将需要设置的图层和路径以及组都设置完毕后，单击"确定"按钮，即可将.AI 文件导入到 Flash 中。导入后，库将会按字母的顺序对导入的.AI 文件内容进行排序，分层组合和文件夹结构保持不变，但是，库依然会按字母的顺序重新排列它们，如图 5-4-20 所示。

图 5-4-20

除了前面这种导入方式外，当然也使用更简单的方法，直接将在 Illustrator 中绘制好的图形粘贴到 Flash 中。具体步骤如下，选择 Illustrator 中的图形，按下 Ctrl+C 组合键将其复制一下。然后打开 Flash，在舞台中单击鼠标右键，选择列表中的"粘贴"选项，或直接按下 Ctrl+V 组合键。

选择"粘贴"按钮或按下 Ctrl+V 组合键后，会弹出一个粘贴设置对话框。其中项目的解释如下。

粘贴为位图：将需要复制的文件平面化为一个位图对象。

使用 AI 文件导入器首选参数粘贴：使用 Flash 中"首选参数"里指定的 AI 文件导入设置，进行复制文件的导入。

保持图层：在默认情况下选择"使用 AI 文件导入器首选参数粘贴"选项时启用，指定将 AI 文件中的图层转换为 Flash 图层。

单击"确定"按钮后，即可将 Illustrator 中复制的图形粘贴到 Flash 中。接下来就是对这些图形的运用了。一般情况下，一些简单的图形最好用 Flash 完成，那些复杂的矢量图形可以在 Illustrator 中进行绘制。

<h1>元件和实例　6</h1>

- 掌握元件与实例概念
- 掌握元件的分类
- 掌握如何创建与编辑元件
- 掌握如何创建与编辑实例
- 掌握库面板的使用

6.1　理解元件与实例的概念

在使用 Flash 制作动画时，同一个元素常常会被多次用到，例如制作倾盆大雨的动画场景，大量雨点倾泻而下的场景可以基于一个雨点制作出来。在一般软件中可能会使用多次的复制粘贴的方法来制作，然后对每个雨点单独进行编辑。如果用这种方法在 Internet 上生成动画，文件量将变得很大，在网上播放很困难。

Flash 可以把需要重复使用到图形转换为元件（Symbol），这个元件会自动保存到库（Library）中。需要使用这个元件时，只要从库窗口中拖到舞台上即可。这样使用的所有雨点其实都只是调用的一个元件，即使对舞台上的元件进行了修改，也只是有少量的描述在文件中增加。这使得 Flash 生成的文件量成倍地减小，使动画在网上更流畅的播放。

在使用元件时，不仅仅可以方便地从本文件的库面板中拖出来，还可以直接调用外部的 Flash 文件的元件库，为创作动画大大提高了效率，给动画制作带来更大的便捷。

元件的具体表现形式为实例。当把元件从库窗口拖到工作区时，这时在舞台的这个元件，就称作库中该元件的实例（Instance）。

元件与实例的定义可以概括如下，在 Flash 中，元件主要包括图形、影片剪辑和按钮，这些都是可以重复使用的对象。而实例是元件在舞台上的一次具体使用。这个概念听起来有点拗口，更通俗解释：

在库里面的对象是元件，拖到舞台上的就叫实例了，一个元件可以拖出来多个实例。

元件和实例的概念是减少 Flash CS4 文档的大小和下载时间的关键。元件需要被下载，但是实例只是通过它们的属性（缩放、颜色、透明度、动画等）而被描述在一个小的文本文件中，这也就是为什么它们只增加了一点点影片文件大小的原因。减少文件大小的最佳方式是为项目创建元件，您能在影片中多次使用它。除了减少文件大小和下载时间以外，元件和实例也能帮您快速更新整个项目文件中的对象。

6.1.1 使用元件可减小文件量

在 Flash 中，多次使用一个元件，并不会增加 Flash 动画的文件量，我们可以通过一个例子来验证。

1. 在 Flash CS4 中新建一个文档，然后从外部导入一位图 "B20-009"，使其转换为影片剪辑。在该文件中，打开库面板，可以看到在库面板中有个叫 "闹钟" 的影片剪辑。

2. 单击库中的 "闹钟" 影片剪辑元件，然后拖住鼠标将 "闹钟" 影片剪辑拖动到舞台上，如图 6-1-1 所示。

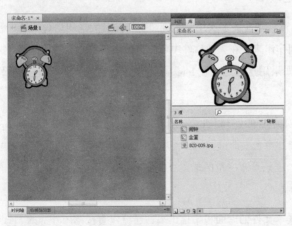

图 6-1-1

3. 选择 "文件 > 另存为"，将它保存到电脑上的某个目录中，给它命名为 "闹钟 1.fla"，这是只使用一次元件的 Flash 文件。

4. 在键盘上，使用 Ctrl+Enter 快捷键，在同目录下生成最终的 Flash 播放文件 "闹钟 1.swf"。

5. 关闭 SWF 文件，继续回到 Flash 舞台，把 "闹钟" 影片剪辑元件，多次拖入舞台中，可以让闹钟铺满舞台，如图 6-1-2 所示。

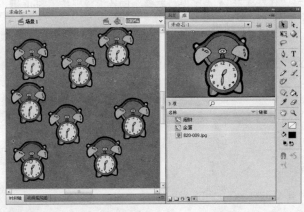

图 6-1-2

6. 选择"文件 > 另存为",将它保存到电脑上和上个文件的同目录中,给它命名为"闹钟 2.fla",这是多次使用一个元件的 Flash 文件。

7. 在键盘上,使用 Ctrl+Enter 快捷键,在同目录下生成最终的 Flash 播放文件闹钟 2.swf。

8. 这时查看两个 SWF 文件的大小,会发现两个文件的文件量几乎是一样,这样可以了解到如多次用到的对象转换为元件的好处在于不增大文件量。

6.1.2 修改实例对元件产生的影响

1. 在 Flash CS4 中新建一个文档,然后将"羊"转换为图形。在该文件中,打开库面板,可以看到在库面板中有个叫"羊"的图形。在打开的文件中,可以看到舞台上有 3 只羊,它们都是从元件库中拖出来的,如图 6-1-3 所示。

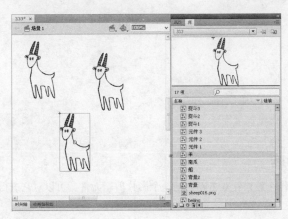

图 6-1-3

2. 鼠标右键单击左上方的羊，选择"任意变形"，为了保持羊整个同比缩放，按下 Shift 键不放，向外拖动羊 4 个角中的任何一个放大羊，如图 6-1-4 所示。

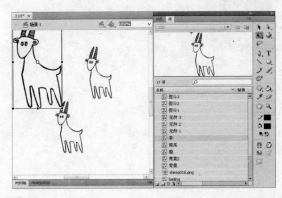

图 6-1-4

3. 在放大第一只"羊"实例后，可以观察元件库中的该"羊"的元件，形状并没有发生任何改变。

4. 不仅仅可以对实例的形状进行修改，也可以对实例的颜色进行修改。单击右上角的羊，在下面的"属性"面板中，选择"颜色样式"下拉框中的"色调"，然后单击色调后面的色块，在弹出的调色板中选择一种黄色，可以看到舞台上的羊的颜色变得非常鲜艳。同样，库中的元件并不发生任何改变，如图 6-1-5 所示。

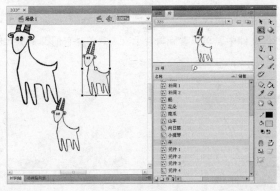

图 6-1-5

6.1.3 修改元件对实例产生的影响

1. 如果对元件的属性进行修改会出现什么效果？双击库中的一个影片剪辑元件，可以对它进行单独编辑，如图 6-1-6 所示。

图 6-1-6

2. 用"选择工具"选中整个羊,然后鼠标右键单击羊,选择"任意变形",然后鼠标移到羊的任何一角,当鼠标指针变为旋转箭头时,拖动羊进行旋转,如图 6-1-7 所示。

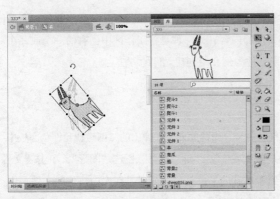

图 6-1-7

3. 单击"场景一",回到影片场景,可以看到与该元件相关的,三个实例都已经旋转了角度,如图 6-1-8 所示。

图 6-1-8

6.1.4 区别元件与实例

元件和实例两者不完全相同，但相互联系。首先，实例的基本形状由元件决定，这使得实例不能脱离元件的原形而无规则的变化。一个元件与它相联系可以有多个实例，但每个实例只能对应于一个确定的元件。此外，一个元件拖出的多个实例中可以有一些自己的特别属性，例如大小、颜色、透明度等的不同。这使得使用同一元件的每个实例可以变得各不相同，展现了实例的多样性，但无论怎样变，实例在基本形状上是一致的，这一点是不能改变的。一个元件相当于一个种，从这个种生成的各个"子"总是基本相同的。元件必须有与之相对应的实例存在才有意义，如果一个元件在动画中没有对应的实例存在，那么这将是个多余的元件。

6.2 创建与编辑元件

只有先创建元件才能使用元件。创建元件的方法有两种：一种是在 Flash 中直接创建一个新的空白元件，然后在元件编辑模式中创建、编辑元件的内容；另一种是将工作区中已有的一个或几个对象转变为元件，再进行元件编辑。我们先以图形元件为例介绍创建元件的方法。

6.2.1 新建图形元件

1. 运行 Flash CS4，执行"插入 > 新建元件"命令，新建元件。在弹出的"创建新元件"面板中"名称"一栏中键入元件的名称，元件名称可以是英文或中文，在"类型"栏选"图形"，单击"文件夹"选项弹出"移至 ..."面板，可以将元件移至到库现有的文件夹中，或者是在库中新建的文件夹中，这里我们不做选择。最后单击"确定"按钮，如图 6-2-1 所示。

图 6-2-1

2. 完成上述设置步骤后，工作区会自动进入元件编辑模式，在此可以根据需要，绘制和编辑元件，如图 6-2-2 所示。

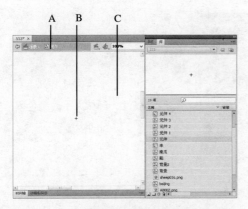

图 6-2-2　A：此处既有工作区名称又有元件名称
　　　　　 B：此处有一个十字叉，表示元件的注册点
　　　　　 C：元件编辑模式

3. 在的元件编辑窗中，使用工具面板的绘图工具进行图形元件的绘制。例如用笔刷工具绘制一朵花，如图 6-2-3 所示。

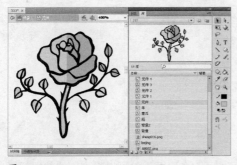

图 6-2-3

4. 完成元件绘制后，打开"编辑"菜单，选择"编辑文档"命令，可以返回到影片编辑模式，新建的图形元件就会出现在库面板中。另外，也可以直接单击"场景一"回到影片编辑模式下。

元件编辑模式与影片编辑模式的差异。处于元件编辑模式时，工作区中心有十字叉，表示元件的注册点。处于影片编辑模式时，工作区无十字叉。处于元件编辑模式时，工作区左上角有工作区名称和元件名称。处于影片编辑模式时，工作区仅有工作区名称。

6.2.2　将元素转换为图形元件

1. 运行 Flash CS4，新建一个文件。在工具面板中选择椭圆工具，在工作区绘制一个可爱的兔子头。在工作区中用选择工具选取这个图形对象，如图 6-2-4 所示。

图 6-2-4

2. 打开"修改"菜单，选择"转换为元件"。也可以直接用鼠标右键单击，在右键菜单中选择"转换为元件"，或者按下 F8 键。

3. 在弹出的"创建新元件"面板中，在"名称"一栏中键入元件的名称，元件名称可以是英文或中文，在"类型"栏选"图形"，把注册点设置为正中间，然后单击"确定"按钮，如图 6-2-5 所示。

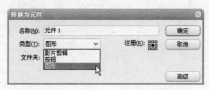

图 6-2-5

4. 这时舞台上被选取的元素就已经变为图形元件了，在库面板中可以看到刚才的图标了，如图 6-2-6 所示，保存这个文件为兔子 .fla。

图 6-2-6

将文字生成元件：图形不仅可以转换为元件，文字也可以转换为元件，在输入一段文字后，选取文字，用"转换为元件"命令将它转换成元件，其特性和其他元件特性相同。

用其他不同方法创建图形元件：先建一个空白元件，然后在元件编辑模式的工作区中绘制元件内容，或者使用 Ctrl+F8 新建元件。接着在工作区中绘制一些图形，然后选中这些图形部分或全部，右键菜单或按下 F8 键，将选中的对象转变为元件。

6.2.3　元件的分类

在 Flash 中，元件由图形元件、按钮元件、影片剪辑元件三大部分组成。在建立元件之前，只有熟悉每种元件类型的特点，才能知道将要创建的元件应该选择哪种类型。

图形元件：图形元件主要是用于静止的图形，它是最基本的一种元件类型。也可以由多个图形元件组成一个新的图形元件。

按钮元件：按钮元件主要是具备鼠标事件响应效果的一种特殊元件。按钮元件有四种状态，一种是正常状态，一种是鼠标移动到它范围的状态，一种是鼠标按下它的状态，一种是鼠标单击时的状态。

影片剪辑：影片剪辑是构成 Flash 复杂动画必不可少的元件，它是一种比较特殊的元件。它有自己独立时间轴、图层以及其他图形元件，实际上可以这么说，一个影片剪辑就是一个小 Flash 片段。影片剪辑在复杂动画以及 Flash 的 ActionScript 编程中经常会被使用。

按钮元件和影片剪辑具有更多的属性，在后面的章节中将对它们的创建方式做专门的介绍，在本章不进行讲述。

6.2.4　编辑元件

舞台上的实例与库面板中对应的元件有一种父 / 子关系。这种特殊关系的其中一个优点是：如果您在库面板中改变了一个元件，那么舞台上的所有元件都将更新。您能想象得到，当您对整个项目做大范围更新时，这一特性将节省大量时间。

1. 打开 Flash CS4，打开刚才储存的"兔子"文件，鼠标右键单击舞台上的图形，在弹出的快捷菜单中选择"编辑"，如图 6-2-7 所示。

图 6-2-7

进入元件编辑状态的 6 种方法。

· 选择"编辑"菜单中的"编辑元件"命令。

· 在舞台上的对象上单击鼠标右键，选择"编辑"命令。

· 在舞台上的对象上单击鼠标右键，选择"在当前位置编辑"命令。

· 在舞台上的对象上单击鼠标右键，选择"在新窗口中编辑"命令。

· 在库面板中选中元件，然后选择右上角"选项"菜单中的"编辑"命令。

· 在库面板中元件上单击鼠标右键，选择"编辑"命令。

2. 在编辑元件时，就像在舞台上编辑对象一样操作，可以改变元件形状、颜色等，也可以使用各种画图工具再绘制图形，还可以导入图片或再创建其他的元件。这里我们将兔子的眼睛改成红色的，如图 6-2-8 所示。

图 6-2-8

3. 完成编辑后，单击舞台上方的"场景一"按钮回到影片编辑状态。完成后，保存此文件为红眼兔子。

如果是在原工作区中编辑元件，舞台上其他对象都变为灰色，不可以被编辑。而且，在元件编辑状态中，编辑内容所在的位置与元件在舞台上所在的位置是一样的，这样有利于对该元件定位操作。

注意，在舞台上进行元件编辑和实例编辑时，界面非常相似，不同的是进行元件编辑时其他对象是灰色的，进行实例编辑时其他对象不发生变化。所以在舞台上编辑时，一定注意是对元件进行编辑，还是对实例进行编辑，以防误操作。

6.3 创建与编辑实例

在 Flash 中，把库中的元件拖动到工作区中，在工作区上的对象我们称之为实例，实例是动画组成的基础。实例可以进行选取、移动、复制、删除、旋转、缩放、拉伸、并组、排列、打散、改变引用对象等各种操作。

6.3.1 创建实例

1. 运行 Flash CS4，打开刚才保存的"兔子"文件，这个文件的库中已经有一个可爱的兔子头的元件，先把舞台上的对象选中删除，使舞台恢复空白状态。

2. 在库面板中，鼠标按住兔子元件（缩略图和元件名称都可以），把它拖放到舞台上，这样就创建了一个实例。使用同样的方法，继续往舞台上拖放元件，创建第二个实例，如图 6-3-1 所示。

图 6-3-1

6.3.2 改变实例属性

每个实例都有其自己的属性，这些属性 相对与元件来说是独立的，因此可以改变实例的颜色、亮度、透明度，也可以对实体进行缩放、旋转、扭曲等操作，还可以改变实例的类型和动画播放模式，但所有这些操作都不会影响元件和其他同元件产生的实例。

6.3.3 改变实例的颜色和透明度

1. 继续前面的那个例子，在舞台上选择右边的兔子。在属性面板中，单击"色彩效果"栏中，"样式"的下拉菜单的"亮度"选项，如图 6-3-2 所示。

图 6-3-2

2. 选择亮度后，在它下面会出现一个滑块和调整具体数值的输入框，例如，我们通过滑块将亮度数值调整到 50%，如图 6-3-3 所示。

图 6-3-3

3. 如果想回复到原始状态，可以在样式一栏选择"无"。除了调节亮度外，还可以在样式一栏选择其他选项，进行其他属性的调节。

5 个选项的含义如下。

· 无：不添加任何样式效果。

· 亮度：调整实例的亮度。数值越高，实例的亮度越亮。

· 色调：改变颜色色调。可以在弹出的调色板中选择颜色，在色调滑块调整着色量，也可以在红、绿、蓝三原色的分量中调整滑块或输入数值。

Alpha：调整实例的透明度。这个适用与实例覆盖到其他对象上时，对它透明度的调整，数值越小，透明度越高，0% 是全透明，100% 是不透明。可键入的值为 0 ~ 100。

高级：选择高级时，可以在一个面板上同时更精确的，调节色调和透明度的百分比和偏移值。

6.3.4 对实例进行缩放、扭曲和旋转

选中一个实例后，可以用变形命令，对它进行缩放、扭曲、旋转等各种形状变化处理，关于任意变形的用法在前面章节中已经介绍，可以试验一下各种变形效果，如图 6-3-4 所示。

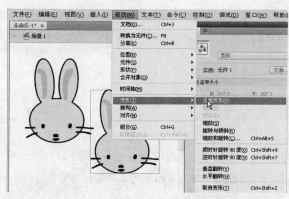

图 6-3-4

6.3.5 实例的分离

一般情况下，对实例进行编辑就可以达到大部分所需要的效果。但有时要对实例的局部做一些调整，而不是对实例进行整体改变，这时就需要把实例分离，然后再进行处理，因为 Flash 是不允许对实例的局部编辑的。用修改菜单下的"分离"命令可以分离实例与元件的联系，把实例还原为原始的形状和线条的组合。

1. 继续上例的操作，选择第二个兔子，然后连续执行两次"修改 > 分离"，或者用两次快捷键 Ctrl+B。这里执行两次分离的含义是：第一次是将实例与元件分离，其实这次分离后，实例已经脱离和元件的关联，如果再次对元件进行修改时，刚才被分离的那个实例已经不再随元件而发生变化。第二次分离是将这个实例的组合属性分离，分离为轮廓和填充的图形对象。

2. 对第二个兔子的轮廓进行曲线调整，整个调整过程就是对图形对象调整，这样可以更自由调整，如图 6-3-5 所示。

图 6-3-5

实例被分离后就可以用绘图工具对各个图形元素进行编辑了。实例分离后不会影响到元件和其他此元件产生的实例，不过在这以后对元件所做的各种变化也不会再对分离后的实例起作用，因为他们之间已经没有任何联系了。

6.4　使用库面板

在 Flash 中，库能将所有的元件保留下，以方便用户下次再使用该元件。除了元件外，库中还可以保留位图、声音、视频等各种多媒体素材，方便用户对所有用到的素材进行浏览和选择。另外，Flash 文件还具有使用外部库元件的功能，用户可以免去多次创建元件的麻烦。

在 Flash CS4 中增加了库搜索功能，可以通过搜索功能，来搜索库中相应的素材，掌握库的使用，对 Flash 的学习是非常重要，下面我们介绍库面板的使用。

6.4.1　库面板介绍

库面板是 Flash CS4 存储和组织元件、位图图形、声音剪辑、视频剪辑和字体的容器。因为每种媒体都有与之相关的不同图标，所以一看就能轻松识别出不同的库资源。对于设计师而言，它是这一程序中最有用、也是频繁使用的界面元素之一。

为了更全面地观察库面板的组成部分，可以先把库面板单独显示出来。如果在工作区库面板没有显示，选择"窗口 > 库"命令，在工作区右侧显示库面板，然后单击面板左上方的"新建库面板"按钮，把库面板单独显示出来，如图 6-4-1 所示。

图 6-4-1

为了更好地观察，把库面板移动到屏幕中间，鼠标点中该库面板右下角，拖动扩大库面板，直至面板里的所有信息都显示出来，如图 5-4-2 所示。

图 6-4-2　A：多库切换　B：预览窗口　C：分类和排序　D：选中对象
　　　　　E：库菜单　F：固定和新建库　G：搜索库

1. 对象预览窗口

当在库面板选中一个对象时，在对象预览栏出现的是此对象的缩略图预览。如果此对象是影片剪辑或音频，在预览栏右上方会出现播放和停止按钮，可以对影片剪辑或音频在预览栏内，进行播放和停止。

2. 分类和排序

名称：对象的名称，可以给对象取中文的名称，像 Windows 的资源管理器一样，如果单击名称，所有的对象会按文件名开头字母的顺序进行排列，再单击一次，会按照字母顺序倒序排列。

类型：对象的种类，位图、图形、影片剪辑、声音、按钮等。如果单击类型，对象会按照类型的顺序排序。

使用次数：某个对象在影片中的使用次数。

链接：可以让对象为其他影片调用。

修改日期：显示为对象的最后修改日期。

3. 库菜单

显示和库相关的各种操作命令。这个菜单几乎包含所有的和库相关的命令，虽然项目繁多，在使用上还是比较简单，可以逐个进行试验掌握。

4. 搜索库

在搜索框中，键入相应的关键字或素材的名称，在"库"面板中进行搜索。

5. 固定当前库

选中该选项后，当前库被锁定。当切换多个文档时，固定后的库面板不会随文档变化发生改变。

6. 新建库面板

单击此选项后，会临时弹出一个新的库面板。在多库切换列表中可以选择不同文档的库，方便在库之间进行素材的复制。

6.4.2 导入对象到库

在使用外部文件时，一般在导入对象时，选择导入到舞台。实际上在创作中，会对影片做整体规划，例如需要使用哪些素材，设置几个场景，每个场景的动画是如何进行等。这个时候，导入外部元素时，就不需要导入到舞台，而是直接把元素先导入到库中，然后根据影片需要，随时从库中选取合适的元素。

1. 执行 Flash CS4，新建一个文件。确定库面板显示在舞台上，如果没有显示，选择"窗口 > 库"命令，在工作区旁显示库面板。

2. 先用普通方式导入对象，选择"文件 > 导入 > 导入到舞台"，选择一张位图元素，然后单击"打开"按钮。位图就会被导入到舞台上，实际上它也同时被导入到库中，如图 6-4-3 所示。

图 6-4-3

3. 大家试验一下只导入库的方法。单击库中的位图对象，按键盘上的 Delete 键，删除这个对象，同时舞台上的对象也被删除。

4. 然后执行"文件 > 导入 > 导入到库",同样选择这个位图,单击"打开"按钮。会发现此时文件被导入到库中,但是并没有出现在舞台上,如图 6-4-4 所示。而是在需要的时候,手工把它拖到舞台上,在一次导入很多个对象时比较常用。

图 6-4-4

6.4.3 使用其他文件的库

在制作 Flash 影片时,每个 Flash 都可以使用 Flash 软件自带的公共库;不仅如此,在 Flash 中还可以使用其他文件的库,这样一旦制作完一个 Flash 影片,在另外一个影片中如果需要其中某个元素,就不需要重新制作,只需直接把上个影片的库打开就可以了。

1. 打开 Flash CS4,新建一个文件。我们可以看到库面板是空的。选择"窗口 > 公共库 > 按钮",可以打开公共库按钮面板。

2. 在库按钮面板中,看到的是一个个的文件夹,在文件夹下面是真正的对象,关于文件夹的操作我们下一个节介绍。双击任意一个文件夹,如 buttons bar,可以展开这个文件夹下的所有对象,任意选取一个,可以进行预览,如图 6-4-5 所示。

图 6-4-5

3. 按住这个元件的名称不放，或者按住这个元件的缩略图不放，直接把这个元件拖到舞台，就可以使用这个元件。或者选择在拖动到舞台的同时，实际上把这个元件复制了一份到当前的库面板中，如图 6-4-6 所示。

图 6-4-6

4. 在 Flash 中，还可以使用其他文件的库。例如在这个文件中，我们想使用另一个文件的库，可以选择"文件 > 导入 > 打开外部库"，然后在弹出的面板中选择另一个 Flash 文件，例如"333.fla"，如图 6-4-7 所示，单击"打开"按钮。

图 6-4-7

5. 同样，在 Flash 文件中，又多出了一个刚才导入的"333.fla"文件的库面板，把其中的某个对象直接拖动到舞台，就可以发现这个对象被复制到当前影片的库文件中，如图 6-4-8 所示。

图 6-4-8

如果在导入另外一个文件的库时，如果这个外部库中的对象和当前文件有同名现象，把这个对象拖到舞台上时，系统会提示：是导入的元件不覆盖原有元件，继续使用；还是导入元件覆盖原有元件。一般情况下，选择前者，这样实际上是等于没有导入，然后把原有库对象的名称重命名，再重新把这个外部库的对象拖进来。

6.4.4　通过库文件夹管理对象

在制作一个比较复杂的 Flash 影片时，会经常用到大量的素材，这样，在库面板里会堆积很多对象，当需要用到某一个元件时，查找起来比较麻烦，而且容易出错。Flash 提供了库文件夹，可以把对象分别放入不同的文件夹中。

1. 运行 Flash，打开一个文件，为了不对原文件造成破坏，打开这个文件后，直接选择"文件 > 另存为"，把它保存成另外一个文件名。

2. 可以看到，在这个 Flash 中，库面板中已经有几个对象，为了使用方便，我们想把这些对象分为两大类，"水中"和"陆地"。

3. 在库面板下方的右侧第二个"新建文件夹"按钮上，单击可以在库面板中新建一个文件夹，如图 6-4-9-A 所示。

4. 在库面板中；双击或者右键选择"重命名"选项，给这个文件夹重新取名为"水中"，如图 6-4-9-B 所示。

图 6-4-9-A

图 6-4-9-B

5. 同样的方法，再建立一个"陆地"的文件夹。两个文件夹建立完成后，就可以把对象进行合理的归类，例如第一个元件"远处的房子"，是属于陆地文件夹，我们直接拖动它到"陆地"文件夹，如图 6-4-10-A 所示，拖动完毕后，它就在"陆地"文件夹里了。

6. 其实这个操作和 Windows 操作非常相似，还可以按下 Ctrl 键不放，然后选择多个对象，把它们一起拖进文件夹，如图 6-4-10-B 所示。

图 6-4-10-A   图 6-4-10-B

7. 然后再把其余的对象拖动到"水中"文件夹。此时的库面板变成只剩下两个文件夹，如图 6-4-11-A 所示。

8. 双击文件夹，可以展开，显示出此文件夹下的所有对象，分别对这两个文件夹双击，可以查看展开后的效果，如图 6-4-11-B 所示。

图 6-4-11-A   图 6-4-11-B

9. 如果影片中有视频或音频对象，还可以建立视频音频文件夹。这样，即使有很多对象，例如上百个，只要按规律进行归类，当我们需要使用某对象时，就可以很方便地打开它所在的文件夹，把它应用到舞台上。如果不采用文件夹分类，从成百上千个对象中，找出一个来，还是很费时间的。

截至本章为止，我们已经把 Flash 中所有有关制作素材的内容介绍完了，接下来的章节就进入 Flash 最重要的部分——动画的学习，Flash 动画实际上就是把这些素材进行纵向上的叠加和横向上的运动，掌握创造素材的方法，实际上是为动画制作打下坚实的基础。

Flash 动画基础

- · 掌握时间轴的组成部分
- · 掌握图层的概念及使用方法
- · 掌握帧的概念及使用方法
- · 掌握播放头的概念

7.1 图层及其编辑方法

Flash 动画制作主要是通过在时间轴进行编辑来完成的。对于时间轴,我们已经不陌生,在前面关于 Flash 工作环境的章节里,我们已经了解了时间轴的基本构成:图层、帧、播放头。在这个章节,我们需要了解的是如何对图层和帧进行编辑。首先我们介绍图层的编辑方法。

可以这样来理解图层,图层就如同透明纸一样,从下到上逐层被覆盖,下面图层的内容如果与上面图层有重叠,就会被上面图层遮蔽。

7.1.1 移动图层

例如在“水中螃蟹”这个文件中,图层“背景”在图层“螃蟹”下面,此时舞台上的内容显示为螃蟹在背景上,如图 7-1-1 所示。

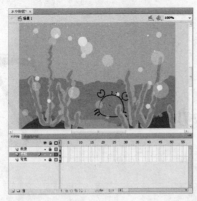

图 7-1-1

鼠标单击按住"背景"图层,将其拖曳到"螃蟹"图层之上,再来看看舞台上的内容。可以看到"螃蟹"图层上的内容被"背景"图层遮蔽了,如图 7-1-2 所示。

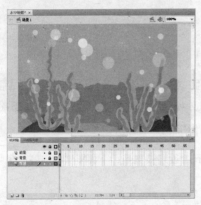

图 7-1-2

7.1.2 隐藏 / 显示图层

在图层编辑区的上部有:显示或隐藏所有图层、锁定或解锁定所有图层、将所有图层显示为轮廓等操作选项,如图 7-1-3 所示。

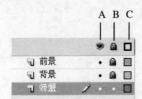

图 7-1-3 A:显示或隐藏所有图层 B:锁定或解除锁定所有图层 C:显示所有图层的轮廓

如何将"背景"图层隐藏，只需在这一图层上，对应"显示或隐藏所有图层"按钮的小圆点上单击，小圆点变为 ✖，则该图层被隐藏，如图 7-1-4 所示。

图 7-1-4

在图 7-1-4 中可以看到，"背景"图层被隐藏了，因此下面未被隐藏的"螃蟹"图层的内容被显示出来。

此时再次单击"背景"图层上对应"显示/隐藏所有图层"按钮的 ✖，则该图层重新被显示。如果单击"显示/隐藏所有图层"按钮，则所有的图层都被隐藏，如图 7-1-5 所示。此时再次单击该按钮，则所有图层又都被恢复显示。

图 7-1-5

7.1.3 锁定/解除锁定图层

如果锁定某个图层，该图层上的内容就会处于不能被编辑，只需要单击该图层上对应"锁定或解除锁定所有图层"按钮上的小圆点。这一功能在动画制作时很有帮助，可以防止误操作某些图层上的内容。单击"背景"层的锁定按钮，锁定背景层，如图 7-1-6 所示。

图 7-1-6

注意，此时图层的位置仍然是可以移动的，我们还能像未隐藏之前一样，可以把已经锁定了的"背景"图层拖曳到"螃蟹"图层之下，如图 7-1-7 所示。

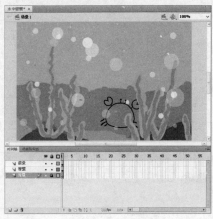

图 7-1-7

如果单击"锁定或解除锁定所有图层"按钮，则所有的图层都被锁定，如图 7-1-8 所示。再次单击该按钮，则对所有的图层解除锁定。

图 7-1-8

7.1.4 显示轮廓

在动画制作时，有时候我们需要看清楚某些内容的轮廓线，此时，只需要在该图层上对应"显示所有图层的轮廓"按钮下的彩色矩形，此矩形按钮变为只有轮廓线的空心矩形，此时该图层上的内容会以轮廓线的方式显示，轮廓线的颜色即为矩形的颜色，如图 7-1-9 所示。

图 7-1-9

如果要显示所有图层上内容的轮廓线，则单击"显示所有图层的轮廓"按钮，则舞台上的所有内容都以轮廓线来显示，如图 7-1-10 所示。想恢复显示内容，此时再次单击该按钮即可。

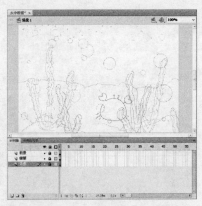

图 7-1-10

7.1.5　更改图层名称

如要更改图层名称，只需单击选中这个图层，然后在图层名称上双击，即可输入新的名称。如图 7-1-11 所示。另一种方法可以在选中的图层上，右键选择"属性"选项，在弹出的"图层属性"对话框中，在名称右侧键入新的名字。

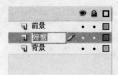

图 7-1-11

当前选中的图层有一个铅笔图标 ，当该图层被隐藏或者被锁定时，这个铅笔图标会显示为 ，但是这并不影响更改图层名称的操作，如图 7-1-12 所示。

图 7-1-12

7.1.6 添加和删除图层

在图层编辑区域的下部有：新建图层、新建文件夹、删除按钮，如图 7-1-13 所示。

A B C

图 7-1-13　A：新建图层　B：新建图层文件夹　C：删除

1. 插入 / 删除图层

先选中一个图层，然后单击"插入图层"按钮，则在被选中的图层上新增加一个图层，如图 7-1-14 所示。

图 7-1-14

新增加的图层以"图层"和一个数字排序为默认的图层名称，如果需要的话，可以把它更改为一个合适名称。

如果要删除一个图层，只需选中这个图层，然后单击"删除"的垃圾桶按钮，或者把它拖曳到"删除"的垃圾桶按钮处。

在删除图层后，如果再次插入图层，新图层的默认名称的数字排序不受已删除的图层影响，仍然会以曾经添加过的图层总数继续排序。例如当我们删除上图中的"图层4"，然后插入一个新图层，则新图层会以"图层5"为默认名称，如图7-1-15所示。

图 7-1-15

2. 插入 / 删除文件夹

"插入 / 删除文件夹"的操作与"插入 / 删除"的操作一样。要添加文件夹，只需要选中需要在其上方添加文件夹的图层，然后单击"插入文件夹"按钮 ▢。若要删除文件夹，则选中需要删除的文件夹，然后单击"删除"按钮 🗑，或者拖曳到"删除"按钮处。更改文件夹名称的方法与更改图层名称的方法也是一样的，这里不再赘述。

添加了一个文件夹之后，我们可以把一些图层组织到这个文件夹内，在图层很多的制作中，这个功能可以帮助我们更有效地管理图层。要把图层组合到一个文件夹内，只需选中这些图层，然后拖曳到文件夹中即可，如图7-1-16所示，将"螃蟹"拖曳到"文件夹1"中。

图 7-1-16

如果要把文件夹中的图层取出来，只需选中该图层，然后把它拖曳出文件夹即可。单击文件夹左侧的三角标志，可以折叠或展开文件夹。

提示：需要同时选中几个连续排列的图层时，只需在按Shift键的同时单击这几个图层的最上面一层，然后再单击最下面一层，即可全部选中。如果需要选中不是连续排列的几个图层，则需在按Ctrl键的同时，分别单击所要选取的图层。

3. 添加 / 删除运动引导层

更新后的 Flash CS4 "运动引导层"只保留了在菜单里的相应命令。它是 Flash 动画制作过程中很有用的辅助层，它的内容起到引导下层物体运动的轨迹的作用。运动引导层不会在发布后的 Flash 文件中显示，它的用法在后面的具体动画制作中我们会详细讲述。

如果要在某个图层上添加运动引导层，则用右键选中该图层，在弹出的菜单中单击"添加传统运动引导层"选项。这样添加的引导层在该图层上方，默认名称为"引导层"，如图 7-1-17 所示。

图 7-1-17

运动引导层与它所引导的图层呈树状排列，如果把被引导的图层拖出引导层，导致引导层下没有图层时，引导层前面的标志会改变为一个锤子，如图 7-1-18 所示。

图 7-1-18

要把图层作为被引导的图层，只需要将其拖曳到引导层之下即可。引导层的名称更改以及删除等操作，与前面讲述的图层和文件夹的同类操作一样。

4. 图层弹出菜单与图层属性

除了用图层编辑区域的选项按钮来编辑图层之外，我们还可以使用图层弹出菜单上的操作命令。在任意一个图层上右键单击，会弹出一个包含各种命令的菜单，如图 7-1-19 所示。

图 7-1-19

在某个图层上单击鼠标右键，可应用的命令如下。

显示全部：显示所有的图层。

锁定其他图层：锁定除该选中图层之外的所有图层。

隐藏其他图层：隐藏除该选中图层之外的所有图层。

插入图层：在该图层之上插入一个新图层。

删除图层：将该选中图层删除。

引导层：将该选中的图层转变为引导层。

添加传统运动引导层：为该图层添加一个运动引导层。

遮罩层：将该图层转变为遮罩层（说明：遮罩是 Flash 动画的常用效果之一，在后面章节中我们会详细讲述遮罩的使用方法）。

显示遮罩：显示遮罩效果（说明，选择应用该命令，则遮罩层和被遮罩层被同时锁定，舞台上显示遮罩效果）。

例如在"水中螃蟹"中，若把图层"螃蟹"作为图层"背景"的遮罩层，并显示遮罩，效果如图 7-1-20 所示。

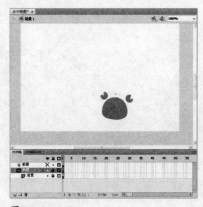

图 7-1-20

插入文件夹：在该图层上插入一个新建的文件夹。

删除文件夹：该命令应用于文件夹所在的图层，选择应用该命令则删除该选中的整个文件夹。

展开文件夹：展开文件夹内的下一级组成内容。

折叠文件夹：关闭文件夹，不显示其组成内容。

展开所有文件夹：展开所有文件夹的组成内容（即包括该文件夹中的下级文件夹）。

折叠所有文件夹：关闭所有文件夹，不显示它们的组成内容。

在弹出菜单上还有一个"属性"命令，在这里单击鼠标左键打开属性对话框，可以设定该图层的相关属性，如图 7-1-21 所示。

图 7-1-21

图层属性对话框的部分内容，我们在前面已经了解过了，如更改图层名称、显示图层、锁定图层等。在"类型"一栏，当然可以根据需要，把图层设定为一般图层或者其他类型的图层，以便于转换图层的类型。

在"轮廓颜色"一栏，可以设置该层以轮廓线显示时的颜色。单击该选项，可以在弹出的颜色面板上设定轮廓线用什么颜色。"图层高度"选项可以设定该图层在时间轴上的具体显示高度。

7.2　帧及其编辑方法

帧是编排动画的重要组成部分，Flash动画的时长由帧来组成。各个图层的内容在不同类型的帧中，以从左到右的顺序在时间轴上排列。虽然Flash CS4中的时间轴针对每个帧都有一个狭槽，但是为了让内容存在于影片中的那个位置，用户必须将其定义为帧或关键帧。

7.2.1　帧的类型

在Flash动画制作过程中，我们可以设定不同类型的帧，以此来实现不同的动画效果。在一个完整的Flash文件中，不同的图层中安排了不同类型的帧。我们可以选取某个图层，然后隐藏其他所有图层，然后来看看不同类型的帧有什么样的动画效果，如图7-2-1所示。

图 7-2-1

关键帧 ●：一个包含插图的关键帧以纯黑色圆形表示。默认情况下，当您在Flash CS4中添加一个新关键帧时，内容（除了动作和声音）将会从前面的关键帧上复制过来。

普通帧 ▯：是前一个关键帧所含内容的延续。

空白关键帧 ○：不包含任何内容的关键帧。

空白帧 －：是前一个空白关键帧的延续。

动作关键帧 ᵃ：添加了ActionScript脚本命令的帧。

音频帧 ━━━━：添加了声音的帧。

标签关键帧：添加了标签的关键帧，这样就能编写对这些帧执行动作的ActionScript代码。标签关键帧的类型有"名称" ˚、"注释" ᵃ、"锚记" ᵃ。

动画补间帧 ●▬▬▬：设定了运动补间动画前后两个关键帧的内容，并由Flash在中间部分自动添加运动补间效果的帧。

形状补间帧 ●━━▶ ▌：设定了形状补间动画前后两个关键帧的内容，并由 Flash 在中间部分自动添加形状补间效果的帧。

7.2.2　帧的编辑方法

在 Flash 中如要选取某一帧，只需在该帧上单击即可。如要同时选取一个图层上或者几个图层上连续排列的帧，可以在按住 Shift 键的同时单击选取这几个连续排列的帧的头尾两帧。如要选取几个不是连续排列的帧，则在按住 Ctrl 键的同时单击选取这些帧。

在选定的帧上单击鼠标右键，可以在弹出菜单中对所选帧进行所需的编辑，如图 7-2-2 所示。

图 7-2-2

弹出菜单上的命令如下。

创建补间动画：设定一个关键帧，再延续到相应帧数的普通帧。由一个关键帧和相应数量的属性帧组成，属性变化中间区域系统自动创建补间（适用该选项的项目包括元件，文字）。

创建补间形状：一种对象的形状变化为另外一种对象，在此之间颜色、位置等也都随之变化。元件、位图、矢量图、文字，打散后才可以被应用。

创建传统补间：在设定了前后两个关键帧的中间区域内创建补间动画。

插入帧：在所选帧所在位置和前一个关键帧之间插入普通帧。快捷键为 F5。

删除帧：如果用户需要删除帧、关键帧或空白关键帧，请先选择时间轴上的帧，然后按 Shift+F5 组合键或选择"编辑 > 时间轴 > 删除帧"。

插入关键帧：插入关键帧。快捷键为 F6。

插入空白关键帧：插入空白关键帧。快捷键为 F7。

清除关键帧：清除关键帧的内容，使其变为普通帧。快捷键为 Shift+F6。

转换为关键帧：将所选帧转为关键帧。

转换为空白关键帧：将所选帧转为空白关键帧。

剪切帧：将所选帧剪切掉。

复制帧：将所选帧复制一份。

粘贴帧：将已被剪切或者复制的帧粘贴在所选帧的位置。

清除帧：清除所选帧的内容，使其变为空白关键帧或空白帧。

选择所有帧：选择了该 Flash 动画中的所有帧。

翻转帧：将这一图层上所有帧的排列顺序翻转为倒序排列。

同步元件：使图形元件与时间轴的播放速度同步。

7.2.3　帧的查看方式

时间轴顶部有表示帧所在位置的编号，以及播放头。如果需要查看某个帧的内容，只需将播放头移动到这一帧，或者在这一帧上单击鼠标左键。在时间轴的底部有一些与帧的查看相关的选项按钮，如图 7-2-3 所示。

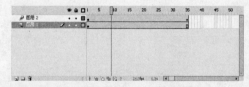

图 7-2-3

帧居中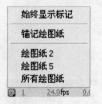：将当前帧置于时间轴的中心。这一选项对于已经超出时间轴中心的帧才起作用。单击"修改绘图纸标记"选项，如图 7-2-4 所示。

始终显示标记

锚记绘图纸

绘图纸 2
绘图纸 5
所有绘图纸

图 7-2-4

绘图纸标记在时间轴顶部表现为一个被框选的区域，该框选区是用来指定绘图纸标记的作用范围的，如图 7-2-5 所示。

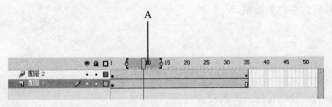

图 7-2-5　A：绘图纸

始终显示标记：显示或者关闭绘图纸显示标记。

锚定绘图纸：指定绘图纸，使其不能移动。

绘图纸 2：绘图纸的长度为左右各两帧。

绘图纸 5：绘图纸的长度为左右各五帧。

所有绘图纸：绘图纸的长度为所有的帧。

绘图纸外观🗔：配合绘图纸的长度，选中"绘图纸外观"按钮可以在工作区同时查看绘图纸范围内几个连续帧的内容，如图 7-2-6 所示。

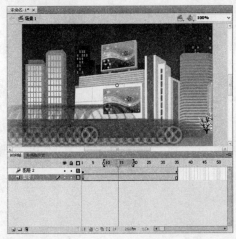

图 7-2-6

绘图纸外观轮廓 🗔：配合绘图纸的长度，选中"绘图纸外观轮廓"按钮可以在工作区同时查看绘图纸范围内几个连续帧的内容的轮廓，如图 7-2-7-A 所示。

编辑多个帧🗔：配合绘图纸长度，选中"编辑多个帧"按钮可以在工作区同时显示绘图纸长度范围内的关键帧，如图 7-2-7-B 所示。

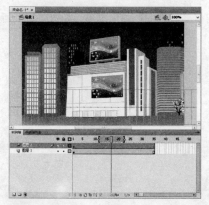

图 6-2-7-A

图 6-2-7-B

时间轴底部另外还有几个数字，它们分别表示当前帧所在位置的编号、帧速率以及播放时间，如图 7-2-8 所示。值得注意的是，在以前的版本中帧速率默认值为 12，从 Flash CS4 中变为每秒 24 帧，这将会使动画播放的过程更为流畅。

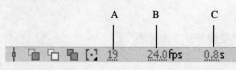

图 7-2-8　A：帧编号　B：帧速率　C：播放时间

我们可以拖动帧速率的数值调整大小，也可以在文档属性面板中重新设定它的数值，如图 7-2-9 所示。

图 7-2-9

7.2.4 时间轴的"帧视图"弹出菜单

在时间轴的右上角有一个按钮，单击鼠标左键即可打开"帧视图"弹出菜单，如图 7-2-10 所示，具体介绍一下各个选项的应用。

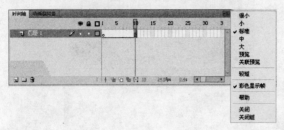

图 7-2-10

很小、小、标准、中、大 用来调整帧的单元格的宽度。

预览：显示每个帧的内容缩略图。

关联预览：显示每个完整帧（包括空白空间）的缩略图。

较短：缩小单元格的高度。

彩色显示帧：彩色显示帧，或者关闭彩色显示，使帧显示变为灰色。

经典动画方式　8

学习要点

- 掌握 Flash 动画的种类
- 掌握逐帧动画的制作
- 掌握形状补间和传统补间动画的制作
- 掌握影片剪辑的制作
- 掌握遮罩动画的制作

8.1　逐帧动画

在学习动画前，先来对动画制作原理做以解释。实际上动画的原理和电影或电视的原理是一样的，利用人眼的视觉暂留，当人眼睛看到一张图像时，它的成像会短时间停留在人的视网膜上。如果紧接着再放一张张略微改动的画面，人眼就会把这一张张静态的图像串联起来，形成一个运动的效果。

一般电影或电视的播放频率是每秒 24 帧或 25 帧（NTSC 制式和 PAL 制式），也就是说每秒播放 24 张或 25 张静态画面。所以之前版本中默认为每秒 12 帧，现在改成每秒 24 帧了。如果你想用 Flash 制作在电视上播放的动画片，最好也按照每秒 25 帧的制作（国内一般采用 PAL 制式）。

逐帧动画，就是按照动画形成的原理来制作的。也就是一帧帧地把相应的动作图片绘制出来。然后 Flash 动画通过帧在时间轴按照从左到右的顺序播放而形成。逐帧动画是最简单的 Flash 动画类型。逐帧动画的制作就是在时间轴的不同图层上按需要制作每一个关键帧。

我们将事先绘制好并转换为元件的两个图形，一前一后地放置在时间轴上，以此来完成一个恐龙走路的动画。

1. 将第一个图形元件恐龙 1 拖至舞台上合适的位置，时间轴默认的第一个空白关键帧会自动转换为关键帧，如图 8-1-1 所示。

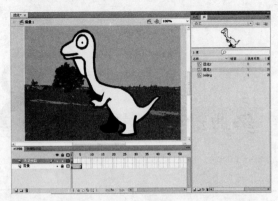

图 8-1-1

2. 在时间轴上的第二帧处，按快捷键 F6 插入一个关键帧或者在第二帧处单击鼠标右键，在弹出的菜单中选择"插入关键帧"命令，插入一个关键帧。

3. 选择第二帧，将图形元件恐龙 2 拖至舞台。此时在第二帧处，两个图形元件恐龙 1 和恐龙 2 都在舞台上，如图 8-1-2 所示。

图 8-1-2

4. 选取恐龙 1，在属性面板上查看图形元件恐龙 1 的 x, y 坐标位置，删除恐龙 1。选取恐龙 2，在属性面板上输入图形元件恐龙 1 的 x, y 坐标数值。这样第二个关键帧上恐龙 2 所在的位置与第一个关键帧的恐龙 1 的位置一致。

5. 选择菜单栏的"控制 > 播放"命令来查看两帧动画的效果，也可以选择"控制 > 测试影片"命令来看动画输出效果。

如果想放缓两帧动画的播放速度，可以在时间轴下部的"帧速率"按钮上单击，在显示的输入框输入合适的帧频数值，如图 8-1-3 所示。

图 8-1-3

提示：调整时间轴上的帧速率意味着调整了所有图层的帧的播放速度。在大多数时候，我们制作的动画由很多图层组成，要注意输出的帧速率是否适合所有图层上的动画。为保险起见，我们可以不调整帧速率，而是通过在图层上添加或者删除普通帧的方式来放缓或者加快动画的播放速度。

在这一例子中，我们可以按快捷键 F5 在第一帧和第二帧之间插入几个普通帧，这样也可以放缓两个关键帧的播放速度，如图 8-1-4 所示。

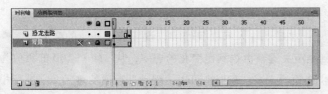

图 8-1-4

由于逐帧动画在 Flash 中是一帧一帧地记录和播放，所以会导致 Flash 的文件量比较大。在 Flash 中，还有一种补间动画，在这种动画的制作中，我们只需要制作出关键帧，然后让 Flash 自动生成中间部分的帧的变化，这样就能大大减小文件量，也会使动画比较自然流畅。

8.2 传统补间动画

传统补间分为传统补间动画和形状补间动画两种。形状补间动画就是可以让用户将一个形状逐渐变形或变种为另一个形状。

8.2.1 形状补间动画

制作形状补间动画的要素有两个，一是形状补间只能用于分解了的图形对象，如分离的组、实例、位图图像或者文本等；二是必须设定形状补间动画的初始帧和结束帧这两个关键帧。

简单的补间动画：下面来尝试用两个分离后的山羊和花朵的图形元件，让 Flash 在两个图形对象之间生成一个形状补间动画。

1. 首先设定初始关键帧为山羊，结束关键帧为花朵，在两帧之间按快捷键插入一些普通帧。然后，右键单击两帧之间普通帧，选择"创建补间形状"，如图 8-2-1 所示。

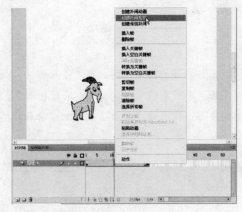

图 8-2-1

2．在属性面板中单击"缓动"，在缓动输入框中我们可以设置形状补间的变形速率，从 1 ~ 100 的正值为从初始帧关键到结束关键帧由快到慢变化的速率，从 -1 ~ -100 的负值为从初始关键帧到结束关键帧由慢到快变化的速率。我们也可以"缓动"后面的热区文字进行相应的拖曳。

在属性面板的"混合"选项，我们可以根据图形的特点选择"分布式"或者"角形"。其中"分布式"生成的形状补间动画的中间形状更为平滑，而"角形"的中间形状则会留有明显的角或直线。

3．完成后的形状补间动画的帧在时间轴上为绿色，从初始关键帧到结束关键帧之间有一个箭头。我们可以拖动播放头来查看 Flash 自动生成的中间帧的效果，如图 8-2-2-A、图 8-2-2-B 和图 8-2-2-C 所示。

图 8-2-2-A　第 1 帧

图 8-2-2-B　第 12 帧

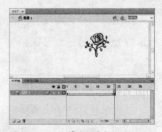
图 8-2-2-C　第 23 帧

使用提示点的形状补间动画：有时候，对于比较复杂的图形对象，简单的形状补间动画的效果可能满足不了我们的需求，这时候我们可以给初始帧上的图形和结束帧上的图形添加对应的提示点，这样可以帮我们更精确地控制图形的变形。

那么,我们执行"修改 > 形状 > 添加提示点"命令,使用提示点,制作一些比较复杂的形状补间动画,例如"形状补间 – 羊变人",如图 8-2-3-A 到图 8-2-3-E 所示。

图 8-2-3-A　第 1 帧(初始关键帧)

图 8-2-3-B　第 5 帧

图 8-2-3-C　第 10 帧

图 8-2-3-D　第 15 帧

图 8-2-3-E　第 20 帧(结束关键帧)

8.2.2 传统补间

在 Flash 中,传统补间除了有形状补间之外,还有一种更常用的类型,即创建传统补间。应用传统补间的必要条件为:应用对象必须是元件、组合、位图。设定开始关键帧和结束关键帧。

传统补间动画是动画的一种方法，它在起始关键帧中设定一个对象的位置和属性，结束关键帧中设定一个对象的位置和属性，然后在两个对象之间推算将发生的动画。除了位置，补间动画还能让缩放、色调、透明度、旋转和扭曲动起来。

移位动画：对象在舞台上进行位移的补间动画。这里，我们来制作一个简单的移位动画。

1. 首先，新建一个 Flash 文档。在属性面板中将舞台背景设置为黑色。然后，用铅笔工具在舞台上画一道笔触高度为 50 像素的白色直线，如图 8-2-4 所示，并将其转换为元件。

图 8-2-4

2. 把第一个图层命名为"直线车道"，在该图层上插入一个新图层，并命名为"汽车"。选中"汽车"层，将一个位图汽车导入到舞台，用任意变形工具调整它的大小，然后将其放置到与白色直线左端对应的位置，如图 8-2-5 所示。

图 8-2-5

3. 分别在两个图层的第 25 帧处单击鼠标右键，在弹出菜单中选择"插入帧"，这样两个图层都有 25 帧的长度。

4. 把图层"汽车"第 25 帧转变为关键帧，选中该关键帧，在舞台上将汽车移到对应白色直线右端之外的位置，如图 8-2-6 所示。

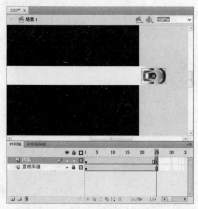

图 8-2-6

5. 右键单击选中图层"汽车"上普通帧，然后在弹出的菜单上选择"创建传统补间"，一个运动补间动画就生成了，如图 8-2-7 所示。

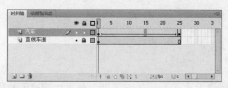

图 8-2-7

6. 按 Ctrl+Enter 组合键来测试影片，可以看到汽车从左到右在行驶的动画。我们也可以通过查看绘图纸外观来观察这个运动补间动画是如何实现的，如图 8-2-8 所示。

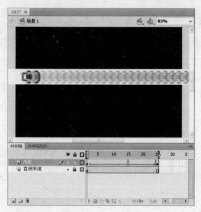

图 8-2-8

运动补间动画的相关选项，当 Flash 生成运动补间动画时，对应的属性面板有一些相关选项，我们可以通过调整某些选项的参数来改变动画效果，如图 8-2-9 所示。

图 8-2-9

下面是运动补间动画的各个选项的说明。

缩放：如果动画有大小变化，可以勾选该项。

缓动：与前面学过的形状补间类似，我们在这个选项设定动画变化的速度，从 1 ～ 100 的正值为从初始关键帧到结束关键帧由快到慢变化的速率，从 -1 ～ -100 的负值为从初始关键帧到结束关键帧由慢到快变化的速率。我们可以通过"缓动"选项旁的热文字进行拖曳。

编辑缓动：在缓动右侧的按钮可以自定义缓入 / 缓出。

旋转：对旋转动画进行设置。其中，"无"表示不设置旋转动画；"自动"表示设定为自动补间；"顺时针"表示旋转方向为顺时针；"逆时针"表示旋转方向为逆时针。在这个选项框设置旋转动画之后，还可以在右边的选项框设置旋转的次数。

调整到路径：勾选这个选项可以使运动补间对象，在沿着路径运动时显得更自然。

同步：使元件同步。

在汽车这一动画中，我们可以在属性面板中对"缓动"和"编辑缓动"这两个选项来做一点调整。例如，我们可以将缓动值调到 -100，让汽车由慢到快地行驶，如图 8-2-10 所示。

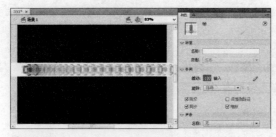

图 8-2-10

单击属性面板中的"编辑缓动"按钮，我们可以在弹出的面板中拖动曲线来更自如地设置运动补间动画的运动效果，如图 8-2-11 所示。

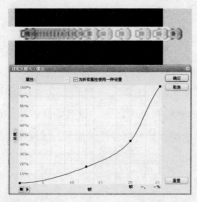

图 8-2-11

在弹出面板上单击播放按钮 ▶ 可以在舞台上查看效果，单击停止按钮 ■ 则将舞台上正在演示的动画停止。

在默认状态下，"为所有属性使用一种设置"复选框是勾选的，如果不选，则可以对不同属性的动画定义不同的设置，如图 8-2-12 所示。

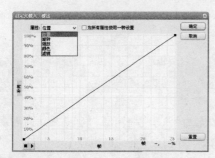

图 8-2-12

除了简单移位的运动补间动画之外，我们还可以用运动补间和引导线来制作更为复杂的移位动画，比如沿着路径运动的移位动画。

1. 新建一个 Flash 文档，将舞台背景设置为黑色。用椭圆工具在舞台上绘制一个笔触高度为 50，笔触颜色为白色，没有填充的圆形。将这个圆形转换为元件，如图 8-2-13 所示。

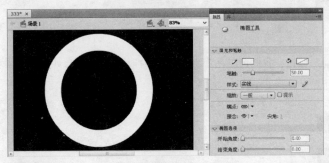

图 8-2-13

2. 将第一个图层命名为"圆形车道"。然后在图层"圆形车道"上插入一个新图层，将该图层设置为引导层，在该层上用椭圆工具绘制一个笔触高度为 2，笔触颜色为绿色，没有填充的圆，这个圆与"圆形车道"上的圆为同心圆。然后用橡皮擦工具将这个圆擦掉一部分使其断开，这样这个圆形路径就有了一个开始端和结束端，如图 8-2-14 所示。

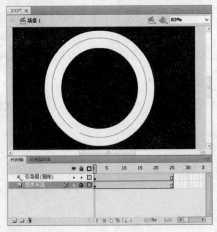

图 8-2-14

3. 在图层"圆形车道"上再插入一个新的图层,将其命名为"汽车",将图层"汽车"拖到引导层下。将位图汽车拖到舞台，用任意变形工具调整它的大小，移动这个对象，将它的中心点与引导层上的圆形路径逆时针方向的开始端贴紧，如图 8-2-15 所示。

图 8-2-15

现在我们有了三个图层，分别为"圆形车道"、"汽车"及其"引导层"。

4. 在三个图层的第 25 帧处按快捷键 F5 或者在帧弹出菜单上选择"插入帧"，使三个图层长度都为 25 帧。将图层"汽车"的第 25 帧转为关键帧，选中这一帧，将汽车的中心点与圆形路径的另一端，也就是逆时针方向的结束端贴紧。

5. 接下来，我们用制作简单的移位动画的方法来尝试制作这个路径动画。我们使用的步骤是，右键单击"汽车"图层的普通帧，然后在弹出的菜单选项中选择"创建传统补间"，一个沿着路径运动的运动补间动画就生成了，如图 8-2-16 所示。

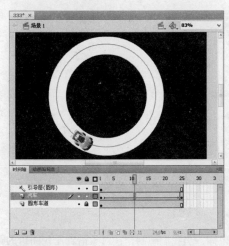

图 8-2-16

6. 我们来看看这个运动补间动画的效果。按 Ctrl+Enter 组合键测试影片输出效果，或者将播放头放置在第 1 帧，按 Enter 键，在舞台上查看帧的演示。我们也可以在舞台上用"绘图纸外观"来查看帧的运动变化。我们会发现虽然汽车沿着引导层的圆形路径运动，但是并没有沿着圆形路径偏转车头，行使效果非常不自然，如图 8-2-17 所示。

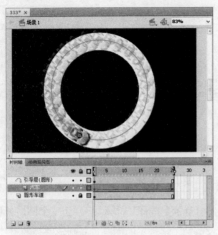

图 8-2-17

7．如何使汽车沿着圆形路径自然行驶呢？在属性面板勾选"调整到路径"复选框，再来查看动画效果，如图 8-2-18 所示。

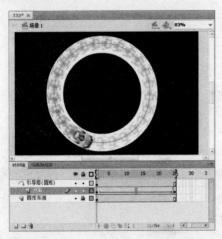

图 8-2-18

看似复杂的问题就这样神奇地解决了。由此我们得知，当我们想制作让对象沿着比较曲折的路径运动的运动补间动画时，应该勾选"调整到路径"选项，这会使对象的移动比较自然。现在我们来总结一下制作沿着引导路径运动的运动补间动画的要点。

在引导层必须绘制一个有开始端和结束端的路径。注意：引导层的路径只是起到辅助动画制作的作用，在输出的动画中是不显示的。

在被引导的图层上，在开始关键帧处将对象的中心点与引导层路径的开始端对齐，在结束关键帧处将对象中心点与引导层路径的结束段对齐。遇到路径比较曲折情况，则需在属性面板勾选"调整到路径"，以获得自然的动画效果。

缩放动画：在 Flash 动画制作中，我们还可以利用对象缩放的制作出相应的补间动画。这种动画可以用来表现画面景的变化，例如将画面从近景推拉到远景等。现在我们来尝试做一个巫婆飞上天空的动画。

1. 新建一个 Flash 文档，将舞台背景色调整为类似有月光的夜晚天空的颜色。在舞台上绘制一个骑着扫帚的巫婆，如图 8-2-19 所示。

图 8-2-19

2. 将绘制好的巫婆转换为图形元件。选中第一个关键帧，将巫婆移动到舞台下方。在巫婆所在图层的第 40 帧处插入一个关键帧。选中这个关键帧，将巫婆移动到舞台左上方的位置，如图 8-2-20 所示。

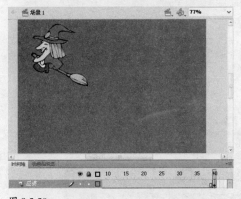

图 8-2-20

3. 右键单击巫婆所在图层中的普通帧，在弹出的菜单选项里选择"创建传统补间"。按 Ctrl+Enter 组合键测试影片或者将播放头移到第 1 帧处，按 Enter 键在舞台上查看帧的演示，我们可以看到巫婆在飞上天空的动画。

这是我们前面已经介绍过的简单的移位动画。为了移位动画更为真实，我们还需要配合参照物的改变。这里我们要使用缩放动画配合移位动画来实现这一效果。

4. 在图层"巫婆"上插入一个新图层"大地"，将其拖曳到图层"巫婆"下面。选中图层"大地"，导入一个矢量图形"大地"到舞台上，将其转换为图形元件"大地"。在图层"大地"的第40帧处插入关键帧。

5. 现在，我们要做缩放动画的关键部分，也就是设置开始关键帧和结束关键帧的内容。选中图层"大地"的第1帧，在按住 Shift 键的同时，使用任意变形工具将实例"大地"等比例放大，并放置在舞台上偏上的位置，如图 8-2-21-A 所示。

6. 接着，选中图层"大地"的第40帧这个关键帧，用任意变形工具将实例"大地"整体缩小，并将其高度适当缩短。然后将这个实例放置在舞台上偏下的位置，如图 8-2-21-B 所示。

图 8-2-21-A　　　　　　　　　　　　图 8-2-21-B

7. 右键单击大地所在图层中的普通帧，在弹出的菜单选项里选择"创建传统补间"。这样，"大地"从大到小的缩放动画以及从上到下的移位动画就生成了。

8. 按 Ctrl+Enter 组合键测试影片或者在舞台上查看帧的演示，使巫婆的移位动画更真实了，如图 8-2-22-A 和图 8-2-22-B 所示。

图 8-2-22-A　巫婆移动过程中　　　　图 8-2-22-B　巫婆移动结束画面

旋转动画：使用运动补间还可以轻松实现将对象旋转的动画，现在我们来尝试制作一个风车旋转的动画。

1. 新建一个 Flash 文挡，将一幅位图导入到舞台做风车的背景。在舞台上使用绘图工具分别绘制风车柱、风车轮和风车轴。将它们分别转换为元件，然后拼装成一个风车，如图 8-2-23 所示。

图 8-2-23

接下来，我们要使用一个有趣的"分散到图层"功能，将组成这个风车三个元件实例"风车柱"、"风车轮"、"风车轴"分散到不同的图层上。

2. 在舞台上选中这三个元件实例，单击鼠标右键，在弹出菜单上选择"分散到图层"。或者在菜单栏选择"修改 > 时间轴 > 分散到图层"。

执行"分散到图层"命令之后，时间轴上便新增三个分别以这三个元件实例名为名称的图层，每个图层有一个包含这个元件实例的关键帧，如图 8-2-24 所示。

图 8-2-24

3. 首先，按住 Shift 键不放时，先单击最上层第 19 帧，然后再单击最下层第 19 帧，这时将选中所有图层的第 19 帧。在所有图层的第 19 帧插入帧，然后将图层"风车轮"的第 19 帧转换为关键帧，如图 8-2-25 所示。

图 8-2-25

4. 选中图层"风车轮"的第 1 帧，右键在弹出的菜单里选择"创建传统补间"，在右侧属性面板里旋转一项为"顺时针"，旋转次数为 1 次，也就是在 19 帧的长度里，风车轮将按顺时针旋转 1 次。

5. 按 Ctrl+Enter 组合键测试影片或者将播放头放置在第 1 帧处按 Enter 键，查看帧的演示效果。可以看到风车轮旋转的动画就这样生成了。下面来显示"绘图纸外观"，可以更清楚地观察旋转动画的帧是如何变化的，如图 8-2-26 所示。

图 8-2-26

值得注意的是，旋转动画是以对象中心点为中心来进行的，如果对象的中心点偏移，旋转会以偏移的中心点为中心来进行。

提示：由于旋转动画的初始关键帧与结束关键帧是重复的，因此当对象结束一次旋转，进行下一次旋转时，两个重复的帧使旋转有停滞现象。如果想让旋转动画循环往复地进行并且不产生停滞感，解决方法是将旋转动画中间过程的帧都转换成关键帧，然后删除结束关键帧。

变色动画：运用传统补间动画还可以通过舞台上实例改变亮度、色调、透明度设置颜色，来创建动画。下面来制作一个变色动画。

1. 新建一个 Flash 文档，舞台背景色为默认的白色。在舞台上用多角星形工具绘制几个相叠的三角形，作为圣诞树的树冠，然后用矩形工具绘制圣诞树的树干。把绘制好的圣诞树转换成元件。

2. 在圣诞树所在的图层上插入一个新图层。选中这个新图层，在舞台上用矩形工具绘制一个白色的矩形，用封套将上部边缘拉出自然曲线，绘制出雪地的效果，在雪地上输入"Merry Christmas"调整颜色，然后将其转换成元件，如图 8-2-27 所示。

图 8-2-27

3．在雪地所在的图层上插入一个新图层。选中这个新图层，在舞台上用多角星形工具绘制一个五角星，将其填充色设置为放射状渐变，然后转换为元件移动到圣诞树树顶上。

4．在星形所在的图层上插入一个新图层。选中这个新图层，在舞台上用椭圆工具绘制多个填充色为放射状渐变的彩灯，将它们分别转换成元件，然后排列在与圣诞树对应的位置。选中所有的彩灯，按 Ctrl+G 组合键将所有的彩灯组合到一起，然后将这个组合转换为元件，如图 8-2-28 所示。

图 8-2-28

5．所有图层的第 30 帧处插入帧，将图层"彩灯"和图层"星形"的第 30 帧转换为关键帧。选中图层"彩灯"的第 30 帧这个关键帧，在舞台上单击彩灯元件，在属性面板的"色彩效果"栏"样式"选项上，选择"亮度"，在一旁的输入框输入数值或者拉动滑块调整数值，将其亮度调暗。

6．选中图层"彩灯"的第一个关键帧，右键在弹出菜单中选择"创建传统补间"。一个逐渐改变对象亮度的动画就生成了。

7．选中图层"星形"的第 30 帧这个关键帧，在舞台上单击元件星形，在属性面板的"颜色"选项调整其色调，如图 8-2-29 所示。

图 8-2-29

8. 选中图层"星形"的第 1 帧这个关键帧，右键在弹出菜单中选择"创建传统补间"，一个逐渐改变对象色调的动画就生成了，如图 8-2-30 所示。

图 8-2-30

9. 我们已经在图层"彩灯"完成了一个亮度从亮到暗的动画，以及在图层"星形"完成了一个色调从明到暗的动画。

当我们在舞台上选中一个元件的实例时，它所对应的属性面板的"色彩效果"一栏，除了亮度和色调之外，还有"Alpha"、"色调"和"高级"三个选项。

"Alpha"选项用来调节实例的透明度。单击"Alpha"选项，在属性面板的输入框内输入数值或者调节拖动滑块来调整透明度的数值，如图 8-2-31-A 所示。

"亮度"控制选中元件的亮度（亮或暗）。百分比滚动条的范围从 –100%（黑色）～ 100%（白色）。

"色调"用一个指定的 RGB 颜色给选中的元件着色。您能从色调颜色调色板中选择一种颜色，然后使用滚动条修改指定颜色的百分比。您能设置的范围从 100%（在指定的颜色上完全饱和）～ 0%（根本不包含指定的颜色）。您也能上下移动 R、G、B 颜色的滚动条来选择颜色。

"高级"选项可以让我们自由设定实例的颜色。单击这个选项，属性面板里出现调节实例颜色的选项，如图 8-2-31-B 所示。

图 8-2-31-A

图 8-2-31-B

影片剪辑动画：影片剪辑能包含多个图层、图形元件、按钮元件，甚至是其他影片剪辑元件、以及动画、声音和 ActionScript。影片剪辑独立于主时间轴而运作。即使主时间轴已经停止，它们仍能继续播放，而且不管影片剪辑的时间轴有多长，它们只要求主时间轴上单一的一个帧来播放。

影片剪辑可以被一层层地嵌套在 Flash 文档里，对于包含了多层次影片剪辑的 Flash 文档，我们可以通过"影片浏览器"来查看其结构和内容。在菜单栏选择"窗口 > 影片浏览器"，打开"影片浏览器"窗口。

在弹出窗口的"显示"一栏，单击"显示帧和图层"按钮，显示时间轴上帧和图层的结构和内容，如图 8-2-32 所示。

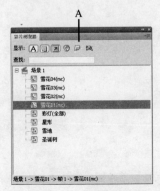

图 8-2-32　A：显示帧和图层

8.3 遮罩动画

遮罩动画在 Flash 动画制作中很常用。我们看到的一些眩目的图形、文字交错变换的效果，水中涟漪的效果，放大镜效果等，都可以用遮罩动画来实现。

遮罩是让您隐藏和显示图层区域的技术。遮罩层是一个特殊图层，它定义该图层下方的可见图层。只有遮罩层中形状下方的图层是可见的。下面我们通过一个实例来初步认识一下遮罩原理。

1. 新建一个 Flash 文档。在舞台上导入一个位图，如图 8-3-1-A 所示。在图层 1 上插入一个新图层，选中新图层，在舞台上绘制一个绿色的五角星，如图 8-3-1-B 所示。

图 8-3-1-A

图 8-3-1-B

2. 选中图层 2，单击鼠标右键，在弹出菜单中选择"遮罩层"，这样就将图层 2 定义为遮罩层，如图 8-3-2-A 所示。图层 2 被定义为遮罩层的同时，它下面的图层 1 被定义为被遮罩层，两个图层同时被锁定，如图 8-3-2-B 所示。

图 8-3-2-A

图 8-3-2-B

此时我们可以在舞台上看到，在图层 1 上，被图层 2 上的遮罩项目所覆盖的部分在舞台上是可见的，而未被覆盖的部分则是不可见的。因此，我们在舞台上看到一个显示位图的五角星。

提示：Flash 会忽略遮罩层中的位图、渐变色、透明、颜色和线条样式。在遮罩中的任何填充区域都是完全透明的，而任何非填充区域都是不透明的。

遮罩动画的制作要素如下。

（1）可以把填充的形状、文字对象、图形元件的实例或影片剪辑作为遮罩层上的内容。

（2）至少有两个以上的图层，一个是设置了遮罩范围的遮罩层以及被应用遮罩的图层。

（3）被应用遮罩的图层可以是一个以上的多个图层。

到此传统补间动画已经全部讲完，在下面的章节中，我们会讲到 Flash CS4 中新增的补间动画功能。

补间动画与编辑器　9

- 掌握补间动画的创建
- 掌握动画编辑器的使用
- 掌握动画预设的使用
- 掌握动画中骨骼的使用

9.1　理解补间动画的概念

我们来了解 Flash CS4 提供的全新补间动画方式，这种动画方式与传统的动画补间比较，它能更加灵活控制每帧的属性，而且可以看到每个帧上的动画轨迹，这样可以创作出更加完美的补间动画。补间动画具体可以理解为，一个对象从一帧到另一帧中相关的属性发生了变化。然后由计算机自动完成，这两个帧之间的渐变过程。

补间动画主要通过自动的记录关键帧方法，来将对象各种属性变化保存下来。能够创建补间动画的对象包括按钮、文字、图形元件、影片剪辑。

补间动画中的可记录对象的属性，包括位置、倾斜、缩放、颜色、旋转、滤镜等。若要在文本上补间颜色效果，必须先把文本转换为元件。滤镜属性不包括应用于图形元件的滤镜。补间动画和传统的补间截然不同。传统的补间是有关键帧组成的，而补间动画则是有属性关键帧组成的。属性关键帧则是以小菱形图标表示的，但是补间的第一帧例外，它是默认的属性关键帧，它以黑圆点表示。

9.2　创建补间动画

创建补间动画时，可以通过播放头移到相应帧位置上，然后将目标对象的属性做些调整，这时该位置就会自动添加了属性关键帧。可以通过属性面板，或者通过相应的工具面板等，将对象属性的进行更改。

1. 运行 Flash CS4，新建一个 Flash 文档，然后执行"文件 > 导入到舞台"命令，导入一个"小狗"的图片。用选择工具选中该图片，按 F8 键把该图片转换为影片剪辑，命名为"小狗"，效果如图 9-2-1 所示。

图 9-2-1

2. 接下来，在小狗所指图层的第 25 帧，按下 F5 键或者右键插入普通帧，然后在 1 ～ 25 帧之间，单击鼠标右键在弹出的菜单中选择"创建补间动画"选项，如图 9-2-2 所示。

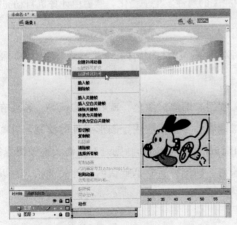

图 9-2-2

3. 这时将播放头拖曳到第 10 帧，改变一下"小狗"位置，如图 9-2-3 所示。这时该帧就会变成"小菱形"的图标，该帧的所有属性值便被自动记录。此时可以看到舞台上显示出从第一帧到该帧目标对象的运动轨迹。用同样的方法在第 25 帧建立一个属性关键帧。

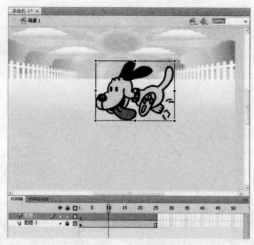

图 9-2-3

4. 当然了，我们还可以通过调整运动轨迹，使小狗动画更趋向我们想要的结果。这时可以选择工具箱中的"选择工具"，然后选择运动轨迹，可进行相应的变形，效果如图 9-2-4 所示。

图 9-2-4

5. 还想进行更加精确的调节，在运动轨迹上可以看到，有三个属性关键帧的节点，显示为小正方形图标。这时可以选择工具箱上的"部分选取工具"，单击路径中处于贝塞尔曲线处的属性关键帧节点，会弹出一个调节手柄，可以通过控制手柄来调节属性关键帧两侧的路径，如图 9-2-5 所示。

图 9-2-5

6. 路径上有相当多的节点，每个节点代表每一帧，更小的节点代表普通帧，显示为小正方形的节点，为属性关键帧。同时每个节点的位置也代表了该对象在此帧处的位置，这样便可以清晰地了解到每帧的详情。当然也可以在 1 到 25 帧上，记录多个关键帧。该图层上的所有菱形图标的帧，都称作属性关键帧，效果如图 9-2-6 所示。

图 9-2-6

7. 属性关键帧记录了该位置对像的相应属性，可以按着 Ctrl 键的同时，鼠标单击相应的属性关键帧，便可以选择到补间动画中的单个属性关键帧。然后在右键弹出的菜单中，选择"查看关键帧"选项，来查看属性关键帧中所包括的属性，如图 9-2-7 所示。值得注意的是，直接单击补间中任一帧时，这个补间中所有的帧会当成一个对象被全部选上。还可以按住 Ctrl 键同时单击鼠标来选择补间内的任意一帧。

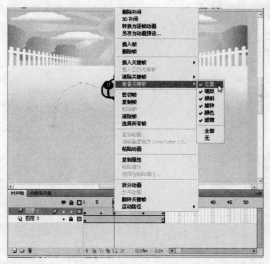

图 9-2-7

提示：可以在视图中看到一个补间动画所有的帧，都是以蓝色背景显示。同时这整个动画补间中，所有帧可以称作一个补间范围，这个概念或许会经常用到。如果鼠标选中一个补间范围最右侧，按住 Shift 键时向右拖动，会延长补间范围，但是不会移动属性关键帧。

补间动画可以创建各种各样的动画，当然在 Flash CS4 中新增了一个"动画编辑器"面板，该面板主要用来协助更好的创建补间动画。

9.3 动画编辑器的使用

可以通过动画补间创建很多效果复杂的动画，然而通过前面讲到的方法来对复杂的对象属性做调整，是不太直观的。因此在本节中主要讲一下如何合理应用动画编辑器，精确快速的控制动画的属性调整。只有选中动画补间内容时，动画编辑器面板才会处于可用的状态。通过"动画编辑器"面板，可以观察到补间的属性和对象的属性关键帧，它还提供了向补间中添加具体属性值的工具。动画编辑器显示的是当前选定的补间的属性，如图 9-3-1 所示。

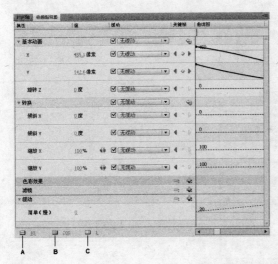

图 9-3-1

下面来看一下"动画编辑器"的面板，该面板的选项解释如下。

左下侧的第一个"图形大小"按钮，用来调节每个属性高度。

左下侧的第二个"扩展图形大小"按钮，用来调节当前选中属性的高度。

左下侧的第三个"可查看的帧"按钮，用来调节该面板的右侧窗口中显示的帧数，最大数值不会超过选中的补间动画的总帧数。

该面板的上侧，有一栏是类别栏，分别有属性、值、缓动、关键帧、曲线图选项。

属性：包括有基本动画、转换、色彩效果、滤镜、缓动属性设置选项，在此选择相应的属性，添加到补间动画中。

值：主要是来显示各个属性设置的数值。

缓动：用来设置相应的属性，应用相关的缓动效果。

关键帧：选项分别有两个小三角和一个小菱形按钮。左侧的小三角按钮用来设置转到前一关键帧，右侧的小三角按钮用来设置转到下一个关键帧。中间的小菱形按钮用来在相应的帧上添加关键帧。

曲线图：用来显示属性在帧中的变化曲线。

接下来学习一下关于动画编辑器的各个功能。

1. "动画编辑器"位于时间轴的右侧，单击"动画编辑器"，既可打开"动画编辑器"面板，因为我们没有选择补间图层，所以即使打开了"动画编辑器"面板，也是显示不出"动画编辑器"面板的所有工具,如图 9-3-2 所示。

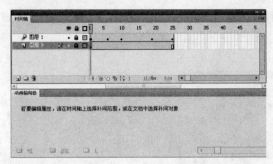

图 9-3-2

2. 这时可以选择"小狗"动画补间上的帧,再次单击"动画编辑器"选项,这时关于该小狗补间的属性信息,会详细地显示到"动画编辑器"面板中,如图 9-3-3 所示。

图 9-3-3

3. 单击"属性"项目下,"基本动画"选项前面的小三角按钮,展开该选项中所包括的各个属性,在此可以设置 x、y、旋转 z 等属性。单击"x"属性,打开该属性的设置状态,这时可以通过"扩展图形大小"按钮旁边的输入框来设置该属性视图高度,如图 9-3-4 所示。

图 9-3-4

4. 编辑器右侧的曲线视图窗口中的帧，是与当前舞台上的帧一一对应的，当修改了一个属性后，会立刻反应到舞台中。把曲线视图中的指针拖到第 15 帧处，单击该属性中对应的"小菱形"按钮，添加一个关键帧，如图 9-3-5 所示。也可以通过更变一下 x 的像素添加关键帧。当然一般添加关键帧，就是为了更好地调节相应属性的值。

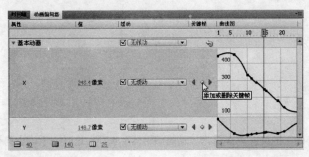

图 9-3-5

5. 添加了关键帧后根据需要，把 x 属性值完成调整后，用同样的方法，可以分别选中"y"属性调节一下。需要有更好的 3D 效果，可以使用"3D 旋转工具"单击一下目标对象，这时可以发现编辑器中，又添加了 z、旋转 x、旋转 y 这些属性，如图 9-3-6 所示。需要注意的是，目标对象必须为影片剪辑。

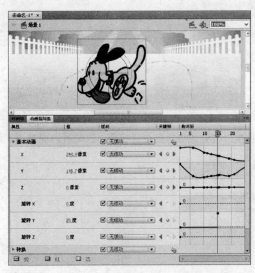

图 9-3-6

6. 下面可以根据"小狗"运动轨迹的需要，选中"旋转 y"属性，在相应帧上调整相应的旋转角度，如图 9-3-7 所示，用同样的方法也可以设置一下旋转 x、旋转 z 属性。

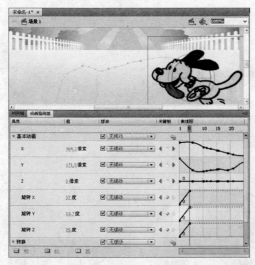

图 9-3-7

7. 接下来，看到 ."旋转 y" 属性的曲线视图中的曲线，过渡不是特别自由。可以选择相应的关键点，单击鼠标右键，在弹出的菜单中选择"平滑点"选项，如图 9-3-8 所示。同时在该关键上，也多了控制手柄，可以通过调节手柄，使整个曲线更加符合我们的需要。值得注意的是，当鼠标选中了相应的关键点后，该关键点显示为绿色。

图 9-3-8

8. 当然了，有的时候只想调节关键帧的某一侧的曲线，这时可以选择该关键帧，右键选择"平滑右"选项，则该关键帧右侧的曲线会变成贝塞尔曲线，如图 9-3-9 所示。当然也可以使用"平滑左"选项，平滑该关键帧的左侧曲线。注意的是，在 x，y 属性中是没有办法使用这些平滑选项的。

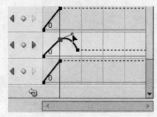

图 9-3-9

9. 基本动画属性包设置完成后，设置完成以后，可以单击该选项前面的小三角，把包内的属性折叠起来，以便节省视图空间。然后可以继续设置"转换"中的相关属性，单击"转换"前面的小三角，展开该包中的所有属性，如图9-3-10所示。

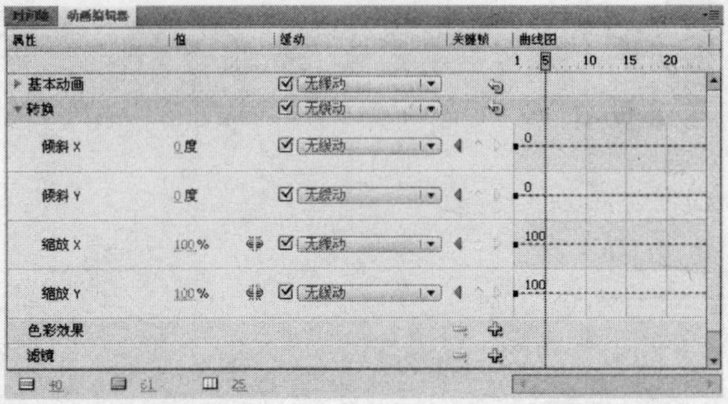

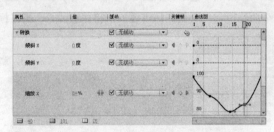

图 9-3-10

10. 在"转换"项中包括可以设置目标对象的倾斜和缩放的属性，单击"缩放 X"栏打开该属性的设置视图，将播放头拖曳到第 7 帧，缩放百分比调整到 89%。再将播放头拖曳到第 14 帧，百分比调整到 80%。第 19 帧的缩放 X 百分比为 84%，调整后如图 9-3-11 所示。

图 9-3-11

11. 为了使创建动画更加丰富，下面做一些色彩方面的变化。由于我们之前没有为"小狗"使用"色彩效果"，所以这里无法展开"色彩效果"属性进行调节。在这里可以通过"色彩效果"右侧的"+"按钮为其添加色彩效果的样式。单击"+"按钮，在弹出的样式菜单中选择"色调"，这时色彩效果栏内，增加了着色和色调数量两个属性项，如图9-3-12所示。

图 9-3-12

12. 需要将该目标对象添加相应的滤镜调整来使"小狗"运动的时候更加逼真。因此单击"滤镜"属性右侧的"+"按钮，然后在弹出的菜单中选择"模糊"选项，如图9-3-13所示。

图 9-3-13

13. 单击打开"模糊"属性的设置状态，分别对模糊 x，模糊 y 属性添加相应的关键帧，以及调节曲线视图中的曲线，使其满足动画动感的需求，如图9-3-14所示。以上两个属性的像素值右侧有一个链接，可以锁定两个值同比的变化。在此把链接打开，分别调节模糊 x，模糊 y 的数值。值得用户注意的是，品质项是对整个补间动画设置的，所以没曲线视图。

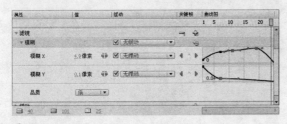

图 9-3-14

14. 在现实中，很多事物都不是匀速运动的，所以为了能使动画变得更加丰富，可以单击"缓动"属性右侧的小"+"按钮，在弹出的菜单中可以看到系统已经提供了多种的缓动方式，如图9-3-15所示。

图 9-3-15

15. 系统提供的方式不一定能满足我们所有的要求，因此可以单击"自定义"选项，然后选择添加自定义属性的设置窗口，根据我们的需要添加相应的关键点，对视图曲线进行合理调整，如图 9-3-16 所示。

图 9-3-16

16. 将自定义缓动方式设置好以后，这时可以在需要添加缓动选项的缓动下拉菜单中，选择刚才自定义的缓动效果，如图 9-3-17 所示。

图 9-3-17

9.4 动画预设的应用

动画预设是 Flash CS4 新增功能，它主要是预先设置好的动画，可以直接选中舞台上的对象，这样该对象就会应用系统预先设置好相关动画效果了。选择对象范围包括元件实例和文本字段。当然一些关于 3D 方面的动画预设，还是只能选择影片剪辑的对象。

首先执行"窗口 > 动画预设"，动画预设的面板如图 9-4-1 所示，相关的参数解释如下。

预览窗口：用来预览选中的相应动画的效果。

搜索框：一个输入框为搜索框，可以在此可以搜索该动画预设中存储的预设动画。

将选区另存为预设：保存一个当前舞台上补间动画作为动画预设。

新建文件夹：用了创建新的文件夹来合理管理动画预设文件。

删除项目：可以删除选择的相应的文件或者文件夹。

选项按钮：可以单击该选项弹出更多命令应用如下。

导入：用来导入外部制作好的动画预设文件（XML）。

导出：把该面板中相应的动画预设导出到外部。

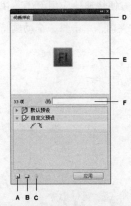

图 9-4-1　A：将选区另存为预设　B：新建文件夹　C：删除项目

　　　　　D：选项按钮　E：预览窗口　F：搜索框

1. 动画预设可以将以往创建不错的动画特效非常方便快速的应用到其他的元件或其他的对象之上。现在就将刚才创作的动画效果存储在动画预设中。首先，选中这个补间上的帧单击鼠右键，在弹出的菜单中选择"另存为动画预设"选项，如图 9-4-2 所示。

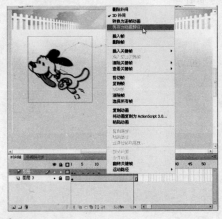

图 9-4-2

2. 在弹出的"将预设另存为"对话框中键入"奔跑效果"，单击"确定"按钮，就将动画特效储存了，如图 9-4-3 所示。

图 9-4-3

3. 将不错的动画预设保存后，其他的元件或对象需要用到时就能很方便快速地应用上了。执行
"窗口 > 动画预设"，然后可以打开"动画预设"面板，在默认预设的文件夹内，单击每一个动画特效
在预览窗口中，可以观看相应的动画效果，如图 9-4-4 所示。

图 9-4-4

4. 如果想做一个小球放大的效果，这时可以先绘制一个小球图片，然后把该图片转化为影片剪辑。
这时选择"小球"对象，在"动画预设"面板中，选择放大效果，单击"应用"按钮，如图 9-4-5 所示。
或者按住 Shift 键同时单击"应用"按钮，对象的位置会更加适合。

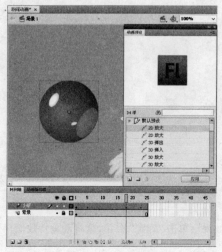

图 9-4-5

5. 选择动画预设面板左下角的"将选区另存为预设"按钮，在弹出的对话框中，根据我们所创建的补间动画的效果，在预设名称后键入"逼真运动效果"，单击"确定"按钮，这便将动画预设保存了，如图 9-4-6 所示。

图 9-4-6

6. 当然也可在"动画预设"面板中的文件或者文件夹上右键单击，编辑相应的文件，例如重命名导出等，如图 9-4-7 所示。也可以单击选项菜单，在弹出的菜单中应用相应的命令。

图 9-4-7

7. 然后选中相应的动画预设后，使用"导出"选项，把该动画预设以 XML 格式导出到外部相应的位置，如图 9-4-8 所示。

图 9-4-8

8. 当然我们也可以通过导入，将外部优秀的动画预设，导到自己的动画预设面板中，方便使用。同时也可以到网上下载一些动画预设文件。通过动画预设面板的"选项菜单 > 导入"命令，如图 9-4-9 所示。在打开对话框中，选择外部动画预设文件所放的位置，单击"打开"按钮，这时就导入到程序内部了。

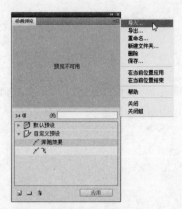

图 9-4-9

9.5 使用骨骼做角色动画

骨骼工具会联系到许多的理论，假如学过 3D 动画的用户，或许看了相关的理论会比较熟悉。而对于学 Flash 一些用户，对这些理论会很陌生，下面我们一同来对逐一功能进行应用，使用户更加直观地了解骨骼的应用。

1. 执行 Flash CS4 程序，新建一个 Flash 文档，然后通过绘图工具绘制一个动物造型，这时，可以直接对该形状添加骨骼，而且可以在一个形状上添加多个骨骼，如图 9-5-1 所示。当然，也可以把几个形状全部选择后添加骨骼，这样也可以把这些形状通过骨骼工具有机的结合到一起。

图 9-5-1

2. 在工具栏上选择"骨骼工具"，在此根据人物动作的需要来添加骨骼的位置，单击拖动添加一个骨骼，松开鼠标后再次将鼠标移至该骨头尾部时，鼠标变成骨骼和"+"，再次继续单击拖出一个骨骼，该骨骼就为前面骨骼的子类，如图 9-5-2 所示。值得注意的是，将鼠标移动到某个骨骼的头部上，鼠标变为骨骼和"+"状态时，单击并拖动鼠标，可以添加一个骨骼的分支。骨骼绘制完成后，一个骨骼是有头部和尾部的，头部为圆形的，尾部为尖形的。

图 9-5-2

3. 骨骼间的父子关系，当移动父骨骼时，子骨骼跟着移动，当移动子骨骼时，父骨骼也是受一定的影响，如图 9-5-3 所示。

图 9-5-3

4. 做好了骨骼后，有的时候现实生活中，人的各个部位都不是无约束的随便转动，所以为了使动画逼真，我们可以选择"选择工具"，选择相应骨骼，然后在属性面板中，"联接：旋转"选项栏下，选上"约束"复选框，根据需要输入最小和最大约束角度，如图 9-5-4 所示。

5. 当我们连接好了骨骼后，图层的上方多了一个"骨架 1"图层，添加骨骼后，形状自动转换为元件，如图 9-5-5 所示。当然了骨骼可以连接多个元件，不过，当你单击在这元件上添加了骨骼时，必须把该骨骼的尾部拖动另一个元件之上，不然就没法连接了。当然通过连接后，骨骼也可以把不同图层的元件通过骨骼的连接后，会自动的移到生成的骨架那层中。

图 9-5-4

图 9-5-5

6. 当一个动画做好后，假如用户想把骨骼的某一部位和应用的对象上某一部位保持绑定，这时即可使用工具箱上的"绑定工具"。选中"绑定工具"先单击选中骨骼上某一点，然后在拖到对象上所要绑定的部分，松开鼠标便完成绑定，如图 9-5-6 所示。将骨骼和对象绑定在一起，在移动骨架时形状的笔触能按照令人满意的方式扭曲。

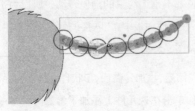

图 9-5-6

10.1 滤镜

在 Flash 中我们可以通过选择菜单命令来轻松地实现一些绘制效果和动画效果。在本章我们将学习如何给文本、影片剪辑和按钮添加滤镜效果。

在 Flash CS4 中能对文本、按钮和影片剪辑添加滤镜,以创建各种有趣的视觉效果。您也能使用动画和形状补间让滤镜动起来。也可以在属性面板中对所选对象添加滤镜效果。

10.1.1 滤镜基础

滤镜是一种对图像像素进行处理并生成特殊效果的方法。如果接触过类似 Photoshop、Fireworks 这样的图像处理软件的用户,相信一定早就领教过它的魅力了。Flash 中的滤镜使用方法也和这些软件类似。而 Flash 所独有的特点是,不但可以创建这些效果,而且能够使用补间动画让创建的滤镜活动起来。

原始的形状、组、绘制对象、图形元件和位图都是不可以添加滤镜的。当然了用户可以把这些都转换成影片剪辑或者按钮来添加相应的滤镜,如图 10-1-1 所示。

影片剪辑　　　　　　　　　文字　　　　　　　　按钮

图 10-1-1　3 种可添加滤镜的对象

　　添加滤镜后的对象并没有被像素化，它们是完全可编辑的，这是个相当优越的特性。这意味着即使添加了滤镜的对象，也可以双击进入编辑它的形状和颜色等。甚至为文字添加滤镜后，也可以像正常文字一样，双击进入编辑它的所有属性。

　　选中 3 个可用对象的任意一个后，在属性面板上滤镜选项栏的左下角，单击"添加滤镜"按钮，弹出添加滤镜菜单。首先了解一下 Flash 为我们提供的滤镜效果，它一共有 7 种可选滤镜，包括投影、模糊、发光（渐变发光）、斜角（渐变斜角）和调整颜色，如图 10-1-2 所示。

图 10-1-2　7 种可选滤镜

　　一个对象可以同时添加多个滤镜效果，比如发光、模糊，也可添加完全相同的滤镜，当然可以给它们设定不同的参数。

　　添加后的滤镜会出现在滤镜列表中，每个滤镜前的三角形可以折叠或展开该滤镜的设置选项，可以使用键盘的上下方向键在多个滤镜中切换，如果要撤销某个滤镜的效果，可以在列表中选中该滤镜，然后单击滤镜选项栏下面的删除滤镜按钮，如图 10-1-3-A 所示。

　　被添加在对象上的滤镜是按上下顺序叠加在一起的，上面的滤镜会遮盖下面的。你可以选中某个滤镜，通过拖曳来调整它们的上下排列顺序，如图 10-1-3-B 所示直到出现合适的叠加效果。单击滤镜选项栏下面的"启用或禁用滤镜"按钮切换滤镜的是否启用状态。

图 10-1-3-A

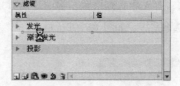
图 10-1-3-B

　　滤镜效果的设计往往是很随机的，有时会因一个小小的参数差别，就很难再制作出完全一样的效果了。因此如果创作出了不错的滤镜效果，一定不要忘记存储成预设，单击滤镜栏下面的"预设"按钮，在弹出的预设菜单中选择"另存为"，如图 10-1-4 所示。这样它就会保存在此菜单的下部，以后就可以直接选择，把该相同的滤镜运用在其他对象上了。可以改变预设的名称和删除不需要的预设值。

图 10-1-4

　　在 Flash CS4 中，滤镜栏下面有一个"剪切板"按钮。单击该按钮弹出剪切板菜单，有"复制所选"、"复制全部"和"粘贴"3 个选项。"复制所选"就是将当前所选的滤镜效果复制，"复制全部"就是将当前该元件所使用的全部滤镜效果复制，"粘贴"就是将已经复制的滤镜效果应用到当前所选的元件上。

　　也许有时候需要制作一样的滤镜效果，而这种效果在制作时又比较复杂，如果按照已经做好的效果一一调整和设置，会浪费我们不少时间。但是使用复制和粘贴滤镜按钮就简单方便多了，只需单击复制滤镜按钮在它的下拉列表中选择"复制所选"，或"复制全部"就可以将单独的滤镜或全部的滤镜进行复制，如图 10-1-5-A 所示。接着再选中需要被应用的元件，在它的滤镜面板中再单击"剪切板"按钮，就可以将复制的滤镜同样的应用到当前所选的元件上，如图 10-1-5-B 所示。

图 10-1-5-A

图 10-1-5-B

10.1.2　添加滤镜

　　接下来我们来尝试一下如何给文本对象添加滤镜效果。

1. 新建一个 Flash 文档，首先导入到舞台一幅图片做背景，然后在舞台上用文本工具输入文字
"Happy"，然后用选择工具选取文字，如图 10-1-6 所示。

图 10-1-6

2. 在属性面板中"滤镜"选项栏左下角单击"添加滤镜"按钮，弹出滤镜菜单，如图 10-1-7-A 所示。

3. 此时可以看到，滤镜菜单上可以选择添加应用的滤镜有投影、模糊、发光、斜角、渐变发光、
渐变斜角和调整颜色。单击某个滤镜，则该滤镜就被应用到了对象上，属性面板中也会出现相应的选
项以供我们进行进一步地调节。现在我们来详细了解一下这些滤镜。

1. 投影

"投影"滤镜给对象添加投影效果，"投影"用来模拟物体在阳光照射下产生的阴影，是最基本
以及最常用的滤镜效果，也是学习的重点，因为其他滤镜的大部分选项参数都和"投影"类似，如
图 10-1-7-B 所示。

图 10-1-7-A　　　　图 10-1-7-B

模糊 x、y: 两项设置是指投影向四周模糊、柔化的程度，或者说阴影的宽度和高度。数值设得越大，

阴影效果向四周越"朦胧"。两者之间的黑色小锁是判定 x 轴或 y 轴的阴影是否会同时柔化。

强度：用来指投影的浓度或者颜色的密度，值越高时颜色越浓，值越低时颜色越淡，强度百分比值为 0 ~ 25500 之间。

品质：指投影模糊的质量，设置质量越高，阴影过渡越流畅；反之就越粗糙。当模糊程度较大时，品质低阴影轮廓较清晰，品质高阴影轮廓不易辨认。

颜色：指定阴影的颜色值，也可以在拾色器里设计阴影的透明度。

角度：指定阴影相对于元件本身的方向，可设数值的范围为 0° ~ 360° 之间。可以直接单击输入数值，也可以拖曳热区文字进行更改数值。

距离：指定阴影相对于元件本身的距离远近。值为正负 -255 ~ 255 之间，通过"角度"和"距离"两项的结合使用，可以很方便地把阴影放置在正确位置。

挖空：是用源对象的形状来切割它所留下的阴影，产生阴影被挖空的效果。

内阴影：在对象边界的内侧显示阴影，通常在塑造一些光晕和立体效果时起到辅助作用。

隐藏对象：其实目的就是把阴影独立出来。它不显示对象本身，而只留下其阴影。

2. 模糊

"模糊"滤镜给对象添加模糊的效果，"模糊"滤镜会柔化对象的边缘和细节，如图 10-1-8 所示。在某些情况下，模糊让对象看起来好像位于其他对象的后面，或者使对象看起来好像是运动的。单独调整一个轴的模糊常用来模拟运动感外，"模糊"滤镜常用来来创作梦幻的感觉。

图 10-1-8

拖曳"模糊 x"和"模糊 y"的热区文字来设置模糊的宽度和高度。可以单击打开默认的锁定状态，单独调节"模糊 x"或"模糊 y"的数值。

拖曳"品质"滑块选择投影的质量级别。设置为"高"近似于高斯模糊；设置为"低"，可以获得最佳的回放性能。

3. 发光

"发光"滤镜给对象添加发光的效果,其效果就是在对象的周围产生各种颜色的光芒,如图 10-1-9 所示。

图 10-1-9

拖曳 "模糊 x" 和 "模糊 y" 的热区文字,设置发光的宽度和高度。可以单击打开默认的锁定状态,单独调节 "模糊 x" 或 "模糊 y" 的数值。

单击 "颜色" 选项,在 "颜色" 弹出面板上选择设置发光颜色。拖曳 "强度" 的热区文字,设置发光的强度。

选中"挖空"复选框挖空源对象(即在视觉上隐藏源对象),并在挖空图像上只显示发光,如图 10-1-10 所示。

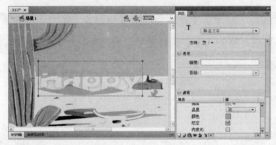

图 10-1-10

选择 "内发光" 复选框,在对象边界内应用发光。选择 "品质" 相应选项,来选择发光的质量级别。把质量级别设置为 "高" 就近似于高斯模糊。设置为 "低",可以获得最佳的回放性能。

4. 斜角

斜角滤镜控制对象的受光面和背光面,使其看起来凸出于背景表面,"斜角" 用来产生凸起于表面的立体效果,当然这只是视觉上的凸起,它主要是利用模拟立体对象的受光面和背光面来让人产生凸起感的,这是使用斜角时需要理解的一点,如图 10-1-11 所示。

图 10-1-11

在"类型"选项，选择斜角的类型，可以创建内侧、外侧或者全部。

模糊 x 和模糊 y：拖曳热区文字，设置斜角的宽度和高度。可以单击打开默认的锁定状态，单独调节"模糊 x"或"模糊 y"的数值。

阴影：单击打开颜色面板选择设置阴影的颜色。

加亮显示：单击打开颜色面板选择设置加亮的颜色。

强度：拖曳热区文字，设置斜角的不透明度，而不影响其宽度。

角度：单击输入数值或者拖曳热区文字，设置斜边投下的阴影角度。

距离：单击输入数值或者拖曳热区文字，来设置斜角的宽度。

挖空：挖空源对象（即在视觉上隐藏源对象），并在挖空图像上只显示斜角。

品质：选择斜角的质量级别。把质量级别设置为"高"得到更精细的斜角效果，设置为"低"，可以获得最佳的回放性能。

5. 渐变发光

渐变发光可以给对象添加带渐变颜色的发光效果，"渐变发光"滤镜可以理解为"发光"滤镜高级应用。它可以在对象的周边产生带渐变颜色的发光效果。和普通"发光"滤镜的区别主要有 3 点：

（1）具有调节角度和距离的选项，这意味着可以控制发光的位置；

（2）拥有可调节的渐变色带，这也是区别于普通发光的最主要特性；

（3）可以控制发光显示在外侧、内侧或内外兼有。

左边的色标为白色透明，它代表颜色的最外圈，无法移动这个色标，但是可以改变它的颜色；右边的色标代表最里圈的颜色，也就是靠对象最近的颜色。可以任意移动和改变右侧色标，也可以在中间添加多个色标，如图 10-1-12 所示。

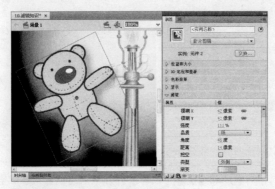

图 10-1-12

在"类型"选项，选择要为对象应用的发光类型。可以选择内侧、外侧或全部类型。

拖曳："模糊 *x*"和"模糊 *y*"热区文字，设置发光的宽度和高度。

强度：拖曳热区文字，设置发光的不透明度，但不影响其宽度。

角度：单击输入数值或者拖曳角热区文字，设置发光投下的阴影角度。

距离：拖曳热区文字，设置阴影与对象之间的距离。

挖空：挖空源对象（即从视觉上隐藏源对象），并在挖空图像上只显示渐变发光。

在渐变定义栏设置发光渐变的颜色。第一个颜色指针的 Alpha 值为 0，可以在这个指针上单击颜色指针下方的颜色空间，打开颜色面板，调整其颜色，但不可以调整其位置。其他颜色指针不仅可以换颜色也可以移动位置。我们也可以在渐变定义栏上增加颜色指针，最多可添加 15 个颜色指针。在渐变定义栏拖曳颜色标可以改变其位置，将颜色指针拖离渐变定义栏可以删除这个颜色指针。

选择渐变发光的质量级别。设置为"高"就近似于高斯模糊；设置为"低"，则获得最佳的回放性能。

6. 渐变斜角

渐变斜角给对象应用凸起的效果，并且斜角表面有渐变色，显然，"渐变斜角"是"斜角"的高级版，除了表现凸起于表面的立体效果外，它最大的特长是用来表现光感。中间的色标为白色透明，它代表颜色的最外圈，无法移动这个色标，但可以改变它的颜色。默认最左边的色标代表加亮，最右边的色标代表阴影。中间可以添加相应颜色的色标，通过为其添加渐变色，在对象富于立体的同时，也产生了渐变发光的效果，如图 10-1-13 所示。

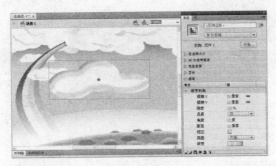

图 10-1-13

类型：选择要应用到对象的斜角类型。可以选择内侧、外侧或者全部斜角类型。

模糊 x 和模糊 y：拖动热区文字，设置斜角的宽度和高度。

强度：拖动热区文字，设置斜角的不透明度，而不影响其宽度。

角度：单击输入数值或者拖动热区文字，设置光源的角度。

距离：直接单击输入数值来设置斜角的宽度。

挖空：挖空源对象（即从视觉上隐藏源对象），并在挖空图像上只显示渐变斜角。

在渐变定义栏可以指定斜角的渐变颜色。必须有 3 个以上的颜色指针，其中中间的颜色指针 Alpha 值为 0，它的位置不可以移动，但是可以单击颜色指针下方的颜色空间，在弹出的颜色面板中选择设置颜色。我们可以在渐变定义栏添加颜色指针，最多可以添加 15 个颜色指针。在渐变定义栏拖曳颜色指针可以改变其位置，将颜色指针拖离渐变定义栏可以删除这个颜色指针。

品质：选择斜角的质量级别。把质量级别设置为"高"得到更精细的渐变斜角效果；设置为"低"，可以获得最佳的回放性能。

7. 调整颜色

"调整颜色"滤镜主要包括 4 个命令，"亮度"、"对比度"、"饱和度"和"色相"。在讲到"属性"面板的时候提到过颜色调整。该功能在处理颜色、线条简化的图片时还可以胜任，但对于位图就无能为力了。而"调整颜色"滤镜是把图片中每一种颜色转换成另一种颜色，在处理位图颜色时是无可替代的。使用"调整颜色"，可以改变对象的亮度、对比度、饱和度和色相，拖曳所要设置的颜色属性的热区文字，或者在输入框中输入数值可以将对象进行调整。

亮度：亮度的调整可使图像颜色更加鲜明，拖曳该项的热区文字可以来调节图片的明暗，数值越大，图片越亮；数值越小图片越暗，如图 10-1-14-A 和图 10-1-14-B 所示。

图 10-1-14-A 图 10-1-14-B

对比度：对比度的调整可使图像中亮部颜色更亮，暗部颜色更暗，会让图像轮廓清晰，主体突出。一般是来解决图片的层次感欠缺的，如图 10-1-15-A 和图 10-1-15-B 所示。

图 10-1-15-A 图 10-1-15-B

饱和度：调整饱和度用来控制图像颜色的鲜艳程度，如果饱和度太低，则图片表现为褪色，如果饱和度调得较高，图片颜色会比较鲜艳，如图 10-1-16-A 和图 10-1-16-B 所示。

图 10-1-16-A 图 10-1-16-B

色相：色相用来调节图像的颜色，它并非用某种颜色直接覆盖在图片上，而是直接转换图片上的每一种颜色。通过色相的调整，可以得到一张图片多个色调的副本，如图 10-1-17-A 和图 10-1-17-B 所示。

图 10-1-17-A　　　　　　　　　　　　图 10-1-17-B

重置：则所有的颜色属性的数值都恢复为默认状态的 0。

10.1.3　滤镜列表和预设滤镜库

1. 滤镜列表

我们可以给一个对象添加不止一个滤镜，此时滤镜列表中就会罗列出所添加的滤镜。但是要考虑到滤镜类型、数量和质量会影响输出的 SWF 文件的播放性能。

在滤镜列表中，如果我们想禁用某个滤镜，则选中该滤镜，单击滤镜栏下面的"启用或禁用滤镜"按钮使该滤镜变为叉号；如果要禁用全部滤镜，单击"添加滤镜"在弹出的菜单中选择"禁用全部"；如果要重新启用全部滤镜，单击"添加滤镜"在弹出的菜单中选择"启用全部"；如果要删除滤镜列表中的全部滤镜，单击"添加滤镜"在弹出的菜单中选择"删除全部"，如图 10-1-18 所示。另外，我们还可以拖曳滤镜列表中的滤镜项目，将它们重新排序。

图 10-1-18

2. 预设滤镜库

在给对象应用了一些滤镜之后，如果要保存滤镜以便于以后继续使用，可以创建预设滤镜库。单击"预设"按钮，在弹出菜单中选择"另存为"，如图 10-1-19 所示。

图 10-1-19

在"将预设另存为"对话框中输入一个有意义的名称，然后单击"确定"按钮，如图 10-1-20 所示。

图 10-1-20

这个滤镜设置就会出现在"预设"菜单上，如图 10-1-21 所示。单击这个滤镜设置的名称，在滤镜列表中即出现该滤镜设置。我们还可以在"预设"菜单上选中滤镜设置，然后对其进行"另存为"、"重命名"、"删除"等操作。

图 10-1-21

我们可以向其他用户提供滤镜设置文件，共享滤镜预设。

3. 使滤镜运动起来

使用 Flash 可以创建一个滤镜变化的补间动画。我们通过一个动画实例来看看在 Flash 中如何使滤镜活动。

新建一个 Flash 文档，从外部导入一个背景素材到图层 1，将其作为背景。然后新建一层用绘图工具绘制一匹马，然后将其转换成影片剪辑元件。在舞台上选中此对象，为其添加一个"投影"滤镜，将"角度"设置为 235，将"距离"设置为 20，其他属性设置保持为默认状态，如图 10-1-22 所示。

图 10-1-22

在时间轴上的第 20 帧插入一个关键帧，选中这个关键帧，单击选中舞台上的对象，在属性面板的滤镜栏列表中，将"投影"滤镜的相关属性中的"角度"设置改为 45，如图 10-1-23 所示。

图 10-1-23

右键选中第一帧的关键帧，在弹出菜单中选择"创建传统补间"，这样，我们就得到一个表现投影随光线移动的动画效果，如图 10-1-24 所示。

图 10-1-24

滤镜应用于文字或按钮的效果与应用于影片剪辑是相似的，在这里不再赘述。

10.1.4 关于滤镜和 Flash Player 的性能

应用于对象的滤镜类型、数量和质量会影响 SWF 文件的播放性能。应用于对象的滤镜越多，Adobe Flash Player 要正确显示创建的视觉效果对于计算机所需处理的信息量也越大。建议不要给指定的一个对象应用过多的滤镜效果。

每个滤镜都包含控件，可以调整所应用滤镜的强度和质量。在运行速度较慢的电脑上，使用较低的设置可以提高性能。如果要创建要在一系列不同性能的计算机上回放的内容，或者不能确定观众可使用的计算机的计算能力，请将质量级别设置为"低"，以实现最佳的回放性能。

10.2 混合模式

混合模式主要用来创建复合图像的一系列选项，它通过数学运算来过滤两张或两张以上叠加图片的颜色、透明度、亮度等值，来创造出更绚丽的效果。Flash CS4 中提供了 14 种混合模式，混合模式只能应用的到影片剪辑上。一般的用户，没有必要过多地理解混合模式的原理，从实用主义的角度来说，混合模式可以把两张或多张不相干的图片融合为一体，并达到整体的融合、自然。

10.2.1 关于混合模式

混合模式能混合一个图形对象的颜色信息与它下面的图形对象的颜色信息。我们能使用混合模式改变舞台上一个图像的外观，即按一种有趣的方式将其与它下面的对象的内容合并。

使用混合模式，可以创建复合图像。复合是改变两个或两个以上重叠对象的透明度或者颜色相互关系的过程。使用混合，可以混合重叠影片剪辑中的颜色，从而创造出用户想要的效果。

混合模式不仅取决于要应用混合的对象的颜色，还取决于基础颜色。笔者建议试验不同的混合模式，以获得所需效果。

正常：正常应用颜色，不与基准颜色发生交互。

图层：可以层叠各个影片剪辑，相互直接颜色没有影响。

变暗：只替换比混合颜色亮的区域。比混合颜色暗的区域将保持不变。

正片叠底：将基准颜色与混合颜色复合，从而产生较暗的颜色。

变亮：只替换比混合颜色暗的像素。比混合颜色亮的区域将保持不变。

滤色：将混合颜色的反色与基准颜色复合，从而产生漂白效果。

叠加：复合或过滤颜色，具体操作需取决于基准颜色。

强光：复合或过滤颜色，具体操作需取决于混合模式颜色。该效果类似于用点光源照射对象。

差值：从基色减去混合色或从混合色减去基色，具体取决于哪一种的亮度值较大。该效果类似于彩色底片。

增加：通常用于在两个图像之间创建动画的变亮分解效果。

减去：通常用于在两个图像之间创建动画的变暗分解效果。

反相：反转基准颜色。

Alpha：应用 Alpha 遮罩层。

擦除：删除所有基准颜色像素，包括背景图像中的基准颜色像素。

"擦除"和"Alpha"混合模式要求将"图层"混合模式应用于父级影片剪辑。不能将背景剪辑更改为"擦除"并应用它，因为该对象将是不可见的。

10.2.2　混合模式示例

下面实例示显示了不同的混合模式如何影响图像的外观。一种混合模式产生的效果可能会有很大差异，具体取决于基础图像的颜色和应用的混合模式的类型。

1. 新建一个 Flash 文档，在主菜单里选择"文件 > 导入 > 导入到舞台"命令，导入两张图片，如

图 10-2-1 所示。选择其中一张，按 F8 键将其转换为一个影片剪辑元件，如图 10-2-2 所示。

图 10-2-1

图 10-2-2

2. 选中该影片剪辑，在属性面板里"显示"选项栏"混合"菜单中，选择"叠加"混合模式，如图 10-2-3 所示。两张图片产生的最终效果如图 10-2-4 所示。

图 10-2-3

图 10-2-4

按钮元件 11

学习要点

- 掌握 Flash 中的按钮元件的构成
- 掌握 Flash 中的按钮元件的制作
- 掌握 Flash 中的按钮元件的单击范围设置
- 掌握 Flash 中的动态按钮元件的制作

按钮元件是 Flash 的基本元件之一，它具有 4 种状态，同时可以响应鼠标事件，是实现动画交互效果的关键对象。按钮元件与影片剪辑类似，也有它自己的时间轴。

11.1 熟悉按钮

1. Flash 软件中自身携带了相当多的按钮，通过菜单栏选择"窗口 > 公用库 > 按钮"命令，可以看到各种已经制作好的按钮。在弹出的库按钮面板中选择一个按钮如图 11-1-1 所示。

图 11-1-1

2. 把这个按钮拖曳到舞台上。在舞台上双击这个按钮，即可进入到按钮元件的编辑状态，如图 11-1-2 所示，可以看到按钮有哪几个帧的状态组成。

图 11-1-2

弹起：鼠标指针不在按钮上时，按钮的状态。

指针经过：鼠标指针位于按钮上时，按钮的外观。

按下：鼠标单击按钮时，按钮的外观。

单击：定义响应鼠标单击的区域，在实际输出的影片中是不可见的。

将播放头移动到各个关键帧，查看按钮元件的各个状态。可以看到，这个按钮元件在"指针经过"这一帧上由绿色的三角变为白色的三角，在"按下"这一帧上由绿色的圆形按钮变为黑色的。而在"单击"这一帧上则设定按钮的区域为"弹起"或"按下"这一帧上按钮的大小范围。

3. 按钮元件 4 个关键帧上的状态，从左到有右，分别为弹起、指针经过、按下、单击，如图 11-1-3 所示。

图 11-1-3

4. 按 Ctrl+Enter 键测试按钮的效果，可以看到按钮对于鼠标事件的反应，如图 11-1-4 所示。

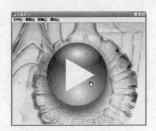

图 11-1-4

　　提示：想要测试按钮效果，我们还可以在库面板中选择该按钮，然后在库预览窗口内单击"播放"按钮；或者，在菜单栏选择"控制 > 启用简单按钮"，这样便可以在舞台上测试简单按钮的效果，如果想禁用按钮测试，则只需再次选择"控制 > 启用简单按钮"。

11.2　制作按钮

　　下面我们来尝试制作一个按钮，以此来深入了解按钮元件的制作方法。

　　1. 新建一个 Flash 文档，在菜单栏选择"插入 > 新建元件"，或者按快捷键 Ctrl+F8 新建元件，在弹出的对话框里选择"按钮"，如图 11-2-1-A 所示。随即进入按钮元件的编辑状态，如图 11-2-1-B 所示。在时间轴上，可以看到按钮的 4 种状态。

图 11-2-1-A

图 11-2-1-B

　　2. 我们先来制作按钮的"弹起"状态，首先创建三个层，分别为"圆"、"高光"、"三角"，然后在三个图层绘制不同对象，注意绘制完成以后，打开对齐面板让三层的对象都进行水平和垂直对齐，如图 11-2-2 所示。

图 11-2-2

3. 接着来编辑按钮的"指针经过"这一帧。分别在三个图层中的"指针经过"帧上，按下 F6 键，然后选中"圆"层中的"指针经过"这一帧，在颜色面板调整按钮的放射状渐变填充的颜色。接着选中"三角"层中的"指针经过"这一帧，将白色三角的形状放大，如图 11-2-3 所示。最后，全部选中三个图层的"指针经过"这一帧，将它们在舞台上的位置一起向上移动一点。

图 11-2-3

4. 这样就完成了"指针经过"这一帧的制作。当鼠标指针经过按钮时，按钮和按钮上的文字会变色，同时按钮会向上略微移动一下位置。

5. 接着，把三个图层的"弹起"这一帧，都拷贝粘贴到"按下"这一帧上，使按钮在鼠标按下时，恢复到"弹起"的状态，如图 11-2-4 所示。

图 11-2-4

6. 此时，我们可以按 Ctrl+Enter 键来测试制作好的按钮效果，如图所示，图 11-2-5-A 为弹起、图 11-2-5-B 为指针经过和图 11-2-5-C 为按下。

图 11-2-5-A   图 11-2-5-B   图 11-2-5-C

注意，在这个按钮元件的制作中，我们并没有设定"单击"的范围，此时，"按下"这一帧上按钮的区域范围便替代了"单击"的区域范围。

11.3 设定按钮的"单击"范围

现在我们通过制作一个文字按钮来了解如何设置按钮的"单击"范围。

1. 新建一个 Flash 文档，然后新建一个按钮元件，在按钮编辑状态下分别给"弹起"、"指针经过"和"按下"这三个关键帧设置文字状态，如图 11-3-1 所示。

图 11-3-1

2. 回到主场景中，将库面板中制作完毕的按钮拖曳到舞台上。然后按 Ctrl+Enter 键测试按钮效果。我们会发现，鼠标指针必须在文字上时才会变成手形，而当指针处在文字的空隙时，按钮不起作用。为了使鼠标指针在经过文字按钮时反应更为灵敏，就得给文字按钮设定"单击"范围。

3. 在"单击"这一帧所在的位置单击鼠标右键，插入空白关键帧。单击时间轴上的"绘图纸外观"按钮，显示几个帧上内容所在的位置。选中"单击"的空白关键帧，用矩形工具在舞台上绘制一个与文本大小范围一致的矩形，如图 11-3-2 所示。

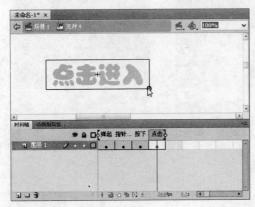

图 11-3-2

这样，就设定完毕了"单击"范围。

4. 按 Ctrl+Enter 键测试这个文字按钮的效果，可以看到鼠标指针在经过"单击"所设定的范围时变成手形。并且，在最终输出的影片中，在"单击"上绘制的矩形是不显示的，如图 11-3-3 所示。

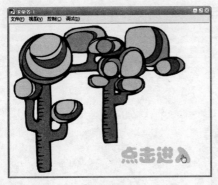

图 11-3-3

11.4 制作包含影片剪辑的动态按钮

按钮元件的 4 个关键帧上也可以包含影片剪辑，我们可以借此来制作更具魔力的动态按钮。

1. 运行 Flash CS4 程序，在舞台上设置好背景，在用直线工具绘制一条虎皮鱼，将其转换为图形元件，如图 11-4-1 所示。

图 11-4-1

2. 按 Ctrl+F8 键，新建一个影片剪辑元件，取名为"小鱼游泳"，如图 11-4-2 所示。

图 11-4-2

3. 单击"确定"按钮后，进入影片剪辑"小鱼游泳"的编辑状态。将"虎皮鱼"图形元件拖到舞台，打开对齐面板垂直居中对齐该实例，使实例处于编辑窗口的中心。在第 5 帧插入关键帧，将鱼身子稍做改动。然后在第八帧插入帧，如图 11-4-3 所示。这样一个简单的小鱼游泳的影片剪辑就做好了。

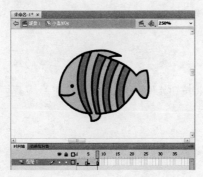

图 11-4-3

4. 回到场景 1，按 Ctrl+F8 键，新建一个按钮元件，命名为"小鱼游泳（按钮）"，如图 11-4-4
所示。

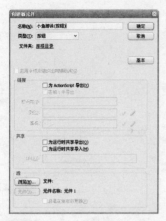

图 11-4-4

5. 单击"确定"按钮，进入按钮编辑状态，分别将库面板中的图形元件"虎皮鱼"，影片剪辑"小
鱼游泳"放置在"弹起"、"指针经过"这两帧上。再把"弹起"这一帧都拷贝粘贴到"按下"这一帧上，
如图 11-4-5 所示。

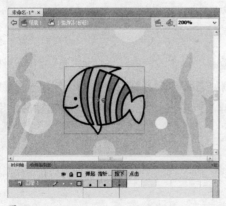

图 11-4-5

6. 回到场景 1，在背景图层上新建一个"按钮"图层，将按钮元件"小鱼游泳（按钮）"从库面板
中拖曳到舞台上合适的位置，如图 11-4-6 所示。

图 11-4-6

7. 前面在学习影片剪辑的层次结构时，我们已经了解到影片剪辑的播放是如何被 Flash 的第一级结构的帧的播放所影响的。因此，为了使按钮小鱼游泳中的帧能正常播放，必须使图层"按钮"上的帧数与第一级结构上的其他图层的帧一样多，这样才能保证 Flash 在播放时，按钮元件的内容能一直正常播放。

因此，我们可以把图层"按钮"上的帧数设置为与图层"背景"和"前景"一样多。由于图层"背景"上的对象内容是静止不变的，因此，在这里，我们使这个图层上的帧数与图层"小鱼游泳"都为一帧，如图 11-4-7 所示。

图 11-4-7

8. 按 Ctrl+Enter 键测试按钮效果。我们可以看到当鼠标指针经过小鱼时，影片剪辑"小鱼游泳"不断播放，当鼠标"按下"时，显示的是"虎皮鱼"图形元件。这样一个包含影片剪辑的动态按钮就制作完成了。

提示：在按钮元件内部不能应用遮罩。

11.5 创建隐含按钮

在前面的练习中了解到了按钮单击状态的重要性。您也能使用单击状态来创建不可见按钮。这种按钮能给用户带来意外的惊喜，因为只有用户将光标移到一个不可见的区域时，才会看到按钮对象显示出来。在本次练习中，您将学习如何创建不可见按钮。

新建一个 Flash 文档，导入一个套娃的位图到舞台，准备将左边的套娃制作为隐含按钮。首先用钢笔工具绘制一个和左边套娃一样大小的形状，如图 11-5-1 所示。用油漆桶工具将绘制的套娃外形轮廓内填充。

图 11-5-1

选择刚才绘制的形状，按 F8 键转换成一个按钮元件。右键单击此按钮元件，在弹出的对话框中选择"在当前位置编辑"，进入此元件编辑状态，如图 11-5-2 所示。

图 11-5-2

把刚绘制的套娃形状从"弹起"状态拖到"单击"状态，一个隐含按钮就这样制作完成了。回到主场景，我们可以发现，隐含按钮的范围被标识为淡蓝色，在 Flash 输出后不会显示该色块的。按 Ctrl+Enter 键进行测试，当鼠标触碰到左边套娃的时候，指针变为小手状态，如图 11-5-3 所示。

图 11-5-3

声音与视频 12

学习要点

- · 掌握 Flash 中声音的导入
- · 掌握如何在 Flash 中使用声音
- · 掌握 Flash 中视频的导入
- · 掌握 FLV 视频的使用方法

12.1　使用声音

　　一个优秀的动画作品，如果再添加上合适的背景音乐，会使整个作品锦上添花。当然了，可以通过下面的学习，了解到如何在 Flash 中添加声音。

　　Flash 中声音的使用类型包括音频流（Stream Sounds）和事件声音（Event Sounds）两种。音频流的声音可以独立于时间轴自由的播放，如给作品添加背景音乐，可以和动画同步播放；事件声音允许将声音文件添加在按钮上，能更好地体现按钮的交互性。Flash 还可以为声音加上淡入淡出的效果，使作品更具身临其境的听觉效果。通过本章可以学习到声音的导入、控制、编辑、设置声音的格式。

12.1.1　导入声音

　　声音和图片的导入方法是类似的，都是从外部把文件导入到 Flash 中。声音也如图片一样有多种格式，目前最常用到的，是我们熟悉的 MP3 和 WAV 格式。声音和图片的区别，在于图片能在舞台上观察到，而声音则看不到。声音只显示在时间轴中，在播放的时候可以听到，直观性不如图片。下面将学习如何将声音文件导入 Flash 中。

　　执行"文件 > 导入 > 导入到库"命令，在弹出的"导入"对话框中，定位并打开所需的声音文件，如图 12-1-1 所示。

图 12-1-1

Flash 支持的声音文件格式有以下类型。

WAV（仅限 Windows），是微软公司开发的一种声音文件格式，也叫做波形声音文件，是最早的数字音频格式。该格式记录声音的波形，故只要采样率高、采样字节长、机器速度快，利用该格式记录的声音文件能够和原声基本一致，质量非常高，但这样做的代价就是文件体积太大。

AIFF（仅限 Macintosh），是一种很优秀的文件格式，但由于它是苹果电脑上的格式，因此在 PC 平台上并没有得到广泛的应用。

MP3（Windows 或 Macintosh），是第一个实用的有损音频也是当前最流行的音乐格式之一。

ASND（Windows 或 Macintosh），是 Adobe Soundbooth 的本机音频文件格式，有良好的非破坏性。

如果系统上安装了 QuickTime 4 或更高版本，则可以导入这些附加的声音文件格式。

AIFF（Windows 或 Macintosh）；

Sound Designer Ⅱ（仅限 Macintosh）；

只有声音的 QuickTime 影片（Windows 或 Macintosh）；

Sun AU（Windows 或 Macintosh）；

System 7 声音（仅限 Macintosh）；

WAV（Windows 或 Macintosh）。

通常，使用 WAV 或 AIFF 文件时，最好使用 16 位 22kHz 单声（立体声使用的数据量是单声的两倍）。

12.1.2 添加声音

要将声音从库中添加到文档中，可以把声音插入到层中，然后在“属性”面板中“声音”控件中设置选项。建议将每个声音放在一个独立的图层。

1. 首先通过"文件 > 导入 > 导入到库"命，导入到库后，选择"插入 > 时间轴 > 图层"，为声音创建一个专用层，如图 12-1-2 所示。

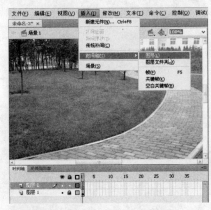

图 12-1-2

2. 选中新建层的第一帧，然后将声音从库面板中拖到舞台中，声音就添加到当前层中，如图 12-1-3 所示。

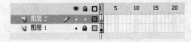

图 12-1-3

3. 当然也可以把多个声音放在一个层上，或放在包含其他对象的层上，当然库面板中的声音也可添加到多个图层上。但是，笔者强烈建议将每个声音放在一个独立的层上，每个层都作为一个独立的声道，播放 SWF 文件时，会混合所有层上的声音。

4. 在时间轴上，选中包含声音文件的第一个帧，在属性面板中，从"名称"弹出菜单中选择刚才导入声音文件，如图 12-1-4 所示。

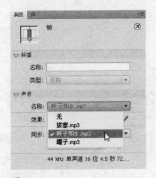

图 12-1-4

5. 从"效果"弹出菜单中选择效果选项，为了保持原声音风格选择"无"，当然也可以选择其他的音效，如图 12-1-5 所示。

图 12-1-5

"无"不对声音文件应用效果，选择此选项将删除以前应用的效果。

"左声道"/"右声道"只在左声道或者右声道中播放声音。

"向右淡出"/"向左淡出"会将声音从一个声道切换到另一个声道。

"淡入"在声音的持续时间内逐渐增加音量。

"淡出"在声音的持续时间内逐渐减小音量。

"自定义"允许使用"编辑封套"创建自定义的声音淡入和淡出点。

6. 从"同步"弹出菜单中选择"同步"选项，如图 12-1-6 所示。

图 12-1-6

"事件"会将声音和一个事件的发生过程同步起来。事件声音在应用到其起始关键帧时开始播放，并独立于时间轴完整播放，即使 SWF 文件停止播放时，该声音也会继续下去。当播放发布的 SWF 文件时，事件声音混合在一起。

事件声音的一个示例就是当用户单击一个按钮时播放的声音。如果事件声音正在播放，而声音会再次被实例化（例如，用户再次单击按钮），则第一个声音实例继续播放，另一个声音实例也会开始开始播放，这样会造成声音的混杂。

"开始"与"事件"选项的功能相近，但是如果声音已经在播放，则新声音实例不会播放。

"停止"将使选中的声音指定为静音。

"数据流"将与事件声音不同，音频流随着 SWF 文件的停止而停止。而且，音频流的播放时间绝对不会比帧的播放时间长。当发布 SWF 文件时，音频流混合在一起。这样同步声音，可以方便在 Web 站点上播放，Flash 强制音频流和动画同步。

7. 为"重复"键入一个指定的值，以指定声音应循环的次数。或者选择"循环"以连续不断重复声音，如图 12-1-7 所示。

图 12-1-7

要连续播放，可以输入一个足够大的数，以便在扩展持续时间内播放声音。例如，要在 10 分钟内循环播放一段 10 秒的声音，可以输入 60。不建议使用循环音频流，如果将音频流设为循环播放，帧就会添加到文件中，文件的大小就会根据声音循环播放的次数而倍增。

12.1.3 给按钮添加声音

1. 单击时间轴底部的"插入图层"按钮，新建一个图层命名为"按钮"的图层，如图 12-1-8 所示。

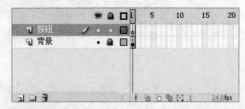

图 12-1-8

2. 执行"插入 > 新建元件"命令，在"创建新元件"对话框中输入新按钮元件的名称。在"类型"选区选择"按钮"然后单击"确定"按钮，如图 12-1-9 所示。

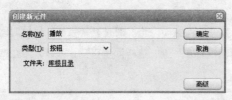

图 12-1-9

3. 选中该按钮编辑区中的"弹起"帧，使用椭圆工具绘制按扭的背景，使用文本工具输入文字"播放"文字，如图 12-1-10-A 所示。

4. 接下来单击"指针经过"帧，然后右键单击选择"插入关键帧"，如图 12-1-10-B 所示。

 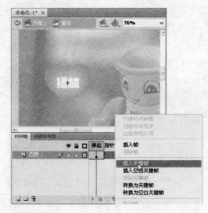

图 12-1-10-A   图 12-1-10-B

5. 在"指针经过"状态中，调整按钮的背景颜色。"按下"帧和"单击"帧将按钮颜色再做些调整，如图 12-1-11 所示，以能够表达该按钮的作用为准。

图 12-1-11

6. 接下来为按钮添加声音做准备，首先单击时间轴底部的"插入图层"按钮，添加一个声音层，如图 12-1-12 所示。

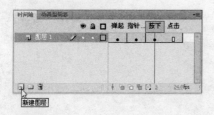

图 12-1-12

7. 在图层 2 中"弹起"状态单击右键，选择"插入空白关键帧"，如图 12-1-13 所示。分别把后面两帧也插入"空白关键帧"。

图 12-1-13

8. 选中"按下"下面的"空白关键帧",从属性面板的声音选项栏中,名称选项右侧的弹出菜单中选择一个声音文件,如图 12-1-14 所示。

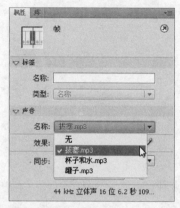

图 11-1-14

9. 因为按钮的每一状态,都是一个事件,所以从"同步"弹出菜单中选择"事件",如图 12-1-15 所示。

图 12-1-15

如果安装了 Adobe Soundbooth,可以使用 Soundbooth 编辑已导入到 Flash 文件中的声音。在 Soundbooth 中对声音更改以后,如果保存更改后的文件并覆盖原始文件,则 Flash 文件中会自动更新更改后的声音效果。如果在编辑声音后更改了文件名或格式,则需要将这个声音文件重新导入到 Flash 中。下面是在 Soundbooth 中编辑已导入的声音的操作步骤。

1. 右键单击"库"面板中的声音,从弹出的菜单中选择"使用 Soundbooth 进行编辑",如图 12-1-16 所示,此文件将在 Soundbooth 中打开。

图 12-1-16

2. 在 Soundbooth 中编辑声音文件。编辑完成后，保存该文件。选择 ASND 格式文件以非破坏性的格式保存。如果保存该文件的格式与原始文件的格式不同，则需要将声音文件重新导入到 Flash 中。返回到 Flash，便可以在"库"面板中查看该声音文件编辑后的效果。

12.2 使用视频

从 Flash 8 开始，Flash 软件引入了专门的 FLV 格式，由于 Flash 播放器的普及。FLV 的出现立刻引发了网上视频的热潮，目前国际最知名的 Youtube 以及 Google Video 都使用了 FLV 格式。在引入 FLV 后，Flash 对多媒体的控制达到一种前所未有的水平，可以把视频、数据、图形、声音和交互式控制融为一体，从而创造出了更加丰富的体验。在 Flash CS4 中，对 Quicktime 视频的输入输出又做了进一步增强，随着 Web 应用的普及，Flash 视频将占据互联网视频的主流地位。借助 Adobe Media Encoder 编码为 Adobe Flash Player 运行时可以识别的任何格式，其他 Adobe 视频产品也提供这个工具，现在该工具还新增了 H.264 视频压缩编码的支持。

12.2.1 导入渐进式下载的视频 Flash

和声音文件的事件方式和流方式类似，Flash 的视频也有嵌入式和渐进式，前者全部下载完成后播放，后者采用流方式播放，而且具有更多的控制属性。本节主要介绍渐进下载式视频。在 Flash 中，可以导入已经部署到 Web 服务器上的视频文件；也可以选择存储在本地计算机上的视频文件，导入到 FLA 文件后再将其上载到服务器上。导入渐进式下载的视频：

1. 要导入视频剪辑到当前 Flash 文档，执行"文件 > 导入 > 导入视频"命令，屏幕上即显示"导入视频"向导，如图 12-2-1 所示。

图 10-2-1

2. 选择要导入的视频剪辑，可以选择存储在本地计算机上的视频剪辑，也可以输入已上载 Web 服务器的视频的 URL。

3. 选择视频剪辑的外观，如图 12-2-2 所示，可以选择的选项如下。

图 12-2-2

选择"无"，为不设置 FLVPlayback 组件的外观；"选择预定义外观"之一，Flash 将此选中的外观复制到 FLA 文件所在的文件夹；自定义外观 URL，在 URL 后输入相应的，Web 的播放器外观的链接地址。

4. 前面设置好后，单击"下一步"按钮，接下来在弹出下一个界面中单击"完成"按钮，如图 12-2-3 所示。

图 12-2-3

5. 视频插入完成，可以看到 Flash 文档中已经有了视频外观的组件，这也可以根据需要对该外观做一些大小调整，如图 12-2-4 所示。

图 12-2-4

6. 这时可以预览一下导入后的效果了，选择"控制 > 测试影片"，或者按 Ctrl+Enter 快捷键，来测试导入的视频如图 12-2-5 所示。

图 12-2-5

12.2.2 把视频嵌入到 SWF 文件中

本节介绍嵌入式视频，一般这种格式主要用于在本地计算机上播放。将视频剪辑导入为嵌入视频时，可以在"视频导入"向导中选择对视频进行嵌入、编码和编辑的选项。可以用多种文件格式将视频剪辑导入为嵌入视频，具体取决于使用的操作系统。嵌入视频到 SWF 文件的步骤如下。

1. 要将视频剪辑导入到当前 Flash 文档，执行"文件 > 导入 > 导入视频"命令，此时会显示"导入视频"向导，如图 12-2-6 所示。

图 12-2-6

2. 选择本地计算机上要导入的视频剪辑，如图 12-2-7-A 所示。选中"在 SWF 中嵌入 FLV 并在时间轴播放"复选框，如图 12-2-7-B 所示。

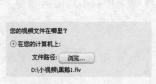

图 12-2-7-A

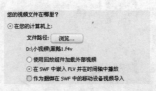

图 12-2-7-B

3. 如图 12-2-8-A 所示，在类型符合中可以选择相应选项来决定视频以何种方式导入到 Flash 文中的，在此选择"嵌入的视频"选项。

4. 单击"完成"按钮以关闭"视频导入"向导和完成视频导入过程，如图 12-2-8-B 所示。

图 12-2-8-A   图 12-2-8-B

5. 在属性面板中，为视频剪辑指定实例名，然后根据需要对该视频剪辑的属性进行修改，如图 12-2-9 所示。

图 12-2-9

6. 执行"控制 > 测试影片"命令来测试嵌入视频的 Flash 文件，如图 12-2-10 所示。

图 12-2-10

12.2.3 将 Flash 视频文件导入库中

当然，还可以直接把视频文件导入到 Flash 的库中，可以使用"导入"或"导入到库"命令。要将 FLV 文件导入库中，可以执行下列操作。

1. 执行"文件 > 导入 > 导入到库"命令，在打开的"导入到库"对话框选择相应的 FLV 文件，如图 12-2-11 所示。

图 12-2-11

2. 出现"导入视频"对话框，连续按"下一步"按钮即可完成对话框设置，如图 12-2-12-A 和图 12-2-12-B 所示。

图 12-2-12-A

图 12-2-12-B

使用行为 13

学习要点：

· 掌握 Flash 中行为的概念
· 掌握如何使用行为控制音频和视频
· 掌握如何使用行为控制影片剪辑

行为的编程方式都是以 ActionScript 2.0 方式进行的，如果确定要使用行为，在建立文件时必须选用 ActionScript 2.0，如果已经选择 ActionScript 3.0 建立了 Flash 文件，可以在"文件"菜单的"发布设置"命令下，把播放器设置成 Flash Player 8.0。

ActionScript 3.0 对语法的要求很严格，而且推荐将所有编程代码写在一个外部程序文件中，需要有一定的编程基础才能使用 ActionScript 3.0 编程。对于一般的 Flash 使用者，可以继续采用 ActionScript 2.0 通过行为的方法，进行简单的程序控制。

在 Flash 里，许多功能也需要使用编程来实现，Flash 的编程使用的是 ActionScript 脚本，利用 ActionScript 编程可以实现许多交互功能，例如控制一首歌播放或暂停。在 Flash 中，许多交互功能一样可以用行为来实现。行为是预先编写的 ActionScript 脚本，它使用户能够将 ActionScript 编码的强大功能、控制能力和灵活性添加到文档中，用户不必自己创建 ActionScript 代码。可以使用行为来控制文档中的影片剪辑和图形实例，而无需编写 ActionScript。这一点非常适用于对 ActionScript 不是很熟悉的用户。

如果在 Flash 源文件中含有元件，可以在舞台上选择一个实例，然后使用行为面板上的"增加"菜单将行为添加到该实例。你选择的行为会使用 on() 处理函数一类的代码，自动添加附加在该实例上的代码。

13.1　给按钮添加导航

我们先通过一个简单的例子，来了解如何使用行为。在这个实例中，我们通过单击一个按钮，打开一个网页。

1. 首先在舞台上通过文本工具输入文字"栏目一"，然后将该文字转换为按钮元件。选中该文本按钮的实例，如图 13-1-1 所示。

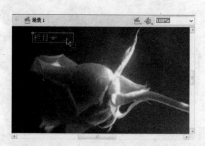

图 13-1-1

2. 选择"窗口 > 行为"，打开行为面板，在行为面板中单击"添加行为"按钮并选择"Web> 转到 Web 页"。

3. 在"转到 URL"对话框中，"打开方式"选择"_blank"选项，设置在新的浏览器窗口打开该 URL。在 URL 文本框中，输入 URL 网址如 http://www.baidu.com。单击"确定"按钮，如图 11-1-2 所示。

图 13-1-2

4. 这样，当按快捷键 Ctrl+Enter，测试作品时，当单击"栏目一"这个按钮时，就可以打开一个"http://www.baidu.com"网页浏览器窗口。

13.2 使用行为控制声音

1. 使用行为将声音载入文件

在很多 Flash 动画中，通过单击按钮来播放声音，这也可以通过行为来实现。方式是先把库中的声音文件载入，声音即会自动播放。当然，为了对这个声音进行控制，还应该加上控制按钮，例如停止按钮可以停止这个声音的播放，播放按钮可以让这个声音继续播放。同样，这些操作可以不通过编程而是通过行为来实现。下面来进入具体的例子学习。

建立一个 Flash 文件后，导入几首音乐。在库面板中，右键单击 MP3 文件，并在弹出的菜单中选择"属性"，弹出声音属性面板，如图 13-2-1 所示。单击右下角"高级"按钮，出现链接栏。

图 13-2-1

　　在链接栏中，勾选"为 ActionScript 导出"并确认"在帧 1 中导出"处于选中状态。在"标识符"文本框中输入 1，然后单击"确定"按钮，如图 13-2-2 所示。从库加载声音时，需要先将库中的声音设置链接，标识符可以作为该声音的链接 ID。

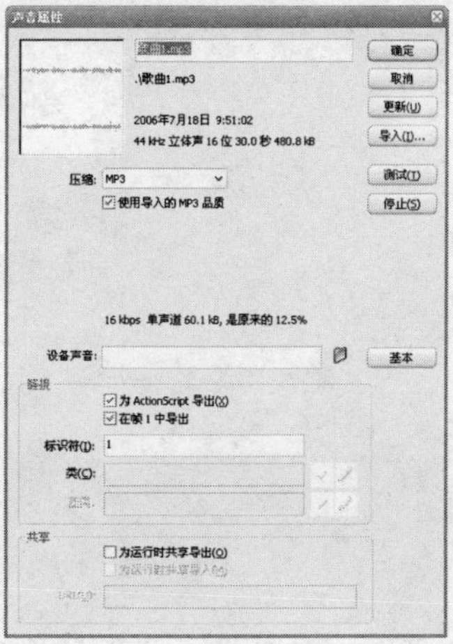

图 13-2-2

　　在舞台上，选择"歌曲 1"按钮实例，如图 13-2-3 所示，以便将该对象添加相应的行为。

图 13-2-3

在行为面板中，单击"添加行为"按钮并选择"声音 > 从库加载声音"。

在"链接 ID"文本框中，输入刚才设置的标识符 1，然后在下面的"名称"文本框中输入 a，实例名称稍后将用于控制声音。然后单击"确定"按钮，如图 13-2-4 所示。假如去掉"加载完成后播放此声音文件"复选项，这样，单击"歌曲 1"按钮后，只起到加载音乐的作用；假如选上该选项，单击"歌曲 1"按钮后，当加载声音文件完成后，歌曲会自动播放。

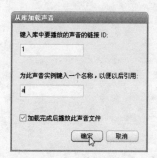

图 13-2-4

2. 使用行为播放声音

在舞台上选择用于触发"播放声音"行为的对象（"播放歌曲"按钮），如图 13-2-5 所示。

图 13-2-5

在行为面板中，单击"添加行为"(+) 按钮，如图 13-2-6 所示，可以用来添加一个行为事件。

图 13-2-6

在弹出的下拉菜单中，选择"声音 > 播放声音"选项。在"播放声音"对话框中，输入要播放的声音的实例名称 a，这里的 a 是前面例子中载入声音中的实例名称，然后单击"确定"按钮，如图 13-2-7 所示。

图 13-2-7

在行为面板中的"事件"下，单击"释放时"（默认事件），然后从此菜单中选择一个鼠标事件。如要使用 OnRelease 事件可以保持该选项不变，如图 13-2-8 所示。

图 13-2-8

3. 使用行为停止声音

在舞台上选择要用于触发"停止声音"行为的对象（"停止声音"按钮），如图 13-2-9 所示。

图 13-2-9

在行为面板（如果没有出现，选择"窗口 > 行为"）中，单击"添加行为"(+) 按钮，如图 13-2-10 所示。

图 13-2-10

在"添加行为"（+）按钮弹出的菜单中，选择"声音 > 停止声音"选项。在"停止声音"对话框中，输入链接标识符和要停止的声音的实例名称，这里的实例名称取于前面载入声音的实例名称，然后单击"确定"按钮，如图 13-2-11 所示。

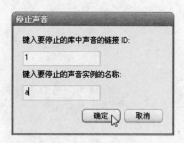

图 13-2-11

在行为面板中的"事件"下，单击"释放时"（默认事件），然后从此菜单中选择一个鼠标事件。如要使用 OnRelease 事件，保持该选项不变，如图 13-2-12 所示。

图 13-2-12

4. 用一个行为停止所有声音

选择要用于触发"停止所有声音"行为的对象（"停止所有声音"按钮），如图 13-2-13 所示。

图 13-2-13

在行为面板中，单击"添加行为"(+)按钮，如图 13-2-14 所示。

图 13-2-14

在"添加行为"(+)按钮的弹出菜单中，选择"声音 > 停止所有声音"。在"停止所有声音"对话框中，单击"确定"按钮确认要停止所有声音，如图 13-2-15 所示。

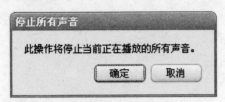

图 13-2-15

在行为面板中的"事件"下，单击"释放时"（默认事件），然后从弹出菜单中选择一个鼠标事件。如要使用OnRelease事件，保持该选项不变，如图13-2-16所示。可以选择"按下时"，当鼠标按下时相对应该行为事件。

图 13-2-16

5. 加载 MP3 流文件

Flash 的行为不仅仅能应用于已经导入到库中的声音，还可以加载外部的声音文件，如 MP3，这样使 Flash 的使用性大大增强，可以想象，如果 Flash 可以加载外部声音，以后想换一首歌曲的话，只需要另一首歌曲的文件名命名成相应的名称，然后覆盖掉原歌曲即可，这样便不需要对 Flash 做任何修改。一般情况下，建议将 MP3 文件与 Flash 文件放置于同一个目录下。

在舞台上选择要用于触发行为的对象（"歌曲 2"按钮），如图 13-2-17 所示。

图 13-2-17

在行为面板中，单击"添加行为"(+) 按钮，然后选择"声音 > 加载 MP3 流文件"。在"加载 MP3 流文件"对话框中，输入 MP3 流文件的声音位置。然后，输入这个声音实例的名称并单击"确定"按钮，如图 13-2-18 所示，加载的声音位于该 Flash 源文件的同一目录下的，声音的名称为"b.mp3"。

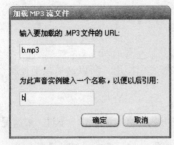

图 13-2-18

在行为面板中的"事件"下，单击"释放时"（默认事件），然后从此菜单中选择一个鼠标事件。如要使用 OnRelease 事件，不更改此选项，如图 13-2-19 所示。

图 13-2-19

13.3 使用行为控制视频回放

使用行为不仅可以控制声音，而且还可以使用行为控制视频的播放。前提是触发对象必须是影片剪辑。视频回放行为不能附加到按钮元件或按钮组件上。

1. 运行 Flash CS4，新建一个文档，导入一个嵌入式视频，选择该视频，在属性面板上把视频实例名称命名为 f2，如图 13-3-1 所示。

图 13-3-1

2. 前面我们已经了解到，行为需要附加到影片剪辑元件上才能发生作用。所以这里得把控制按钮做成影片剪辑元件，选择"插入 > 新建元件"。

3. 在"创建新元件"对话框中，键入元件名称，例如这里就采用默认的"元件 1"。不过一般情况下，还是起一个有意义名称更实用，选择类型"影片剪辑"，如图 13-3-2 所示。

图 13-3-2

4. 在编辑影片剪辑窗口中，输入了"播放视频"文字，使用这个文字作为控制按钮。如图 13-3-3 所示。当然，如果使用图形或者图像来做控制按钮，也是很不错的选择，可以自行尝试，。

图 13-3-3

5. 单击舞台上方编辑栏内的场景名称，返回到文档编辑模式。在库面板中把"播放视频"元件拖到文档中，如图 13-3-4 所示。

图 13-3-4

6. 在文档中选中影片剪辑实例，在行为面板中，单击"添加行为"(+) 按钮，然后从"嵌入的视频"子菜单中选择播放，如图 13-3-5 所示。

图 13-3-5

7. 在出现的对话框中选择视频实例 f2，如图 13-3-6 所示。

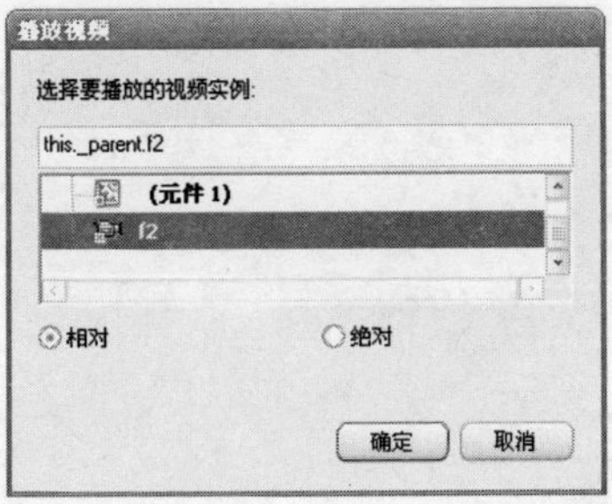

图 13-3-6

8. 以同样的方法建立一个"停止视频"文字的新影片剪辑，在文档中选择该影片剪辑实例。在行为面板中，单击"添加行为"(+) 按钮，然后从"嵌入的视频"子菜单中选择停止，如图 13-3-7 所示。

图 13-3-7

9. 在出现的"停止视频"对话框中，选择视频实例 f2，如图 13-3-8 所示。

图 13-3-8

10. 新建一个"暂停视频"文字的影片剪辑，在文档中选择该影片剪辑实例，在行为面板中，单击"添加行为"(+) 按钮，然后从"嵌入的视频"子菜单中选择暂停，如图 13-3-9 所示。

图 13-3-9

11. 在出现的"暂停视频"对话框中选择视频实例 f2，如图 13-3-10 所示。

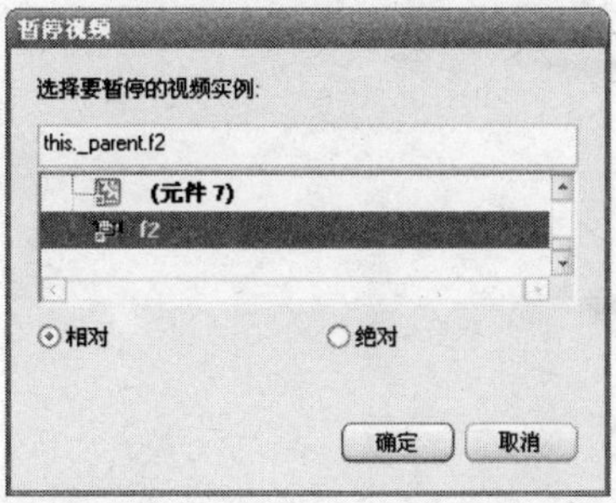

图 13-3-10

12. 新建一个"后退视频"文字影片剪辑,在文档中选择该影片剪辑实例,在行为面板中,单击"添加行为"(+)按钮,然后从"嵌入的视频"子菜单中选择后退,如图 13-3-11 所示。

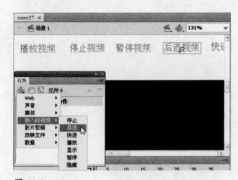

图 13-3-11

13. 在出现的"后退视频"对话框中,选择视频实例 f2,如图 13-3-12 所示。

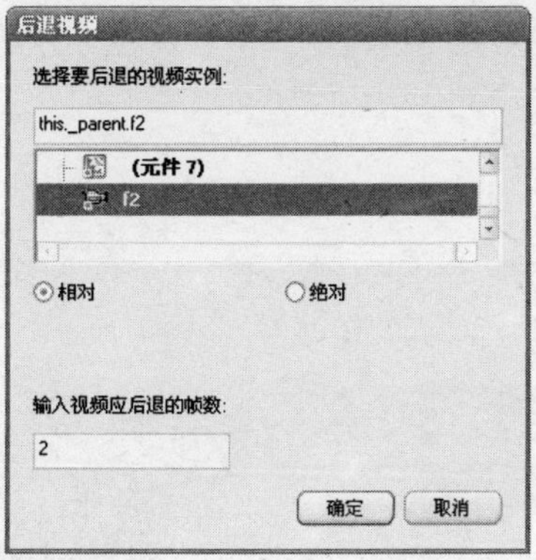

图 13-3-12

14. 新建一个"快进"文字的影片剪辑,在文档中选择该影片剪辑实例,在行为面板中单击"添加行为"(+) 按钮，然后从"嵌入的视频"子菜单中选择快进，如图 13-3-13 所示。

图 13-3-13

15. 在出现的"视频快进"对话框中选择视频实例 f2，如图 13-3-14 所示。可以根据需要设置视频应前进的帧数，在此设置为 2 帧。

图 13-3-14

16. 新建一个"隐藏"文字的影片剪辑，在文档中选择该影片剪辑实例，在行为面板中，单击"添加行为"(+) 按钮，然后从"嵌入的视频"子菜单中选择隐藏，如图 13-3-15 所示。

图 13-3-15

17. 在出现的"隐藏视频"对话框中，选择视频实例 f2，如图 13-3-16 所示。

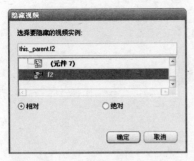

图 13-3-16

18. 新建一个"显示"文字的影片剪辑，在文档中选择该影片剪辑实例，在行为面板中单击"添加行为"(+) 按钮，然后从"嵌入的视频"子菜单中选择显示，如图 13-3-17 所示。

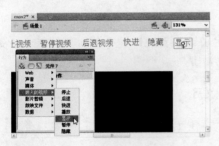

图 13-3-17

19. 在出现的"显示视频"对话框中，选择视频实例 f2，如图 13-3-18 所示。

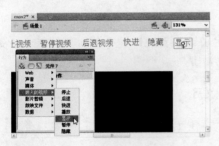

图 13-3-18

20. 然后可以按快捷键 Ctrl+Enter，测试完成的 Flash 文件，如图 13-3-19 所示。各个影片剪辑会像视频控制菜单一样，可以执行显示、快进、后退、隐藏等已经添加过的功能。

图 13-3-19

13.4 使用行为控制影片剪辑

其实行为除了可以控制音频和视频外，还可以对影片剪辑进行控制，这个在动画制作中会经常用到，下面通过一个简单的例子介绍如何使用行为控制影片剪辑。

1. 运行 Flash，选择"文件 > 新建"，新建一个 Flash 文档。

2. 选择"文件 > 导入到舞台"，在"导入"对话框中，选择一张自己喜欢的图片，如图 13-4-1 所示。

图 13-4-1

3. 选中导入到舞台上的图片并按 F8 键，把该图片转换成影片剪辑，名称为 t1，如图 13-4-2 所示。

图 13-4-2

4. 在舞台上选中该影片剪辑实例，在属性面板中输入实例名称"hua"，如图 13-4-3 所示。

图 13-4-3

5. 选择"插入 > 新建元件"，在"创建新元件"对话框中，输入新按钮元件的名称"按钮 1"，类型选择"按钮"，如图 13-4-4 所示。

图 13-4-4

6. 在编辑按钮元件的窗口中，绘制一个蓝色的圆角矩形背景，再添加上白色的"花海"文字效果的按钮，如图 13-4-5 所示。

图 13-4-5

7. 返回到主场景，从库面板中拖出刚才绘制好的按钮元件到舞台的左上侧位置，如图 13-4-6 所示。

图 13-4-6

8. 选中"花海"这个按钮实例，在行为面板中，单击"添加行为"(+) 按钮，然后从"影片剪辑"子菜单中选择加载图像，如图 13-4-7 所示。

图 13-4-7

9. 在出现的"加载图像"对话框中，输入要载入的图像文件名称，选择要使用行为控制的影片剪辑，如图 13-4-8 所示。在"输入要加载的 .JPG 在 URL"下输入图片的路径，如果和 Flash 源文件在同一目录下，直接输入该图片的名称即可。

图 13-4-8

10. 下面可以选择"控制 > 测试影片"选项对做好的作品进行查看，如图 13-4-9 所示。

图 13-4-9

11. 单击舞台上"花海"按钮可以加载外部图像，如图 13-4-10 所示。

图 13-4-10

这里只是做了一些常用的行为的应用，其余的应用在此不一一举例。

发布影片 **14**

学习要点:

- 掌握 Flash 作品的测试方法
- 掌握 Flash 作品优化的注意事项
- 掌握 Flash 作品输出的设置方法
- 掌握 Flash 发布的方法

14.1　Flash 作品的测试与优化

在 Flash 软件中制作完成了一个作品后，还需要最后一步，就是把作品发布出来。发布的主要用途有两个，一个是把作品从创作环境中（也就是 Flash 软件中）脱离出来，使它可以在未安装 Flash 软件的电脑上播放；另外一个是可以保护我们的创意，别人只能看到最终的动画效果，而无法通过查看源文件，来模仿我们的创造过程。

在前面的章节中，我们已经知道，通过快捷键 Ctrl+Enter 可以在源文件的根目录下生成一个 SWF 文件。这样的过程实际上也是完成了作品的发布。在更多的时候，需要根据动画的用途，来决定发布的方案。例如，如果想让 Flash 在一台没有安装 Flash 播放器的电脑上播放，就需要发布成可独立播放的可执行文件。或者将它以视频的形式播放，就需要发布成 AVI 文件或者是 QuickTime 文件。如果想做一个简单的 GIF 动画，就可以发布成 GIF 格式。

在进行 Flash 创作时，就应该考虑到作品的发布形式，如果是发布到网络上，制作过程中就尽量采用矢量动画的方式，使文件量尽量小；如果是打算发布到电视上，制作过程中，就不用考虑文件大小，而是要考虑如何使动画效果更绚丽更吸引眼球，同时还要把 Flash 的舞台大小定义成和电视标准一致（例如 PAL 制的尺寸是 352×288）。在本章中，我们将详细介绍 Flash 作品的发布细节。

对于要发布到网上的作品来说，对作品的测试和优化相当重要。在网络上，即使你的作品非常精美，也没人愿意为了看一个作品而等上几分钟。如果浏览者在作品还没下载完就离开了，这对于我们自己和浏览者来说都是一个遗憾。所以在发布作品前对作品进行测试和优化是非常重要的。

若需要将作品输出后应用于网页，可以在预览测试时，全真模拟网络下载速度，测试是否有延迟现象，找出影响传输速率的原因，以便尽早发现问题，解决问题。还可以通过合理的参数调整尽量减小文件量，使作品更加适合各种传输条件，让浏览者感到满意。

14.1.1　Flash 作品的测试

1. 执行"控制 > 测试影片"命令，或者按 Ctrl+Enter 快捷键测试预览作品。Flash 自动将动画输出生成 *.SWF 文件，并用自带 Flash Player 播放器进行播放。

2. 在 Flash Player 播放器面板中，勾选"视图 > 带宽设置"，预览窗口会打开带宽查看面板，如图 14-1-1 所示。

图 14-1-1

面板左侧窗口显示动画与带宽的相关信息：影片栏显示该被测试动画的信息；设置栏显示当前的带宽设置；状态栏显示播放状态和所处帧的信息。右侧则更直观的用图形的形式表示出文件带宽的详细信息，标尺显示下载的情况，每个矩形代表相应帧中的信息量大小，并与信息量刻度一一横向对应。

当使用默认设置，也就是 56KB 带宽的情况下，如图 14-1-1 所示，可以发现 400B 的信息刻度对应着一条红线，当矩形方块超过此线时，说明在 56KB 的带宽情况下，该帧可能会出现停滞现象。由于 Flash 作品采用流式播放，当播放到某一帧时，如果其后所需数据尚未下载，就会出现停顿。

3. 鼠标单击选中长条矩形，左侧状态一栏即会显示相应帧的详细信息。

4. 在视图菜单中，如果选择"数据流图表"查看模式，如图 14-1-2-A 所示，则可以在此带宽查看模式中显示出动画在一定网络带宽条件下，哪一帧会出现停顿。由于此种方式是采用数据流的查看，所以超出红线的部分更应该引起重视，如图 14-1-2-B 所示。

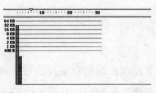

图 14-1-2-A   图 14-1-2-B

　　超出警戒线的矩形块提醒我们要注意此帧会引起播放时的延迟。如果可能，请尽量使每一帧的文件量控制在红线以下，这样可以保证作品流畅播放。

　　5. 由于网络速度不是固定的，不仅有着地域的差别，而且各个时段情况也会不同，所以必须考虑到在不同网速下的情况。

　　打开"视图 > 下载设置"可以选择所要模拟的网络传输速率，如图 14-1-3 所示。默认情况下，可以模拟从 14.1KB 的带宽到 T1 线路的带宽，目前一般家庭所装宽带是 DSL 和 T1 的情况居多。

图 14-1-3

　　6. 当选择好网络带宽后，就可以真实体验一下在这种带宽情况下，整个影片运行的速度如何。选择"视图 > 模拟下载"，此时 Flash 不再是立刻播放了，而是右侧的上方出现了一个绿色的走动条，当走动条速度超过 Flash 播放速度，画面是流畅的，如果绿色走动条速度慢于 Flash 播放速度，就会出现停顿的现象，如图 14-1-4 所示。

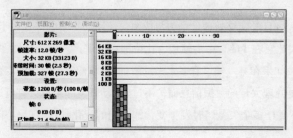

图 14-1-4

提示：当然如果条件允许，最好能在网络上用不同性能、不同的操作系统的计算机上测试几次，这样得到的信息才更具现实价值。

14.1.2　Flash 作品的优化

对作品的测试，最终目的是为了发现作品的不足，进行必要的优化，使作品更完美。通过对作品的测试，可以找出存在问题的一些帧，仔细对这些帧的内容进行分析，然后根据情况对它们进行优化。

当然，实际上在开始制作时，就应当开始考虑优化问题，否则在作品完成后，可能会发现一系列问题，甚至会引起全面返工。对 Flash 作品优化，可以从以下几个方面来进行。

· 对于会重复使用的对象，一定要把它转换为元件。

· 尽量使用影片剪辑（Movie Clip），因为影片剪辑比帧动画体积更小一些。

· 尽量减少位图的使用，在需要使用位图的时候，可以考虑把位图转换为矢量图，然后通过色彩简化的方式，用最少的色彩和线条来表现这个位图。当然，这个可能有一定的美术基础会做得比较出色。

· 即使使用矢量图，也尽量减少矢量图的复杂程度，用尽可能简洁的线条和填充来表现。

· 尽量使用补间动画，而避免使用逐帧动画，因为使用关键帧和补间动画，对文件量的增加不大。

· 减少使用特殊线条类型，如虚线、点划线等，事实上实线比这些线条占用资源要少得多。

· 用铅笔绘制的线条比用刷子绘制的线条要占用更少的资源。

· 限制字体和字体样式的使用，减少字体导入。

· 减少渐变色的使用，使用渐变色填色大约需要 50 个字节，比直接填充色块要大得多。

· 在声音的使用中，最好将音频压缩设置为 MP3 格式，一般在相同的质量下，MP3 占用的空间更少。并尽可能将立体声合并为单声道。

另外，还需要考虑影帧分布的合理性。Flash 能够处理矢量图与位图，使用矢量图的好处在于它不会随图形大小改变而改变自身体积，因此它在 Flash 中的使用，比位图更为普遍。但矢量图在屏幕上进行显示前，需要 CPU 对其进行计算，如果在某一帧里有多个矢量图，同时它们还有自己的变化，如色彩、透明度等的变化，CPU 会因为同时处理大量的数据信息而忙不过来，动画看起来就会有延迟，影响播放效果。因此在同一帧内，尽量不要让多个矢量同时发生变化，它们的变化动作可以分开来安排。

当然，这仅仅是一些优化原则，实际上在 Flash 的创作中，还有许多的优化技巧，这需要用户在长期的实践过程中不断摸索总结，根据自己的创作特点总结出来的优化技巧，才是最有效的。

14.2　Flash 作品的导出

Flash 作为一款出色的二维动画软件，提供了优秀的绘图和动画功能，不仅仅可以制作出在网络播放的 SWF 文件，还可以输出成其他格式的文件，供作品的再次加工。例如，如果制作一个影视片头，需要用到人物动画和视频特效，人物动画可以在 Flash 里制作完成，但是视频特效可以用更专业的软件例如 Premiere 或 After Effects。可以把 Flash 里完成的动画，放到这些专业视频软件中继续处理，这就要求 Flash 制作完成动画后，用标准的视频文件格式发布出来，例如 avi 或 mov 格式，这样就可以在其他视频软件中做深入加工。

在 Flash 软件的"文件"菜单下，有"导出"和"发布"两个命令，实际应用效果差不多，一般"导出"主要是把作品生成为特定格式，以供其他软件使用；而"发布"一般就是最终发布的文件格式，主要是静帧、动画和可执行文件。接下来学习 Flash 作品导出的各种设置。

14.2.1　SWF 动画的输出

SWF 文件格式是 Flash 动画的标准格式，在导出和发布时都有这个选项，而且设置完全一样，所以如果作品是作为 SWF 文件发布，用导出和发布命令均可以。

SWF 格式的特点是文件量压缩得极小，十分适用于网络下载。而且绝大多数浏览器安装有 Flash Player 插件，完全支持 Flash 动画及其完整的互动功能。

输出成 *.SWF 动画的方法是执行"文件 > 导出 > 导出影片"命令，打开"导出影片"对话框，如图 14-2-1 所示。

图 14-2-1

在对话框中输入文件名，选择"Flash 影片 (*.SWF)"格式，在"文件名"一栏中入文件名，然后按"保存"按钮。

14.2.2 AVI 视频的输出

AVI 视频文件是 Windows 操作系统的标准视频文件格式。用 Windows Media Player 即可观看，就目前的浏览器来说也普遍支持 AVI 格式。但由于 AVI 视频是由点阵图构成，所以 Flash 输出成 AVI 视频后文件量会成倍的增加，以至大得惊人，所以一般输出 AVI 的文件比较适合本地播放。

执行"文件 > 导出 > 导出影片"命令，在弹出的"导出影片"对话框中选择 Windows AVI（*.avi）格式，输入文件名，单击"保存"按钮。

在系统弹出的"导出 Windows AVI"属性设置对话框中设定适当的属性，如图 14-2-2 所示，单击"确定"按钮即可输出。

图 14-2-2

对话框各参数含义如下。

尺寸：设置视频输出的长宽尺寸，单位为像素。

保持高宽比：修改作品尺寸时，保持长宽比例不变。

视频格式：设置颜色位数。有 8、16、24 和 32 位带 Alpha 等选项。

压缩视频：选择是否对输出视频文件进行压缩。

平滑：选择是否对输出的视频进行抗锯齿处理。

声音格式：用来设置输出作品的音频质量。

14.2.3 QuickTime 格式输出

QuickTime 是 Apple 公司制定的标准视频文件格式，也普遍应用在各种媒体上，其后缀为 *.mov。但若要播放 QuickTime 文件，前提是系统必须有 QuickTime Player 的支持。

QuickTime 文件能够保留动画的声音以及大多数的互动功能，产生的文件量也不是太大。可以说除了 SWF 格式文件之外，最适合并能展现 Flash 动画功能的就是 QuickTime 了。

同样执行导出影片命令，在"导出影片"对话框中选择输出动画为 QuickTime(*.mov) 格式，输出前在弹出的对话框中设置文件属性，如图 14-2-3 所示。

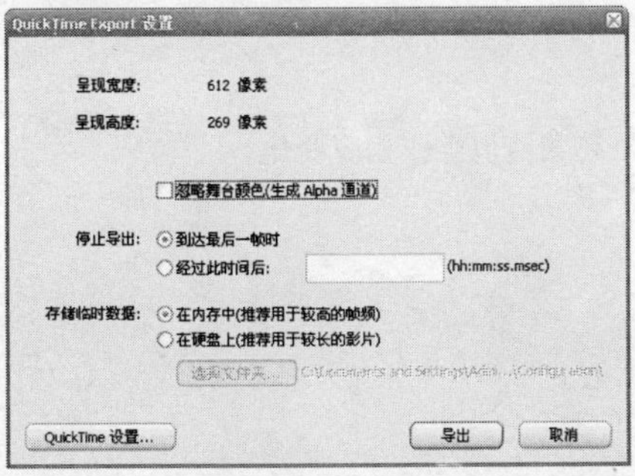

图 14-2-3

呈现宽度：设置输出后 QuickTime 影片的宽度。

呈现高度：设置输出后 QuickTime 影片的高度。

忽略舞台颜色（生成 Alpha 通道）：默认情况下不选此项，按照 Flash 舞台情况输出。如果选择此项，则作品作品输出后，背景变为 Alpha 通道，可以作为透明背景叠加到其他背景或动画上。

停止导出：设置在导出作品的结束时间。

存储临时数据：由于导出视频文件格式，可能会产生大量中间过渡文件，选择临时过渡文件保存的位置。

这些基本选项可以保证 Flash 文件保真地导出为 QuickTime 格式的文件，如果需要对 QuickTime 文件进行更详细地设置，可以单击左下方的"QuickTime 设置"按钮，进行更详细的设置。由于 QuickTime 是一种特殊的视频格式，这里对设置细节不进行详细讲解，如果需要用到这种格式时可以翻阅相关资料。

14.2.4 GIF 动画的输出

GIF 动画格式是多个连续 GIF 图片所构成的动画文件。它是普遍运用在网络上的动画文件格式，所有的浏览器都支持 GIF 动画文件。

执行"文件 > 导出 > 导出影片"命令，在弹出的导出影片对话框中选择 GIF 动画（*.gif）格式，输入文件名，单击"保存"按钮，在弹出的对话框中设置文件属性，如图 14-2-4 所示。

图 14-2-4

尺寸：设置作品输出的尺寸。输入尺寸数值后，分辨率数值也会作相应变化。

分辨率；作品输出分辨率。

颜色；选择需要输出作品的颜色数目。

交错：作品在下载过程中以交错方式显示。

透明：设置作品的背景是否透明。

平滑：设置作品是否进行抗锯齿处理。

抖动纯色：对作品的色块进行处理，防止出现不均匀的色带。

动画：设置输出的作品在播放时重复的次数。

14.2.5　其他输出格式

Flash 支持多种格式输出，但他们的输出属性设置选项基本相同。

.PNG 序列文件 (*.png)：无损的压缩方式，支持 24 位颜色以及透明度设定的点阵图形文件。但是不支持动画输出，只能输出为一系列的 PNG 图片，每一张都是动画中的一帧。

.WAV 音频 (*.wav)：将动画中的声音输出成 WAV 文件，但是只限输出在场景中出现的声音，而无法输出在 Symbol 中的声音。

.WMF 序列文件 (*.wmf)：Windows 操作系统下的影像交换格式，可以同时存储矢量图与点阵图信息，适合作为 Flash 和 Windows 操作系统的矢量绘图软件之间的交换图形文件格式。

.EMF 序列 (*.emf)：Windows 操作系统下的加强型影像交换格式，效果比 WMF 文件格式更好。

.EPS 3.0 序列文件 (*.eps)：是使用 PostScript 语言描述的矢量图文件格式，适合用于印刷输出。Flash 输出的 EPS3.0 文件，包括一张文件的预览图，在使用排版软件时可以用来预览图像。

.Adobe Illustrator 序列文件 (*.ai)：是 PostScript 语言描述的矢量图文件格式之一。几乎所有矢量绘图软件支持 Adobe Illustrator 图形文件，适合 Flash 和 Windows 操作系统的矢量绘图软件之间的交换图形文件格式。

　　.DXF 序列文件 (*.dxf): 此格式 Flash 只能输出图形的外框，而无法输出填充色。适合 3D 绘图软件的使用。

　　提示：Flash 也可以导出单张图像，执行"导出 > 导出图像"命令，在导出图像时，是导出当前所在帧的图像。

14.3　作品的发布

　　Flash 的发布和导出有某些重复的地方，实际上，也是可以通过导出影片的方式来发布作品的。在大部分情况下，导出生成的作品一般还可以放到其他软件中进行再加工，而发布则是以 Flash 作品为终点。

　　测试完成的动画作品，确定没有问题后，就可以通过系统发布作品了。一般是将 Flash 动画发布成网页能播放的方式，最基本的方法是将动画输出成 *.swf 电影文件，然后建立 HTML 文件。

　　一个优秀的网页必须考虑到各方面的问题。最重要的一点是要注意到 Flash 动画在浏览器上播放必须有 Flash Player 播放程序的支持，如果浏览者的系统上没有安装，还是无法看到精彩的动画的，所以发布的网页得加入测试浏览者是否有 Flash Player 的 Script 程序，以及提供对方下载安装的 Flash Player 源程序，或是准备好用来替代动画所需的图形文件。

　　本来完成这些工作需要对 HTML 和 JavaScript 非常熟悉才可以进行，不过 Flash 已经替我们想到了，它的发布从输出 SWF 动画、输出需要的图形文件、加入 HTML 标签、加入 Script 探测程序到建立 HTML 网页文件，Flash 都会全权负责，完成整个系列的设置。

　　打开文件菜单，选择"发布设置"命令，打开发布设置对话框，如图 14-3-1 所示。

图 14-3-1

　　在格式选项卡中，勾选所需发布的文件格式，一般预设的是和网页相关的几项。如果增加一个发布格式，则这个格式的属性设置选项卡会自出现，可以通过选项卡中相应的参数，对该格式进行更详细的设置。

14.3.1 发布 Flash 文件格式

在发布设置面板中，单击"Flash"选项卡，将转换至 Flash 属性设置选项卡，如图 14-3-2 所示。

图 14-3-2

ActionScript 版本：在这个弹出菜单中，选择您在影片中使用的 ActionScript 版本。

播放器：根据需要来设置相应的播放器版本。最新版本为 Flash Player 10。

JPEG 品质：让用户为影片中的所有位图图形设置导出设置中默认的图像品质。要对影片可靠性和文件大小保留更大控制，可忽略这个设置，相反，在库面板中为每个文件进行单独的设置。

音频流：让用户为影片中同步类型为"数据流"、压缩类型为"默认"的所有声音设置单独的音频压缩类型和设置。

音频事件：让您为影片中同步类型为"开始"或"事件"、压缩类型设为"默认"的所有声音分别设置音频压缩类型和设置。

覆盖声音设置：选择这个选项能可以让您强制影片中的所有声音都使用这里所设的设置，而不是使用它们自己的压缩设置。

导出设备声音：以适合于移动设备的格式导出声音。

压缩影片：压缩 Flash CS4 影片以减小文件大小和下载时间。默认情况下，这个选项处于选中状态，而且影片有很多文本或 ActionScript 时运行最佳。

包括隐藏的图层：导出时包括 Flash 项目文件中标记为隐藏的图层。撤销选择这个选项意味着在最终的影片中不能看到隐藏的图层。

包括 XMP 元数据：在发布的 SWF 文件中包括 XMP 元数据。也可以通过"文本信息"修改此文档的 XMP 元数据。

导出 SWC：导出 .swc 文件。.swc 文件包含有关组件的信息，包括：编纂的影片剪辑和 ActionScript，它允许您将其分发给其他 Flash 用户。

生成大小报告：创建一个文本文件，其包含有关影片中所有元素大小的详细信息。它将被发布到与其他文件相同的目录中。

防止导入：防止任何人把您的 SWF 影片文件导入到 Flash，然后将其转换回项目文件（FLA）。这个选项让用户保护自己的作品。

省略 trace 动作：阻止 Trace 动作（调试工具）与影片一起导出。如果您正在使用 Trace 动作并要产生影片的最终片断，请选择这个选项。

允许调试：激活调试器，允许远程调试 Flash CS4 影片。

密码：让用户设置一个密码，以防止未经授权用户调试您的影片。

本地回放安全性："只访问本地文件"指允许 SWF 文件只与存储在本地计算机上的文件和资源交互。"只访问网络"指允许 SWF 文件与网络上（但是不在本地系统上）的文件和资源交互。

硬件加速：可以选择"第 1 级 - 直接"或者选择"第 2 级 -GPU"选项。

脚本时间限制：可以根据需要设置相应秒数。

14.3.2　发布 HTML 文件格式

HTML 文件中包含了设定播放网页中动画所需的 HTML 语法，包括动画文件在网页中的位置、尺寸、是否循环播放、动画文件的质量等设置。单击 HTML 选项卡，如图 14-3-3 所示，下面对主要选项进行介绍。

图 14-3-3

　　模板：Flash 提供了多种网页模板，可以依据需要选择适当的模板来发布网页。按下"信息"按钮可以显示该模板的简单介绍，以及需配合其输出的文件格式等信息。在选择模板后最好打开此信息框，查看此模板需要的文件格式，以免发布时遗漏必须的文件，如图 14-3-4 所示。

图 14-3-4

　　一般情况下，按照默认的"仅限 Flash"选项即可。在一些为特殊目的而发布的 Flash，例如想把这个 Flash 发布到 PDA 上，可以选择"用于 Pocket PC 2003 的 Flash"选项，这样就可以针对 PDA 的特性来发布这个 Flash。还有其他特点的 Flash 发布，由于接触到的机会比较少，这里不作详细介绍。

　　1. 尺寸：设置动画文件的尺寸

　　匹配影片：与动画制作中的场景尺寸相同。选此项的好处是不会看到工作区外的内容，一般情况选择这项设置。

　　像素：以像素为单位设置动画大小。

　　百分比：按浏览器视窗大小的百分比设置。选此项后，动画外框会随着视窗的缩放而改变尺寸。如果宽和高都设置成 100%，这种情况下可以设置 Flash 填满浏览器窗口，制作整屏幕的 Flash。

　　2. 回放：选择播放属性

　　开始时暂停：在 Flash 开始播放时，不自动播放文件，需要手动选择播放才开始播放。在默认情况下，不选择此项。

　　显示菜单：选定此项时，在动画里单击鼠标右键，可以显示出完整菜单；否则菜单只有"关于 Flash"一项。

　　循环：选择此项，一直循环播放动画。

　　设备字体：当浏览者系统没有动画中使用的字体时，会用反锯齿的 Ture Type 字体来代替。

　　3. 品质：设置 Flash 动画文件的播放质量

　　低：不启用抗锯齿功能，动画显示的质量相对最差。

自动降低：自动设定是否打开抗锯齿功能。先关闭抗锯齿功能，若动画文件的下载速率超过播放速率时启用。

自动升高：先打开抗锯齿功能，若动画文件的下载速率无法达到播放速率时自动关闭。

中：不对作品设置任何质量选择，完全符合原动画的设定。

高：一直打开抗锯齿功能。对于含点阵图内容的动画，点阵图显示低质量，而对于单独点阵图，显示高质量。

最佳：在高的基础上，对于点阵图动画也显示出高质量。

4. 窗口模式

运用 IE 4.0 以上版本浏览器所支持的绝对定位、分层显示和透明电影功能，设置动画在浏览器中的透明度。共有三个选项。

Windows：动画按正常状态播放。

不透明无窗口：按完全不透明方式播放。

透明无窗口：按完全透明方式播放。

5. HTML 对齐：设置文件在浏览器中播放时对齐方式及区域

默认：以默认的方式在浏览器中显示，实际是左对齐，如果有竖向排列时，对齐到中间。

左对齐：对齐浏览器左边。

右对齐：对齐浏览器右边。

顶部：如果有竖向排列时，对齐顶部。

底部：如果有竖向排列时，对齐底部。

6. 缩放：设置当播放区域与作品播放尺寸不同时画面的调整方式

默认：按照最小比例完全显示。

无边框：按照最大比例完全显示，并清除小比例尺寸部分的多余界面。

精确匹配：按照作品的指定长宽尺寸，使发布的作品完全显示。

无缩放：这个选项将禁止文档在调整 Flash Player 窗口大小时进行缩放。

7. Flash 对齐：通过水平和垂直方向的设置，限定文件播放的对齐方式显示警告信息：选择这个选项，可以在标记设置发生冲突时显示错误信息。

14.4　Flash Lite 内容的发布

14.4.1　Flash Lite 入门

Flash Lite 就是 Flash 内容在移动设备上的播放器。其优势在于在相同的 Flash 开发环境中创作手机上使用的内容，以避免大部分的重复学习。并且它消耗的资源也要小得多，当然这是由于手机设备受内存、处理速度和显示区域的限制。Flash Lite 当前有三个主要版本：Flash Lite 1.x（Flash Lite 1.0 和 Flash Lite 1.1）、Flash Lite 2.x（Flash Lite 2.0 和 Flash Lite 2.1）和 Flash Lite 3.0。Flash Lite 编程语言只支持 ActionScript1.0 和 ActionScript2.0。

14.4.2　Flash Lite 内容的创作流程

1. 在 Flash CS 4 环境中开发手机内容

创建 Flash Lite 内容和创建一般的 Flash 内容在方法上基本类似。可以选择使用 Flash 提供的设备模板来创建，也可以直接新建 Flash 文档并自行设置画面尺寸等属性。设置文档属性的时候要注意，不同的设备拥有不同的屏幕大小、支持不同的声音格式以及不同的 Flash Lite 内容类型等。这里推荐使用 Flash 提供的相应手机模板，Flash Lite 内容的开发环境当然还是 Flash CS4 中的，如图 14-4-1 所示。

图 14-4-1

2. 在 Flash Lite 模拟器中测试

Device Central 之所以是比较专业的手机内容测试软件，还有一个原因就是它有一个强大的设备库。在这个可供用户任意选择的设备库中，为用户提供了当前市面上众多的支持 Flash Lite 的手机厂商和机型。而每个设备除了它逼真的外观还附有一个配置文件，在这个配置文件中包含了该设备的所支持的媒体和内容类型，如该屏幕保护程序、墙纸和独立的 Flash Player 等。用户在进行内容测试的时候可以查找所有的可用设备，并对这些可用设备进行比较来选择最合适的机型。

接下来就是在 Flash Lite 模拟器中测试内容的有效性。可以和一般 Flash 文档一样，使用快捷键 Ctrl+Enter 在电脑上测试手机内容。出现的测试界面就是 Flash Lite 模拟器，使用该模拟器可以使创建的内容就像在实际手机上一样运行，浏览到相同的效果。模拟器还具有调试功能，因此不必将内容传输到手机上，也可以测试和修复各种设计上出现的问题，并且还会提供设备间的不兼容信息，如图 14-4-2 所示。

图 14-4-2

3. 在手机中测试

因为手机本身的局限性，在处理速度、颜色深度和网络延迟方面的约束下，通过 Flash Lite 所成功模拟出来的效果，并不能在手机中完全再现。比如在模拟器中运行流畅的动画在手机上可能非常缓慢，在模拟器中显示良好的渐变效果，在手机上可能变成了阶梯状过渡的彩条。因此很有必要在一个或多个同类型手机上对 Flash Lite 内容进行反复的测试。

ActionScript 3.0 基础知识 15

学习要点

- 了解面向对象的基本概念
- 了解添加代码的位置
- 了解变量和常量
- 了解函数
- 了解类和包
- 了解语句的使用方法

15.1 ActionScript 3.0 介绍

在 Flash 中，是使用 ActionScript 脚本语言进行编程的，ActionScript 原本只有不多的几个函数，来实现 Flash 中的影片控制。随着 Flash 在网络上的迅速普及，它不仅仅作为网络动画被使用，而且被逐渐应用到制作复杂网络交互程序以及网络游戏上，这就需要 ActionScript 有更多的功能。所以每次 Flash 升级基本都会带来 ActionScript 脚本语言的升级，在 Flash CS4 中，同时也更加完善了 ActionScript 3.0 脚本语言，使得 Flash 的编程方式更加趋向传统程序，也可以让更多传统程序员很轻松地转移到 ActionScript 上来。ActionScript 3.0 编程方式更加规范，要求更严格，效率也有更大提高。

ActionScript 3.0 已经演变成一门强大的面向对象的编程语言，这种变化意味着 ActionScript 3.0 语言可以迅速地建立出适应网络的丰富应用程序，成为丰富网络应用 (RichInternetApplication) 项目的本质部分。如交互游戏、网站、社区等应用程序。

ActionScript 3.0 包含 ActionScript 编程人员所熟悉的许多类和功能，在架构和概念上是区别于早期的 ActionScript 版本的，ActionScript 3.0 中的改进部分包括新增的核心语言功能，以及能够更好地控制低级对象的改进 Flash Player API。

1. 核心语言功能

核心语言定义编程语言的基本构造块，例如语句、表达式、条件、循环和类型。

ActionScript 3.0 包含许多加速开发过程的新功能。

2. 运行时异常

ActionScript 3.0 报告的错误情形，比早期的 ActionScript 版本多。运行时异常用于常见的错误情形，可改善调试体验并使您能够开发可以可靠地处理错误的应用程序。运行时错误可提供带有源文件和行号信息注释的堆栈跟踪，以帮助用户快速定位错误。

3. 运行时类型

在 ActionScript 2.0 中，类型注释主要是为开发人员提供帮助；在运行时，所有值的类型都是动态指定的。在 ActionScript 3.0 中，类型信息在运行时保留，并可用于多种目的。Flash Player 10 执行运行时类型检查，增强了系统的类型安全性。类型信息还可用于以本机形式表示变量，从而提高了性能并减少了内存使用量。

4. 密封类

ActionScript 3.0 引入了密封类的概念。密封类只能拥有在编译时定义的固定的一组属性和方法；不能添加其他属性和方法。这使得编译时的检查更为严格和可靠。由于不要求每个对象实例都有一个内部哈希表，因此还提高了内存的使用率。默认情况下，ActionScript 3.0 中的所有类都是密封的，但可以使用 dynamic 关键字将其声明为动态类。

5. 闭包方法

ActionScript 3.0 使闭包方法可以自动记起它的原始对象实例。此功能对于事件处理非常有用。在 ActionScript 2.0 中，闭包方法不能记起它是从哪个对象实例提取的，所以在调用闭包方法时将导致意外行为。

ActionScript 是针对 Flash Player 运行时环境的编程语言，它在 Flash 内容和应用程序中实现了交互性、数据处理以及其他许多功能。

ActionScript 是由 Flash Player 中的 ActionScript 虚拟机来执行，简称 AVM。ActionScript 代码通常被编译器编译成"字节码格式"，该格式是一种由计算机编写且能够为计算机所理解的编程语言。字节码嵌入 SWF 文件中，SWF 文件由运行时环境 Flash Player 执行。在这一章中，就将对 ActionScript 及其编辑器的基本概念和使用有个初步的了解。

15.1.1　与早期版本的兼容性

和以往一样，Flash Player 提供针对以前发布的内容的完全向后兼容性。在 Flash Player 10 中，可以运行在早期 Flash Player 版本中运行的任何内容。然而，在 Flash Player 10 中引入 ActionScript 3.0，的确对在 Flash Player 10 中运行的新旧内容之间的互操作性提出了挑战。兼容性问题包括以下几个方面。

对于单个 SWF 文件无法将 ActionScript 1.0 或 2.0 代码和 ActionScript 3.0 代码组合在一起。简而言之，一个 SWF 文件只能选择三者之一作为脚本语言。

ActionScript 3.0 代码可以加载以 ActionScript 1.0 或 ActionScript 2.0 编写的 SWF 文件，但无法访问该 SWF 文件的变量和函数。

以 ActionScript 1.0 或 2.0 编写的 SWF 文件无法加载以 ActionScript 3.0 编写的 SWF 文件。这意味着在 Flash 8 或 Flex Builder 1.5 或更早版本中创作的 SWF 文件无法加载 ActionScript 3.0 SWF 文件。

通常，如果以 ActionScript 1.0 或 2.0 编写的 SWF 文件要与以 ActionScript 3.0 编写的 SWF 文件一起工作，则必须进行迁移。

15.1.2 ActionScript 编辑器的使用

脚本编辑器也就是"动作"面板，用来编写和管理 ActionScript 程序。可以直接按 F9 键调出，也可以使用"窗口 > 动作"打开。"动作"面板可大致分为三个区域，分别是"动作工具箱"、"脚本导航器"和"脚本编写区"，如图 15-1-1 所示。

图 15-1-1　A：动作工具　B：脚本导航器　C：脚本编写区

动作工具箱：在 Flash 中编写程序不一定需要背大量的代码，使用"动作工具箱"可浏览脚本语言各种元素，比如函数、类等的分类列表，然后将其添加到"脚本编写区"中。有两种方法可将脚本代码插入到"脚本编写区"，一种是将它拖入"脚本编写区"，另一种是双击该行代码。

脚本导航器：它用来显示包含脚本的 Flash 元素列表，如帧和影片剪辑等。单击脚本导航器中的某一项目，可在 Flash 文档中的各脚本之间快速移动和跳转，右侧的"脚本编写区"会显示选择项目所对应的脚本。

脚本编写区：它是一个全功能的脚本编辑器，可以通过"常规"和"助手"两种方式写入 ActionScript 程序。编辑器中还包含很多简化程序编写的辅助功能，比如代码提示、语法检查、套用格式等。

在"脚本编写区"的上面有一行工具栏，该工具栏主要用来辅助脚本的编写。善于使用此工具栏，将有助于简化在 Flash 中的编程工作。

工具栏的第一个按钮是一个"+"号，叫做"将新项目添加到脚本中"。它和左侧的"动作工具箱"的作用基本是一样的，只不过是用层级菜单的形式来显示和添加代码而已。选择需要的代码，就可直接添加至"脚本编写区"，如图 15-1-2 所示。

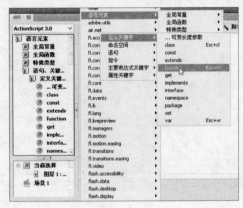

图 15-1-2

第二个按钮是"查找和替换"功能，主要用来在已编写的代码中查找和替换指定的文本或字符，它的功能和用法与一般文本编辑器中的"查找和替换"是雷同的，如图 15-1-3 所示。

图 15-1-3

第三个按钮是"插入目标路径"按钮，它提供文档中所有已命名的对象列表，列表中的对象能够根据"父子"关系的结构进行排列，指出对象在文档中的相对或绝对位置。它的作用主要是为了方便程序控制文档中的对象，减少手工输入路径带来的麻烦，如图 15-1-4 所示。

图 15-1-4

第四个按钮是"语法检查"按钮，用来检查当前用户已编写程序中的语法错误。不过它并非可以检查出所有的错误内容，只是检测基本的语法错误而已，比如大小括号是否齐全，如图 15-1-5 所示。由于在后面多打了一个"{"字符，造成了语法的错误。

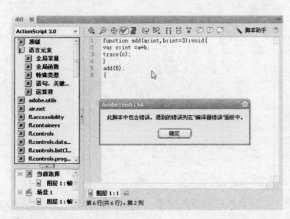

图 15-1-5

第五个按钮是"自动套用格式"按钮，通常在"常规"模式（以前叫专家模式）下是手工编写代码的，有时格式不够工整，不易识别。"自动套用格式"功能就是把手写的代码按照标准格式进行排版，使代码的可读性更强。需要注意的是，如果代码中有错误，在排错之前是不能被格式化的，因此该功能也可以达到检查错误的目的，如图 15-1-6-A 和图 15-1-6-B 所示。

图 15-1-6-A   图 15-1-6-B

第六个按钮是"显示代码提示"按钮，它用来辅助程序的编写。即使不单击此按钮，在代码的编写过程中，编辑器也会出现该语句的完整拼写，以及可能的方法或属性等。通常在两种情况下该提示会出现，一是在程序代码后输入"("，会出现该代码的使用方法；二是在对象后面输入"点"，会出现相关事件处理函数的列表，如图 15-1-7 所示。

图 15-1-7

第七个按钮是"调试选项"按钮，这是一个设置程序断点的菜单，用来在脚本中添加和删除断点。添加断点可以在调试程序的过程中暂停运行，然后逐行跟踪每一段代码，如图 15-1-8 所示。

图 15-1-8

接下来的这几个按钮，首先是"折叠成对大括号"按钮，可以用来对出现在当前包含插入点的成对大括号或小括号间的代码进行折叠，如图 15-1-9 所示。

图 15-1-9

下面一个是"折叠所选"按钮，该按钮可以折叠当前所选的代码块，以便用户可以更快速浏览多行代码的基本构架，如图 15-1-10-A 和图 15-1-10-B 所示分别为选取代码和折叠后的效果。

图 15-1-10-A   图 15-1-10-B

　　调试选项图再下一个是"展开全部"按钮，可以将之前所折叠的代码展开，如图 15-1-11-A 和图 15-1-11-B 所示分别为展开全部前后。

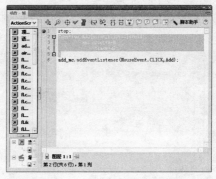

图 15-1-11-A   图 15-1-11-B

　　下面一个按钮是"应用块注释"，该按钮可以将注释标记添加到所选代码块的开头和结尾，如图 15-1-12-A 和图 15-1-12-B 所示为应用块注释前后。这样被注释后的文本在运行时就不起作用了。

图 15-1-12-A   图 15-1-12-B

下面一个按钮是"应用行注释",该按钮可以在插入点处或所选多行代码中每一行的开头处添加单行注释标记,如图 15-1-13-A 和图 15-1-13-B 所示为应用行注释前后。

图 15-1-13-A   图 15-1-13-B

下面一个按钮是"删除注释",该按钮可以将选中被注释后的代码去掉注释,还原到可执行状态,如图 15-1-14-A 和图 15-1-14-B 所示为删除注释前后。

图 15-1-14-A   图 15-1-14-B

最后一个按钮是"显示／隐藏工具箱",该按钮可以将动作面板中的工具箱隐藏或显示出来,如图 15-1-15-A 和图 15-1-15-B 所示。

图 15-1-15-A

图 15-1-15-B

　　"脚本助手"也是一种辅助编程的手段，用来提示增加脚本的元素，大部分情况下，不必大量输入代码，仅靠选择来决定代码的各种参数。并且，新版本的"脚本助手"已经经过了改进，相比之前更加完善了，如图 15-1-16 所示。

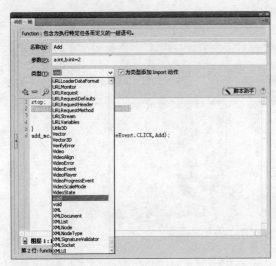

图 15-1-16

脚本编写的其他功能

　　脚本编辑菜单位于编辑器的右上角，提供了编辑器中所有按钮的文字命令形式，因此这些命令和按钮的使用效果完全相同，如图 15-1-17 所示。

图 15-1-17

在这里有选择地对相应会用到的按钮进行讲解。

固定脚本：也有相应的按钮在编辑器的底部，不易看到。它的作用是锁定当前编辑的脚本，在编写其他脚本后，仍能快速切换回来。

导入脚本：可以从外部引入已经编写好的脚本代码，导入的格式应该为扩展名应".as"的文字文本。

导出脚本：将现有的脚本以普通文本文件的形式输出，可提供其他编辑器继续编写，扩展名应为".as"。

首选参数：提供脚本编辑器的一些设置，包括代码提示、颜色和字符大小等。

ActionScript 编辑器参数设置

单击"首选参数"，进入 ActionScript 编辑器参数设置对话框，如图 15-1-18 所示。下面了解一下常用的选项。

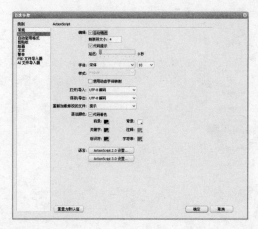

图 15-1-18

自动缩进：主要用来设置代码的格式，在"左括号"或"左大括号"之后键入的代码将按照该选项中的"制表符大小"自动缩进。制表符大小用来确定缩进的偏移量。

代码提示：如果此功能被关闭，在脚本编写过程中将无法出现代码提示。延迟功能用来确定代码提示显示出现的速度。

其他的选项包括设置脚本的字号、导入/导出编码、代码的颜色等，一般通常都使用默认值即可。

语法颜色和代码着色：默认情况下，蓝色代表关键字和预设标识符（如 Play、stop、function 等）。绿色代表字符串、灰色代表注释等。

这里演示了更改"首选参数"后的脚本的自定义颜色设置。在很多情况下，修改成较大的编码字号、对比度强烈的字体颜色，这对避免用户在编辑脚本时产生错误很有帮助，而颜色的差异能够方便用户更快地辨别文本的类型，如图 15-1-19 所示。

图 15-1-19

编辑器错误面板辅助排错

当使用"语法检查"功能时,检测到的错误信息会显示在"编辑器错误"窗口中,在大多数情况下,无需刻意去调出该窗口,因为出错的时候它自然会出现。该窗口中的错误提示很详细,包括出错的场景、图层和代码行。但用户也不要过分依赖"编辑器错误"窗口的查错,它更多的是起到辅助排错的作用,个别时候也会出现误报的现象。如图 15-1-20 所示。

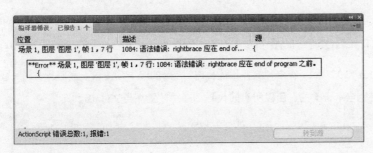

图 15-1-20

ActionScript 虽然是种比较简单的脚本语言,但真正深入学习需要更多精力。这里了解必要的一些 ActionScript 基本概念,比如数据类型、基本语法、变量和函数等,为进一步学习打下基础。

15.2 面向对象编程

1. 对象和类

对象具体指是人们进行研究的任何事物,从最简单的整数到复杂的飞机等,均可看作对象。它不仅能表示具体的事物,还能表示抽象的规则和计划。

2. 对象的状态和行为

对象具有状态,一个对象用数据值来描述它的状态。对象还有操作,用于改变对象的状态,对象及其操作就是对象的行为。对象实现了数据和操作的结合,使数据和操作封装于对象的体中。

3. 类

类是具有相同或相似性质的对象的抽象表现形式。因此,对象的抽象是类,类的具体化就是对象,也可以说类的实例是对象。类具有属性,它是对象的状态的抽象,用数据结构来描述类的属性。类具有操作,它是对象的行为的抽象,用操作名和实现该操作的方法来描述。

4. 类的结构

在客观世界中有若干类,这些类之间会存在着一定的结构关系。通常有两种主要的结构关系,即一般—具体结构关系,整体—部分结构关系。

5. 消息和方法

对象之间进行通信的结构叫做消息。在对象的操作中，当一个消息发送给某个对象时，消息包含接收对象去执行某种操作的信息。发送一条消息至少要包括说明接受消息的对象名、发送给该对象的消息名(即对象名、方法名)。一般还要对参数加以说明，参数可以是认识该消息的对象所知道的变量名，或者是所有对象皆知的全局变量名。

15.3 添加 ActionScript 代码的位置

在以前的 ActionScript 1.0 和 2.0 中，有多种途径添加代码: 在时间线上，按钮上或影片剪辑（MC）上。但是 ActionScript 3.0 是完全基于类的，所以所有的代码都必须放置在类文件中。

当创建一个新的 ActionScript 工程后，一个包文件含有类文件的基本结构构架视图，如下:

```
package{
import flash.display.Sprite;
        public class Example extends Sprite{
                  public function Example( ){
                  }
        }
}
```

可能你很熟悉 ActionScript 2.0 中的类，但是 3.0 发生了很多变化，这里了解一下基础概念。首先注意到代码顶层有个关键字 package，Packages（包）是用来组织一群相关联的类文件的。在 ActionScript 2.0，包是用来判断类文件的路径。在 ActionScript 3.0 中必须指定包，例如，我们有个 utility 类包，要这样申明:

package.com.as3cb.utils{}

如果你不指明包名，那么该类就输入最顶层的默认包。

接下来，加入 import 语句，引入一个类就相当于在当前的代码文件中创建了使用该类的快捷方式，这样我们就不需要输入全路径来使用它了。例如，你可以使用下面的 import 语句:

import.com.as3cb.utils.StringUtils;

这样我们就可以直接引用 StringUtils 这个类了。从 flash.display 引入 Sprite 类是因为默认的类文件继承了 Sprite 类。接下来就看到主类 Example，注意到在 class 关键字前有个关键字 public，表明该类是共有的。最后有个公共方法，方法名和主类一样，这种方法称为构造函数，当一个类实例被创建时，构造函数会被自动执行，在这里，当 SWF 文件被 Flash 播放器载入时构造器就会被执行。

```
package {
        import flash.display.Sprite;
        public class Example extends Sprite {
                public function Example( ) {
                        graphics.lineStyle(2, 0, 1);
                        for (var i:int=0; i<50; i++) {
                                graphics.lineTo(Math.random( ) * 400, Math.random( ) * 400);
                        }
                }
        }
}
```

保存然后运行程序，浏览器会打开一个 html 文件，显示一个 SWF 里画了 50 条随即直线。正如你所看到的，当 SWF 被播放器载入后构造函数就会被执行了。

15.4 变量与常量

ActionScript 3.0 的变量声明使用 var 关键字，例如我们声明一个 int 类型的变量并赋初值 5：

var length:int = 5;

对于类类型的变量，使用 new 关键字初始化，类类型的变量又称为对象，或者引用类型变量。我们声明一个 Sprite 类型的变量：

var box:Sprite = new Sprite();

ActionScript 3.0 中变量在代码中是有严格的作用范围限制的，在作用范围内变量才有效，出了作用范围变量就不存在了。变量只有先声明才能使用。决定变量作用范围的因素有两个，一个是变量声明的位置，一个是修饰变量可见性的关键字。

根据变量声明的位置判别变量作用范围很简单，变量只在它被声明时所处的代码块中有效，我们举个例子：

```
for (var i:int=0; i<10; i++) {
        if (i == 8) {
                var j = i + 100;
        }
```

```
        trace(j);

    }

    trace(i);
```

上面这个判断方法只对局部变量（在函数或者判断、循环等语句中声明的变量）有效，对类变量就要以修饰变量的关键字来判定变量的有效范围了。

常量声明使用 const 关键字，常量和变量的不同在于常量在声明的时候被初始化后就不能再赋值了。

提示：ActionScript 3.0 和 ActionScript 2.0 有一个很大的不同，以前在用 AS2 编程的时候可以把代码放在 Flash 第一帧，里面可以放顺序执行的代码，也可以放函数，什么都可以放。而 ActionScript 3.0 的程序，必须由一个默认类为起始，有点像 C 语言的 Main 函数，默认类是可以设置的（右击菜单中），但默认启动类都必须是在项目根目录下，在项目中默认类的文件图标会多一个小箭头。ActionScript 3.0 的代码都被组织到不同的类中。

15.5　函数

AS3 中声明函数使用 funcion 关键字，现在我们声明一个简单（只含正整数）的加法函数，它接收两个 int 类型的参数，并返回一个 int 类型的值：

```
function Add(a:int, b:int):int {

        return a + b;

}
```

我们再声明另外一个无返回值的函数：

```
function Add(a:int, b:int):void {

        trace(a + b);

}
```

函数的返回类型声明，在 ActionScript 3.0 中不是必须的，但是建议大家还是使用严谨的语法比较好。ActionScript 3.0 中函数的参数可以设置默认值，当函数的参数有默认值的时候，调用者就可以不传递有默认值的参数。比如我们对上面的函数做如下修改：

```
function Add(a:Number =2, b:Number = 3):void {

        trace(a + b);

}
```

现在我们可以直接调用 Add()；这时候将输出 5，也可以调用 Add(4)，这时候 a 将被赋值为 4，输出结果将是 7。

函数和变量一样也是有作用范围的，并且作用返回的判定方式和变量一样，这里不再赘述。记得前面说的 ActionScript 3.0 和 ActionScript 2.0 代码组织形式的不同，代码不能随意乱放，函数到处声明。ActionScript 3.0 的函数必须在类中声明，函数作为类的一个功能或者行为被描述。

15.6　类和包

包是 ActionScript 3.0 中用来组织代码的形式，我们可以把不同用途的类组织在不同的包中，包使用 package 关键字声明，包必须与所在目录名相同，根目录下的包没有名字。在 ActionScript 3.0 中声明类使用 class 关键字，并且类名要和文件名一致。现在声明一个影片剪辑类：

```
package Test{

        public class Document {

        }

}
```

我们前面提到过，在使用类类型的变量的时候需要使用 new 关键字进行对象初始化，在程序执行的时候 new 关键字会引发运行环境调用类的构造函数，构造函数是一种特殊的函数，它一样使用 function 关键字声明，它的名字和类名一样，构造函数不需要声明返回类型。现在为我们的影片剪辑类加上构造函数：

```
package Test{

        public class Document({

                public function  Document(name:String, alpha:int = 50) {

                }

        }

}
```

实例化影片剪辑类的时候像这样：

var myMC1: Document= new Document(" Document 1");

var myMC2: Document= new Document(" Document 2", 50);

上面声明类和构造函数的时候都用到了 public 关键字，这就是前面我们说到的可见性修饰关键字。可见性修饰关键字包括以下几种。

public：公有的，当类声明为公有的时候，它在其他所有的类中都可以被使用。当变量和函数被声明为公有的时候，它们将可以被外部访问和调用，并且子类可以继承父类声明为公有的变量和函数。

private：私有的，private 只用在变量和函数上，当声明为私有的时候，它们将只能在这个类中被使用，外部的类不知道这些私有成员的存在，也不能调用和使用它们，并且子类不能继承和访问到，父类声明为 private 的类变量和函数。当类变量和函数没有显式的声明，为别的可见类型时，它将默认为 private 类型。

protected：受保护的，protected 也只用在变量和函数上，当声明为 protected 时，它们将不能被外部类使用，但是和 private 不同，子类可以继承父类声明为 protected 类型的变量和函数。

internal：内部的，当类声明为 internal 时，它将只能在所在的包的范围被使用，其他的包当中的类不知道另一个包当中的 internal 类型的类的存在。当函数或者变量被声明为 internal 时，它们一样只能在所在包范围内被使用。

function：关键字在类当中还有别的用途，它用来声明类属性。有时候你可能需要让外部访问你的一个类变量，但是不希望外部可以修改这个变量的值，或者当外部对你的一个类变量赋新的值的时候需要同步更新另外一个变量，又或者你的类变量的值是通过外的部值和内部的一个私有值间接计算得来的。像这些应用场景，都可以使用属性。

属性分为两种，一种是"读"属性，"读"属性使用 function 加 get 关键字，"写"属性使用 function 加 set 关键字，并需要声明放回值。现在给我们的影片剪辑类加上两个属性，并顺便试一试可见性修饰关键字。

```
package Test{
        public class Document {
                private var _name:String;
                private var _alpha:int;
                        public function Document(name:String, alpha:int = 50) {
                                        this._name = name;
                                        this._alpha = alpha;
                        }
                        public function get Name():String {
                                return this._name;
                        }
                        public function set Name(name:String) {
                                this._name = name;
```

```
                                    }
                    public function get Alpha():int {
                            return this._alpha;

                    }

            }

}
```

访问属性的时候和访问公有的变量没有区别：

var myDC: Document = new Document ("Document1");

trace(myDC.Name); // 输出 Document1

myDC.Name = "YY";

trace(myDC.Name); // 输出 YY

上面我们还使用了一个 this 关键字，this 关键字是对类的当前实例的引用。与变量和函数作用范围相关的关键字还有 static。

static：静态的，当变量或函数被声明被 static 时，它们将只能通过类访问，而不是类的实例，并且静态的函数只能使用静态的变量。static 关键字可以与 public，private 等关键字一起使用。

只能通过类访问是什么意思呢？假设我们把 Name 属性声明为公有静态的像这样：

public static function get Name():String

这时候就不能使用原有的 _name 内部变量了，需要把 _name 也声明为静态的，才能让 Name 属性访问得到：

private static var _name:String;

public static function get Name():String {

        return _name;

}

public static function set Name(name:String) {

        this._name = name;

}

而外部要使用 Name 属性的时候变成这样使用：

DC.Name = "Alpha1";

trace(DC.Name);

静态函数不能访问实例变量，但是实例函数却可以访问静态变量，静态变量在整个类只有一份，可以让这个类的所有实例共享，这很像全局变量。被 static 修饰方法和属性，可以在不被实例化的情况下使用，因此这些方法和属性是不能被继承的。可以直通过类名加属性名或者类名加属性的方法，来调用静态的方法和属性。

15.7 语句

语句是执行或指定动作的语言元素。例如，return 语句返回一个结果，作为执行它的函数的值。if 语句对一个条件求值，以确定应采取的下一个动作。switch 语句创建 ActionScript 语句的分支结构。

15.7.1 条件语句

if 语句是用来判断所给定的条件是否为真，根据判断结果来决定要执行的程序。简单 if 语句的一般形式为：

```
if ( 条件 ) {
        // 程序
}
```

其中，if 是表示条件语句的关键词，注意字母是小写。这个 if 语句的功能是：if 后面括号里面的条件只有两种结果，真或假。只有当条件为真时，才会执行大括号中的程序，如果条件为假，将跳过大括号中的程序，执行下面的语句。

if 语句中的条件简单易用，一个变量可以作为一个条件，如果变量有一个确定的值，它返回的结果是真，如：

```
var myName:String = "Mary";
if (myName) {
        trace(myName);
}
```

if 语句的条件可以是一个赋值表达式，如：

```
var myName:String = "Mary";
if (myName="Mary") {
        trace(myName);
}
```

赋值表达式返回的结果是真，所以这段程序也能输出信息。但这段程序的本意进行比较变量 myName 和字符串 "Mary" 是否相等，所以应该用比较运算符 = =，这是在编程中很容易犯的错误，以上程序正确的写法是：

```
var myName:String = "Mary";
if (myName = = "Mary") {
            trace(myName);
}
```

如果 if 语句中的条件可以是多个的，要用逻辑运算符进行连接，这时 Flash 将进行判断，计算最后的结果是真还是假，如：

```
var username:String = "Mary";
var passWord :String= "123";
if (userName == "Mary" && passWord == "123") {
            trace(" 用户名和密码正确 ");
}
```

在这段代码中，if 语句中的条件有两个，用 & & 运算符连接，代表两个条件都为真时，才会执行语句中的代码。

在游戏中常用方向键来控制物体的运动，这里面也必须用到 if 语句，如当按下左方向键时，条件为真，物体向左运动。代码示例如下：

```
// 如果按下左方向键，实例 ball 向左移动 2 像素
if (Key.isDown(Key.LEFT)) {
            ball._x -= 2;
}
// 如果按下右方向键，实例 ball 向右移动 2 像素
if (Key.isDown(Key.RIGHT)) {
            ball._x += 2;
}
// 如果按下上方向键，实例 ball 向上移动 2 像素
if (Key.isDown(Key.UP)) {
            ball._y -= 2;
}
// 如果按下下方向键，实例 ball 向下移动 2 像素
```

```
if (Key.isDown(Key.DOWN)) {
        ball._y += 2;
}
```

if-else 语句的一般形式为：

```
if ( 条件 ) {
        // 程序 1
} else {
        // 程序 2
}
```

当条件成立时，执行程序 1，当条件不成立时，执行程序 2，这两个程序只选择一个执行后，就执行下面的程序。

下面的代码是使用 if 语句：

```
var a :Number= 4;
if (a/3 == 1) {
        trace("a 能被 3 整除 ");
}
if (a/3 != 1) {
        trace("a 不能被 3 整除 ");
}
```

用 if-else 语句可以改为：

```
var a:Number = 4;
if (a/3 == 1) {
        trace("a 能被 3 整除 ");
} else {
        trace("a 不能被 3 整除 ");
}
```

这样程序变得更为简洁，程序的效率也提高了，在前面的代码中，有两个 if 语句，Flash 要进行两次判断，而在后面的代码中，只需一次判断。

switch 语句是多分支选择语句，当程序中的分支很多时，如人分数统计，可按照优秀生、良好生、中等生、差等生，如用嵌套的 if 语句处理，会使程序显得冗长，并且可读性降低，这时就可用 switch

语句进行处理。

例如下面的程序可根据成绩的等级输出相应的成绩段：

```
var 成绩等级 :String = "B";
switch ( 成绩等级 ) {
case "A" :
        trace("90-100");
        break;
case "B" :
        trace("80-90");
        break;
case "C" :
trace("70-80");
        break;
case "D" :
        trace("60-70");
        break;
case "E" :
        trace("60 以下 ");
        break;
default :
        trace(" 不存在这样的等级 ");
}
```

测试结果是输出 80-90。

用 break 可以达到执行一个 case 分支后，使程序的流程跳出 switch 结构，终止程序的执行的目的。程序的最后一个分支 default 是在程序的最后执行，所以可以不加 break 语句。在本程序中，当程序执行到 trace("80-90") 就已经跳出 switch 语句。

15.7.2 循环语句

ActionScript 语言中可通过四种语句实现程序的循环，分别是 while、do…while、for 循环和 for in 循环语句。它们与 if 语句的最大区别在于只要条件成立，循环里面的程序语句就会不断地执行。

执行循环里面的语句之前，while 先判断条件是否成立，如果条件成立，则先从"{"开始的程序模块执行，执行到模块的结尾"}"时，会再次检查条件是否依旧成立，如此反复执行直到条件不成立为止。

比如求 1+2+3+4+…+100 的和，如果不使用循环结构，只能这样写代码：

sum += 1;

sum += 2;

…

sum += 100;

这样要写 100 行的代码，如果使用 while 语句，只需短短的几行就能实现相同的效果，这将会使程序的执行速度更快，同时也可以减轻代码的编辑量。

var i :Number= 1;// 变量 i 用来控制循环

var sum:Number = 0;//sum 表示求和的结果

// 当变量 i 的值小于等于 100 时，

while (i<=100) {

    sum += i; //sum 不断加上 i

        i++;//i 递加

}

trace(sum);// 输出结果

do…while 循环语句的一般形式为：

do{

程序 1；

程序 2；

…

}while(条件);

和 while 循环命令相反，do…while 循环语句是一种先执行后判断的循环语句。不管怎样，do{ 和 } 之间的程序语句至少会执行一次，然后再判断条件是否要继续执行循环。如果 while() 里面的条件成立，它会继续执行 do 里面的程序语句，直到条件不成立为止。

同样的累加和问题：1+2+3+4+…+100，用 do…while 语句实现的循环程序为：

var i:Number = 1;

var sum:Number = 0;

```
do {
        sum = sum+i;
        i++;
} while (i<=100);
trace(sum);
```

程序中的 i 不一定只能加 1，可以加上任意的数值，比如求 100 以内的偶数之和，可用程序这样表示：

```
var i:Number = 2;
var sum:Number = 0;
do {
        sum += i;
        i += 2;
} while (i<100);
trace(sum);
```

for 循环语句是功能最强大、使用最灵活的一种循环语句，它不仅可以用于循环次数已经确定的情况，还可以用于循环次数不确定而只给出循环结束条件的情况。

for 语句中有三个表达式，中间用分号隔开。第一个初始表达式通常用来设定，循环语句变量初始值，这个表达式只会执行一次；第二个条件表达式通常是，一个关系表达式或者逻辑表达式，用来判定循环是否继续；第三个递增表达式是每次执行完"循环体语句"以后，就会执行的语句，通常都是用来增加或者减少变量初值。

使用 for 语句计算 1+2+3+4+…+100 的循环程序如下：

```
var sum:Number = 0;
for (i=1; i<=100; i++) {
        sum = sum+i;
}
trace(sum);
```

这段程序首先进行第一次循环，执行 i=1，然后进行条件判断 1<=100，为真，执行 sum = sum+1，然后 i 加上 1 等于 2，进行第二次循环，一直到 i 等于 101，条件为假，跳出循环。

使用 for 语句计算 100 以内的偶数之和的循环程序如下：

```
var sum:Number = 0;
for (var i = 2; i<100; i += 2) {
```

```
        sum = sum+i;
}
trace(sum);
```

在初始表达式中可同时定义多个初始变量，两个表达式之间用，隔开，如：

```
for (var i = 2, sum = 0; i<100; i += 2) {
        sum = sum+i;
}
trace(sum);
```

初始表达式也要省略，但必须在 for 语句循环之前初始化变量，如：

```
var i:Number = 2, sum:Number = 0;
for (; i<100; i += 2) {
        sum = sum+i;
}trace(sum);
```

递增表达式也可以省略，但必须保证循环能正常结束，如：

```
for (var i = 2, sum = 0; i<100; ) {
        sum = sum+i;
        i += 2;
}
trace(sum);
```

程序中的 i += 2 用来结束循环。

在 for 语句中，可以同时省略初始表达式和递增表达式，如：

```
var i:Number = 2, sum:Number = 0;
for (; i<100; ) {
        sum = sum+i;
        i += 2;
}
trace(sum);
```

这时的程序和 while 完全一样，所以可以用 for 语句代替 while 语句，也就是说，for 语句的功能比 while 强大得多。

15.7.3 break 和 continue 语句

break 出现在一个循环（for、for...in、do while 或 while 循环）中，或者出现在与 switch 动作内特定 case 语句相关联的语句块中。break 动作可命令代码执行时，跳过循环体的其余部分，停止循环动作，并执行循环之后的语句。当使用 break 动作时，Flash 解释程序会跳过该 case 块中的其余语句，转到包含它的 switch 动作后的第一个语句。使用 break 动作可跳出一系列嵌套的循环。

简单讲，break 语句的作用是提前结束循环，接着执行循环下面的语句。求 1 到 100 的和的代码可以这样写：

```
var i:Number= 1;
var sum:Number = 0;
while (true) {
        sum += i;
        if (i>=100) {
                        break;
        }
        i++;
}
trace(sum);
```

在这段程序中，while 语句的条件永远为真，循环将无限次进行，用 break 可以结束循环，当 i 递加到 100 时，先进行求和 sum += i，这时 if 语句的条件为真，结束 while 循环，不再进行 i 的递加，接下去执行输出 sum 的值。

break 语句的作用是结束循环，所以它只能用于循环语句，另外还可用于 switch 语句。下面的代码输出 101-200 之间所有的素数：

```
s = "0";
for (i=101; i<300; i++) {
        for (j=2; j<=Math.sqrt(i); j++) {
                        if (i%j == 0) {
                                        s = "1";
```

```
                                    break;
                        }
            }
            if (s == "0") {
                        trace(i);
            }
            s = "0";
}
```

判断素数的方法：用一个数分别去除 2 到 sqrt(这个数)，如果能被整除，则表明此数不是素数，反之是素数。

代码中的 Math.sqrt（）表示开根号，当 i 能被 j 整除时，就可以判定 i 不是素数，所以没必要进行其余的循环，用 break 语句跳出内循环。

continue 语句的作用是结束本次循环，接下去执行是否进行循环的条件判断。

continue 语句和 break 语句的区别是 continue 语句只结束本次循环，而不是终止整个循环的执行。而 break 语句则是结束整个循环，不再进行条件判断。

求 100 以内的所有偶数之和的程序可以这样写：

```
var sum:Number = 0;
for (var i = 2; i<100; i++) {
        if (i%2 != 0) {
                    continue;
        }
        sum += i;
}
trace(sum);
```

在这段程序中，如果 i 不能被 2 整除，即 2 为非偶数时，用 continue 语句结束本次循环，不执行 sum += i 的运算。如果 i 能被 2 整除，即 2 为偶数时，执行 sum += i 的运算，这样可以求出 100 以内的所有偶数之和。

因此在 for 循环中，continue 可使程序跳过循环体的其余部分，并转而计算 for 循环的中的条件表达式。

如果这段程序用 while 语句来写，如：

```
var sum :Number= 0;
var i :Number= 1;
while (i<99) {
        i++;
        if (i%2 != 0) {
                continue;
        }
        sum += i;
}
trace(sum);
```

在使用 while 语句时，结束循环的表达式 i++ 不能放在 continue 语句的后面，否则会出现意外的错误。比如写成这样：

```
var sum:Number = 0;
var I:Number = 1;
while (i<100) {
        if (i%2 != 0) {
                continue;
        }
        sum += i;
        i++;
}
trace(sum);
```

程序将出现错误，因为 i = 1 时，if 语句中的条件为真，执行 continue 语句，跳过后面的表达式，不会执行表达式 i++，所以 i 永远为 1，进入无限次循环。

因此，在 while 循环，continue 语句的作用是跳过本次循环体的其余部分，并转到循环的顶端，在该处进行条件判断。

同样的，在 do while 循环中，continue 语句的作用是跳过本次循环体的其余部分，并转到循环的底端，在该处进行条件判断。

在 for...in 循环中，continue 可使 Flash 解释程序跳过循环体的其余部分，并跳回循环的顶端。

ActionScript 3.0 编程实例 16

学习要点:

- 掌握如何添加 ActionScript 3.0 动作脚本
- 掌握 ActionScript 中常用函数
- 掌握 Flash 中的路径
- 掌握外部调入 SWF 文件
- 掌握 Flash 中几种常见实例的编程方法

16.1 网站 Loading 制作

用户在本地计算机上播放 Flash 都是流畅的,但是放到网站上后,经常会发现影片停顿的现象,主要是因为网络的传输速度受到限制。一个很好的解决方法是,可以在播放 Flash 的开头前,增加一个 Loading 画面,当 Flash 文件中所有的元素都下载到本地后再开始播放。这里就介绍使用 ActionScript 3.0 制作 Loading 的方法。

16.1.1 创建 Flash 文件

运行 Flash CS4 程序,选择"新建 >Flash 文件 (ActionScript 3.0)"命令,新建一个 Flash 文档,如图 16-1-1 所示。

图 16-1-1

16.1.2 设置影片尺寸

在属性面板中，对 Flash 影片尺寸进行设置。如果没有出现属性面板，可以选择"窗口 > 属性 > 属性"命令，或者按 Ctrl+F3 键直接打开属性面板，属性面板如图 16-1-2 所示。

单击属性面板中"大小"右边的"编辑"按钮，将 Flash 影片的大小设置为 650 像素 × 450 像素，使用默认帧频为 24fps，单击"确定"按钮，如图 16-1-3 所示。

图 16-1-2

图 16-1-3

16.1.3 添加动作脚本

在时间轴区域里，图层 1 的第二帧单击，选中该帧按下 F7 键，添加一个空白关键帧，这样 Flash 就有了两个关键帧。然后选择第一帧，选择"窗口 > 动作"命令或按 F9 键打开动作面板，如图 16-1-4 所示。

图 16-1-4

加入以下代码，可以认真阅读代码，在代码中对语句已经进行了相关的注释。

```
stop();
stage.scaleMode=StageScaleMode.NO_SCALE;
// 指定舞台属性为不跟随播放器大小而改变
stage.showDefaultContextMenu=false;  // 屏蔽右键菜单
stage.frameRate=30;  // 设置帧频为 30
var stageW=stage.stageWidth;
var stageH=stage.stageHeight;
// 两个赋值用来获取舞台宽和高
var loadclip:MovieClip=new MovieClip();
// 创建影片剪辑类，命名为 loadclip
this.addChild(loadclip);// 添加 loadclip 影片剪辑到舞台
var txt=new TextField();// 创建一个新文本文件 txt
txt.autoSize=TextFieldAutoSize.CENTER;
// 文本文件自适应大小并且居中显示
txt.text="AS3.0 Loading...";
txt.textColor=0xFFFFFF;
// 设置文本内容 "AS3.0 Loading..." 颜色为白色
txt.selectable=false;// 文本设置为不可选
txt.x=stageW/2-txt.width/2;
txt.y=stageH/2-txt.height/2;
// 把文本文件放置于舞台的中央
loadclip.addChild(txt).name="txt";
// 将文本实例 txt 添加到 loadclip

var stgb=new Sprite();
// 创建一个 Sprite 类命名为 stgb
stgb.graphics.beginFill(0xFFFFFF,.3);
// 采用单色填充，白色透明度为 30%（.3）
stgb.graphics.drawRect(0,0,200,10);
stgb.graphics.endFill();
stgb.x=stageW/2-stgb.width/2;
```

```
stgb.y=txt.y+txt.height+5;

loadclip.addChild(stgb)

// 绘制进度条并且添加到舞台


var stg=new Sprite();

stg.graphics.lineStyle(1,0x000000,.5);

stg.graphics.beginGradientFill(GradientType.LINEAR,[0xff0000,0xffff00],[100,100],[0,255]);

// 采用渐变填充深蓝 -- 浅蓝

stg.graphics.drawRect(0,0,200,10);

stg.graphics.endFill();

stg.x=stageW/2-stg.width/2;

stg.y=txt.y+txt.height+5;

loadclip.addChild(stg)

// 绘制进度条并且添加到舞台


this.loaderInfo.addEventListener(ProgressEvent.PROGRESS,loading);

// 添加进度监听器，事件的处理函数为 loading。

this.loaderInfo.addEventListener(Event.COMPLETE,loaded);

// 添加进度完成监听器，事件处理的函数为 loaded

function loading(eve) {

        var loadpre:int=eve.bytesLoaded/eve.bytesTotal*100;

        txt.text=" 影片载入 "+loadpre+" %";

        stg.scaleX=loadpre/100;

}

// 显示进度载入百分比

function loaded(eve) {

        txt.text=" 影片载入完毕！ ";

        if (framesLoaded == totalFrames) {

                        removeChild(this.getChildAt(0));

                        nextFrame();

        }

}

// 载入完毕清除 LOADING MC 跳到下一帧播放。
```

16.1.4 创建开始场景

单击时间轴面板中的"插入图层"命令，插入新的图层（背景），如图 16-1-5 所示。

图 16-1-5

在背景的第二帧按 F7 插入空白关键帧，然后打开"文件 > 导入 > 导入到舞台"命令，如图 16-1-6-A 和图 16-1-6-B 所示。选择自己喜欢的背景图像导入。

图 16-1-6-A

图 16-1-6-B

为了使 Loading 效果更明显，可以导入相应的背景音乐，同样选择"导入"命令，单击"导入到库"把需要的音乐导入，并放置到第二帧上。

为了突出重点，该例子中只做了两帧，实际上只要在第一帧上不放置其他元素，可以在影片里做更多帧，Loading 效果一样有效。

16.1.5 测试场景

按 Ctrl+Enter 键进行测试。单击导出的 SWF 文件面板中的"视图"菜单，选中"模拟下载"，然后进行和网络同步的下载测试。当载入百分比达到 100% 时，时间轴跳转到第二帧播放音乐和场景，如图 16-1-7-A 和图 16-1-7-B 所示。

图 16-1-7-A   图 16-1-7-B

16.2   图片缓动切换效果

这个例子通过制作一个图片切换的应用效果，来了解 ActionScript 3.0 中自定义函数的简单应用。例子的效果是在影片上方有一个导航条，里面有 3 个按钮，单击每个按钮分别有一张对应的图片从边上滑出。

16.2.1   绘制菜单栏

由于本例主要介绍 Flash 编程，所以关于绘画部分的制作步骤只进行大致的介绍，而不是每个步骤都有详细介绍。

首先新建 Flash 文件，在属性面板中设置影片大小为 650 × 400，背景颜色设置为（#C9D787）。选择矩形工具，在舞台中绘制颜色为（#7C8A2E）的矩形。然后选择该矩形，打开属性面板，把矩形宽和高分别设置为（650，74），如图 16-2-1 所示。

图 16-2-1

按 Ctrl+K 键打开对齐面板，单击该矩形，选择对齐面板中的"相对于舞台"，单击"左对齐"

与"上对齐"。使矩形与舞台左上角完全对齐。如上所述再绘制白色矩形。宽、高分别为（650，63）。放置在绿色矩形之上，如图 16-2-2 所示。

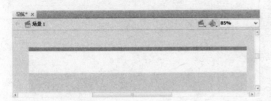

图 16-2-2

选择直线工具，绘制颜色为黑色的竖直线条。按 Ctrl+C 键复制 3 条线条。打开对齐面板，选择所有线条，单击"水平平均间隔"，再单击"底对齐"对齐线条。

选择文字输入工具输入文字，这里输入一个"印"字，设置颜色为绿色，字体为方正小篆体，大小为 39。移动到白色区域的左侧。插入一个标志图片为该网站标志，效果如图 16-2-3 所示。

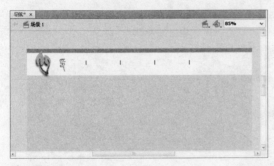

图 16-2-3

16.2.2 制作按钮

在白色导航的第一个部分，选择文本输入工具，输入 Home，颜色为黑色。按 Ctrl+B 键将文字打散为图形，然后选择该图形，按 F8 键将文字图形转换为按钮元件。双击它进行按钮的编辑，在按钮的"指针经过"帧插入关键帧。选择文字图形将其颜色转换为淡黄色，在按钮元件中插入图层 2，绘制一个透明矩形覆盖到文字图形图层上方，在"指针经过"帧插入帧。单击场景箭头按钮退出 Home 按钮元件。用同样的方法制作 News、About 按钮，如图 16-2-4 所示。

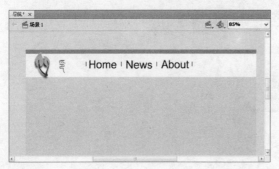

图 16-2-4

16.2.3 导入图片

打开"文件"菜单,单击"导入"命令,将 Home、News、About 所对应的三张滑动图片分别导入到舞台。选中所有图片,按 F8 键转换为影片剪辑元件,命名为 main_mc。双击该影片剪辑,进入编辑模式,分别调整 Home 图片坐标为(296,−60)。News 图片坐标为(13,820)。About 图片坐标为(1350,500)。这样就形成了 3 个图片呈三角排列的一个影片剪辑,如图 16-2-5 所示。

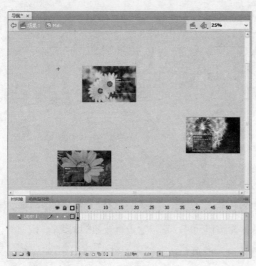

图 16-2-5

按 Ctrl+F8 键新建影片剪辑,命名为 jieshao_mc,这个影片剪辑是当滑动图片出现时而对图片进行的介绍。选择矩形工具,绘制矩形,宽高分别设置为(210,160),选择将其坐标原点设置为左上角,双击舞台空白处,退出该影片剪辑。复制并移动该影片剪辑到 News、About 图片适当位置。然后单击 Home 元件,打开属性面给该影片剪辑取实例名为 home_mc,如图 16-2-6 所示。同理给 News、About

元件取实例名。最后，选择文本工具在各图片输入图片介绍，双击舞台空白处，退出该影片剪辑。

图 16-2-6

16.2.4　添加代码

选择时间轴面，插入图层 3，单击第一帧，打开动作面添加如下代码。

```
import fl.transitions.Tween;
import fl.transitions.easing.*;
import fl.transitions.TweenEvent;
// 导入类
var homeX:Number = -301;
var homeY:Number = 110;

var newsX:Number = -17;
var newsY:Number = -777;

var aboutX:Number = -1354;
var aboutY:Number = -445;
// 设置图片的初始值
var xTween:Tween;
var yTween:Tween;
var inTween:Tween;
var outTween:Tween;
// 初始化 tween 类 , 并对 tween 类进行监听
```

```
xTween = new Tween(main_mc,"x",Strong.easeInOut,main_mc.x,homeX,2,true);

yTween = new Tween(main_mc,"y",Strong.easeInOut,main_mc.y,homeY,2,true);
// 设置缓动效果
inTween = new Tween(main_mc.home_mc,"alpha",None.easeNone,0,1,.5,true);

outTween = new Tween(main_mc.home_mc,"alpha",None.easeNone,1,0,.5,true);
// 设置渐隐渐现效果
xTween.addEventListener(TweenEvent.MOTION_FINISH,fadeIn);

xTween.addEventListener(TweenEvent.MOTION_START,fadeOut);
// 对 xTween 进行监听
home_btn.addEventListener(MouseEvent.CLICK, navigate);

news_btn.addEventListener(MouseEvent.CLICK, navigate);

about_btn.addEventListener(MouseEvent.CLICK, navigate);
//// 对 3 个按钮进行监听
function navigate(event:MouseEvent):void
{
        if(event.target == home_btn)
        {
                setTween(homeX,homeY,main_mc.home_mc);
        }
        else if(event.target == news_btn)
        {
                setTween(newsX,newsY,main_mc.news_mc);
        }
        else
        {
                setTween(aboutX,aboutY,main_mc.about_mc);
        {
}
// 定义 navigate 函数，通过判断不同的按钮设置不同的 setTween
function setTween(tweenX:Number,tweenY:Number,tweenMC:MovieClip):void
{
```

```
        xTween.begin = main_mc.x;

        yTween.begin = main_mc.y;

        // 改变 xTween 和 yTween 的初始坐标

        xTween.finish = tweenX;

        yTween.finish = tweenY;

        // 改变 xTween 和 yTween 的目标坐标

        tweenMC.alpha = 0;

        inTween.obj = tweenMC;

        //inTween 作用于对象,

        xTween.start();

        yTween.start();

        // 调用 start 函数开始运动。

}
// 定义 setTween 函数


function fadeIn(event:TweenEvent):void
{

        inTween.start();

        outTween.obj = inTween.obj;

}
// 定义 fadeIn 函数,作用是使 inTween 开始,同理作用于 outTween
function fadeOut(event:TweenEvent):void
{

        outTween.start();

}


xTween.stop();

yTween.stop();

inTween.stop();

outTween.stop();
```

调换图层 2 和图层 1 的上下位置。

16.2.5 测试场景

按 Ctrl+Enter 键进行场景测试。首先影片出现导航条，导航条上有三个按钮：Home、News、About，鼠标移到每个按钮时，按钮颜色改变。如果单击某个按钮，则在它所对应的图片滑动到影片中间，并且附带有内容解释。在实际制作中我们已经知道，三个对应图片是合并在一张图上的，单击每个按钮实际上都是操纵这张图进行不同方向的滑动，在 Flash 编程中，有不少这样的例子，通过某种简单的方式来实现看起来比较复杂的效果，测试的效果如图 16-2-7 所示。

图 16-2-7

16.3 鼠标拖动效果

这个例子的效果是制作两个并排的人脸，可以把一个人脸上的嘴巴部分拖动到另外一个人脸上。通过这个例子来了解 Flash CS4 中是如何运用 ActionScript 3.0 控制影片剪辑的拖动的。

16.3.1 绘制图形

新建 Flash 文档，打开属性面板，设置背景大小为 500×380。选择椭圆绘图工具在舞台绘制椭圆，颜色为黑色，大小为 230×230。再绘制一个 180×180 的椭圆，颜色为红色，使两个椭圆进行相叠加后，删除红色椭圆。绘制人眼睛部分，绘制过程不再赘述，绘制效果如图 16-3-1 所示。

复制该椭圆，转换为影片剪辑，命名为 boy_mc。以相同办法制作 gril_mc 影片剪辑。使用椭圆工具绘制嘴，颜色为橙色，大小自定义。选择嘴图形，按 F8 键转换为影片剪辑，使其坐标原点与顶边对齐，如图 16-3-2 所示。

图 16-3-1

图 16-3-2

插入图层 2，用矩形工具绘制矩形，大小刚好覆盖嘴图形，透明度为 0%。双击舞台，退出该影片剪辑，并且取实例名为 mouth_mc。选择文本输入工具输入 "5D 多媒体" 颜色为浅灰色，复制并铺满舞台，层级为最下层。分别选择 boy_mc 和 gril_mc，打开属性面板，给 boy_mc 和 gril_mc 分别取实例名 boy_mc 和 gril_mc。

16.3.2　添加动作脚本

插入图层 3，选择第一帧添加动作脚本如下：

```
mouth_mc.addEventListener(MouseEvent.MOUSE_DOWN, drag);

mouth_mc.addEventListener(MouseEvent.MOUSE_UP, drop);

// 给 mouth_mc 添加鼠标监听事件

gril_mc.addEventListener(MouseEvent.MOUSE_DOWN, drag);

gril_mc.addEventListener(MouseEvent.MOUSE_UP, drop);

// 给 gril_mc 添加鼠标监听事件

boy_mc.addEventListener(MouseEvent.MOUSE_DOWN, drag);

boy_mc.addEventListener(MouseEvent.MOUSE_UP, drop);

// 给 boy_mc 添加鼠标监听事件

function drag(event:MouseEvent):void

{

        if(event.target.name == "mouth_mc")

        {

                addChild(mouth_mc);

                event.target.startDrag(true);
```

```
                mouth_mc.x = mouseX;

                mouth_mc.y = mouseY;

        }

        else

        {

        event.target.startDrag();

        }


}
// 定义 drag 函数，使鼠标移动与 mouth_mc 同步
function drop(event:MouseEvent):void

{

        event.target.stopDrag();

        if(mouth_mc.hitTestObject(gril_mc))

        {

                gril_mc.addChild(mouth_mc);

                mouth_mc.x = 0;

                mouth_mc.y = 0;

        }

        else if(mouth_mc.hitTestObject(boy_mc))

        {

                boy_mc.addChild(mouth_mc);

                mouth_mc.x = 0;

                mouth_mc.y = 0;

        }

}
// 定义 drog 函数，当 mouth_mc 碰撞 boy_mc,gril_mc 时 mouth_mc 位置为 0
```

16.3.3 测试影片

按 Ctrl+Enter 键测试影片，可以看到影片中的嘴巴部分是可以移动的，可以通过鼠标把嘴巴从男孩的脸上拖动到女孩的脸上，效果如图 16-3-3 所示。鼠标拖动影片剪辑在 Flash 编程中非常实用，

例如在教学课件中经常会出现把图片移动到正确位置，还有在游戏开发中也会经常用到，所以对 ActionScript 3.0 中相关语句和使用方法要掌握。

图 16-3-3

16.4　外部调入 SWF 文件

我们再继续考虑前面制作导航条的例子，发现它和我们在网上见到的全 Flash 站点有点类似，就是单击按钮调出响应部分的内容。但是在实际制作中，我们按某个按钮时，不仅仅是出现一张图片这么简单，还可能是调入一段动画甚至是再调入一个 SWF 文件。在这个例子中，我们就学习如何在一个 Flash 影片中，通过 ActionScript 3.0 来调入另外一个 SWF 文件。

16.4.1　制作 Home.SWF 文件

由于本例的重点是介绍 SWF 文件的调用，所以在这个例子中，我们采用简化的 SWF 文件，即只出现一张图片的 SWF 文件，在实际使用过程中，这个 SWF 文件一般很复杂，通常是一段带有 Loading 的动画。

新建 Flash 文档，导入 home 图片，使图片底边与舞台底边对齐。选择该图片，按 F8 键转换为影片剪辑元件，按 Ctrl+S 键保存，并且命名为 home。按 Ctrl+Enter 键，导出 SWF 文件，如图 16-4-1 所示。

图 16-4-1

16.4.2　制作 News.SWF 文件

　　用同样的方法，建立第二个 SWF 文件。新建 Flash 文档，导入 news 图片，使图片底边与舞台底边对齐。选择该图片，按 F8 键转换为影片剪辑元件。按 Ctrl+S 键保存，并且命名为 news。按 Ctrl+Enter 键，导出 SWF 文件，如图 16-4-2 所示。

图 16-4-2

16.4.3　制作 About—SWF 文件

　　新建 Flash 文档，导入 about 图片，使图片底边与舞台底边对齐。选择该图片，按 F8 键转换为影片剪辑元件。按 Ctrl+S 键保存，并且命名为 about。按 Ctrl+Enter 键，导出 SWF 文件，如图 16-4-3 所示。

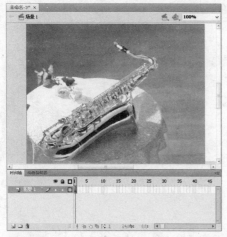

图 16-4-3

16.4.4 添加动作脚本

打开前面制作的导航条所做的图片缓动移动效果，删除不需要的元件，另存为 main 文件。然后在其图层第二层第一帧添加脚本，脚本如下：

var loader:Loader = new Loader();

// 创建一个 loader 类，命名为 loader

loader.load(new URLRequest("home.swf"));

//loader 装载外部的 home.swf

home_btn.addEventListener(MouseEvent.CLICK, showPicture);

// 给 home 按钮添加监听，当鼠标单击时加载 showPicture 函数

function showPicture(event:MouseEvent):void

{

       addChild(loader);

}

// 定义 showPicture 函数，作用为加载 loader 实例

// 以下内容同上，不再赘述

var loader2:Loader = new Loader();

loader2.load(new URLRequest("news.swf"));

```
news_btn.addEventListener(MouseEvent.CLICK, showPicture2);

function showPicture2(event:MouseEvent):void
{
            addChild(loader2);
}
var loader3:Loader = new Loader();
loader3.load(new URLRequest("about.swf"));

about_btn.addEventListener(MouseEvent.CLICK, showPicture3);

function showPicture3(event:MouseEvent):void
{
            addChild(loader3);
}
```

代码输入完毕后，按 Ctrl+Enter 键导出 SWF 文件。

16.4.5 测试影片

选择生成的 main.SWF 文件同其他 SWF 文件一起放入到同一个文件夹，单击测试 main.SWF 文件，效果如图 16-4-4-A 和图 16-4-4-B 所示。可以发现实现效果几乎和前面制作导航条的效果一样，所不同的是没有了图片缓动，虽然看起来这个例子的效果好像很简单，实际上通过这个原理可以制作更加复杂的效果，例如每个 SWF 文件都不是一张图片，而是一段带 Loading 的动画，看起来就是一个全 Flash 网站了。

图 16-4-4-A

图 16-4-4-B